Lies, fraud, and
psychic ability school
3
野宮有
Illustration
kakao
Design
近藤ひろ（草野剛デザイン事務所）
嘘と詐欺（ペテン）と異能学園
JN073666

Lies, fraud, and psychic ability school

CONTENTS

Design＝近藤ひろ（草野剛デザイン事務所）

すよ。
が送れそうだよ」
ギルレイン・ブラッドノート
入学試験免除組の一人。睡眠欲に支配された気怠げな態度とは裏腹に、学年主席の最有力候補と目される実力者。
ハイネ・スティングレイ
ニーナの実兄にして、救国の英雄とも称される特務機関〈白の騎士団〉のメンバー。特異能力・知略ともにズバ抜けた怪物。
も
アリーチェ・ピアソン
入学試験免除組の一人。扇情的なファッションに身を包む優雅な女生徒だが、ジン達には好戦的な視線を向ける。

ニーナ・スティングレイ
周囲には恐ろしい異能力者と思われているが、それは全てが演技で実はただの無能力者。とあるきっかけからジンと共犯関係に。
ジン・キリハラ
無能力者にもかかわらず、勝利を重ねている天才詐欺師。ニーナと手を組み、学園の頂点を目指す。

「今月は睡眠時間が足りてないん
早く部屋に帰って寝ないと」
「……久しぶりに、楽しい学園生
「そちらの、賑にぎやかし要員の
頑張ってねぇ」

嘘と詐欺（ペテン）と異能学園

3

野宮 有

Illustration
kakao

〈白の騎士団〉に目をつけられたときの対処法を教えてやる。
いいか、あの怪物どもと戦おうだなんて死んでも考えるな。逃走手段を真っ先に探せ。
恐らくお前は逃走など不可能だとすぐに悟るだろうが、絶対に慌てるなよ。
落ち着いて、紙とペンを用意するんだ。
いくら連中でも、故郷に残した家族に手紙を書く時間くらいは与えてくれるさ。

——某国の退役軍人たちの間で伝わるジョーク

第一章　砕け散る平穏、人形使いは空虚に笑う

Lies, fraud, and psychic ability school

寂れた無縁墓地に吹く風が、男たちから感傷を掠め取っていく。

偽名が記された墓標を全員で囲みながら、彼らは表情を引き締めた。哀悼を捧げる時間はもう終わったのだ。

世界に唾を吐いて生きてきた犯罪者たちにもプライドはある。

墓標の前に両膝をついている少年がまだ泣いていない以上、大人の自分たちが悲嘆に暮れるわけにはいかない。

世界を敵に回した最悪の詐欺師——ラスティ・イエローキッド＝ウェイルは、ジンの育ての親だったのだ。そんな存在を喪ったにもかかわらず気丈な態度を崩さない少年に、せめてもの敬意を払うべきだと全員が理解していた。

「……ヒースさん、一つ訊いてもいい？」

途方もない静寂を切り裂いて、ジン・キリハラが口を開いた。声が僅かに震えているのは、きっと冷気のせいなどではないのだろう。

「探偵のあんたなら、獄中にも情報提供者が大勢いるだろ？　だから教えてよ。この人を拷問にかけて殺したクソ野郎は、いったいどこの誰なのか」

「ああ、それは……」

口を開きかけたヒースを手で制したのは〈造園業者〉のガスタだった。彼もまたジンとは長い付き合いで、一〇歳にも満たなかった頃から成長を見守っている間柄だ。

安い銘柄の煙草を咥えながら、ガスタは厳めしい声で告げる。

「ジン、それを知ってどうするつもりだ？」

「……別に、ただの好奇心だよ」

「らしくないな。嘘を吐いているのが丸わかりだ」

「あんたには関係ないだろ。これは俺の問題だ」

「復讐や義憤は金にならない。リスクばかり大きくて、それに見合った対価なんて絶対に得られない。感情に突き動かされて暴走するようじゃプロ失格だ」

「……ラスティから教わったよ。一言一句同じ台詞をね」

「わかってるなら、この件にはもう関わるな。いいか、お前はまだ一三歳のガキなんだぞ」

深い溜め息を吐いたかと思うと、ジンは徐に立ち上がった。

彼を突き動かしている感情の種類を背中越しに把握するのは難しかったが、自暴自棄になっているようには見えない。

「別に、復讐がやりたいわけじゃない。……俺は、あの人がやり残したゲームに挑んでみたいんだよ」

「ゲーム？　まさか、お前……」

ようやくこちらを振り向いたジンの口許には、凶悪な笑みが宿っていた。

「ラスティは、政府高官を騙したときに知ってしまった帝国の秘密が原因で殺された。あの人が死んだ以上、真相はまだ闇の中にあるわけだ」

「だから、お前がそれを暴こうっていうのか」

「帝国の上層部に思い知らせてあげるんだよ。自分たちは絶対にラスティを殺すべきじゃなかったってことを。本気になった悪党を敵に回したら、どんな恐ろしいことが起きるのかを」

正直、ジンが語っていることは絵空事にしか思えない。あの大悪党ですら果たせなかった仕事を、こんな少年が完遂できるはずがない。

それでも、期待を抱かずにいられないのはなぜなのだろう。

「ラスティを殺した相手を知りたいのは、そいつから情報を盗み取るためか？」

「その通り。まあ、簡単に近づける相手じゃなさそうだけど」

「復讐のためじゃないと断言できるか？」

「もちろん」

「……わかったよ。お前を信じて、教えてやる」

墓標を囲む仲間たちが異議を唱えるが、ガスタの決心は揺らがなかった。

同情心に絆されたわけではない。断じて違う。そんな甘えた動機で協力することは、きっと地獄にいるラスティが許してくれないだろう。

咥えた煙草に火を点けることも忘れて、ガスタは呟いた。

「ラスティを拷問にかけて殺したのは、〈白の騎士団〉のメンバーの一人だ。まだ若いが、残虐な人間だと聞いてる。裏社会の人間たちには心底恐れられているよ」

「そいつの名前は?」

「……ハイネ。そいつの名前は、ハイネ・スティングレイだ」

◆

混沌が渦巻く教室に、作り物めいた笑みを纏った怪物の言葉が放たれる。

「今日からこのクラスの担任になった、ハイネ・スティングレイです。どうぞよろしく。ああそういえば、妹のニーナがいつもお世話になっているみたいだね」

学園中から恐れられるニーナ・スティングレイの実兄。救国の英雄とも称される特務機関〈白の騎士団〉のメンバー。数多くの犯罪者や不穏分子、敵国のスパイなどを撃破してきた実績を知らない者など、この教室に一人もいないだろう。

　ニーナと同じ白金色の髪には緩やかなパーマがかかっており、線の細さも相俟って遠くからだと無害な優男にしか見えない。だが未踏の深海のような色をした瞳は対峙する者の不安を掻き立てるし、軍人とは到底思えないほどに整った容姿もどこか不吉な印象を醸している。

「……久しぶりに、楽しい学園生活が送れそうだよ」

　いかにも爽やかな好青年といった笑顔で締めくくったハイネを、ジンは最後列の座席から睨みつけた。常に冷静さを保っている彼でも、今回ばかりは感情の沸騰を抑えられそうにない。

　腹の底で煮え立っているものは憎悪か、それとも仇敵に辿り着けた歓喜なのか。

　自分でもわからなかった。この教室の誰よりも動揺しているはずの共犯者を見る余裕すら、今のジンにはない。

　ここまで感情が乱されているのも当然だろう。

　無能力者でありながらハイベルク国立特異能力者養成学校に潜入し、ニーナ・スティングレイと同盟関係を築き、嘘と詐欺だけで怪物たちを倒してきたのも、すべてはこの男に接触するための布石だったのだから。

　まさか担任教師として赴任してくるとは思ってもいなかったが、こちらから接近する手間が省けたのは好都合。

　――さて、あんたはどんな手を打ってくる？

　まず、このタイミングでハイネが学園にやってきた目的を考えてみる。

普通に考えるなら、学園に紛れ込んだ敵国のスパイを殲滅するためだろう。入学式からたった二ヶ月で入学試験免除組が二人も陥落し、学園長の忠実な下僕である〈羊飼いの犬〉が行方不明になったとあっては、上層部が対策を講じるのも当然かもしれない。

だがジンには、この男が個人的な趣味で動いている気がしてならなかった。

ハイネは帝国に忠誠を誓っているだけの兵士ではない。何らかの歪んだ目的を持って、今自分たちの前に現れている――そんな匂いが確かにする。

「さっそくだけど、みんなにお知らせがあります」

ハイネは騒然とする生徒たちを平等に見渡したあと、淡々と続けた。

「学園長とも話し合った結果、この学園に新しいルールを導入することが決定されました」

――新しいルール？

突拍子もない宣言の意図を摑むことができず、ジンは眉間に皺を寄せた。一流の詐欺師の洞察眼をもってしても、この怪物が考えていることはまるで読めない。

「せっかく教師になるわけだから、この学園で起きていることを調べたんだよ。たった二ヶ月で入学試験免除組が二人も退学処分になったり、うち一人は行方不明になってたりとか、そういう情報をね。いやあ、血気盛んで素晴らしいね」

ハイネは声のトーンを一気に落とした。

「ただ、学園全体を見渡してみるとどうだろう。一部の生徒たちが大胆に暴れ回っているのとは裏腹に、それ以外の大多数は随分と保守的になっている気がしない？　だってさ、一年生がここ二週間で〈決闘（コンバット）〉を実施した回数はたった一四回だよ。はは、そんなにポイントを奪われるのが怖いのかな？　それとも、恐れているのはもっと最悪な結末だったりして」

生徒同士でポイントを賭けて戦う〈決闘（コンバット）〉という制度を悪用して、弱者が怪物たちに蹂躙（じゅうりん）される事態が相次いでいる。

ベネット・ロアーの〈火刑執行者（エグゼキューター）〉で火炙（ひあぶ）りにされた生徒の中にはまだ入院している者もいるし、カレン・アシュビーの〈陽気な葬儀屋（アンダーテイカー）〉は多数の負傷者を出しただけでは飽き足らず、第一女子寮を始めとしたいくつかの施設を破壊し尽くした。未（いま）だに死人が出ていないのは奇跡と言っていい。

毎月末に強制退学となる成績下位の五名にさえならなければ、リスクを負ってまで〈決闘（コンバット）〉をする必要はない――大多数の生徒たちがそう考えるのは至極当然のことだ。

「正直、僕や学園長はこの状況を歓迎していない。三年間の学園生活を無難にやり過ごしただけで、〈白の騎士団〉への入団資格が与えられるなんてよくないよね」

競争の活性化。不適格な生徒のふるい落とし。ハイネの狙いはそんなところだろう。

だがそのために、この怪物はどんなルールを追加してくるのだろうか。

淡い色の唇を歪（ゆが）めて、ハイネは告げた。

「追加するルールは三つ。

一、一ヶ月のうちに一度も〈決闘（コンバット）〉を行わなかった生徒は、その理由にかかわらず退学処分になる。

二、〈決闘（コンバット）〉で賭けるポイントの最低値は五〇点。誓約書に記名した時点でそれに満たない生徒は、所持しているポイントを全て賭けなければならない。

三、その月に一度も〈決闘（コンバット）〉をしていない生徒は、所持ポイントが自分よりも多い生徒から申し込まれた〈決闘（コンバット）〉を拒否することができない。

まあこんな感じかな。これなら、もっと楽しくなりそうだと思わない？」

地獄のような沈黙が、教室を満たしていく。

彼らの動揺も無理はない。もしハイネが提案したルールが実装されてしまえば、学園が地獄絵図になる未来は目に見えているからだ。

月に一度の〈決闘（コンバット）〉が強制、それも五〇点以下を賭けるのが禁止――それだけでも厄介なのに、その月にまだ〈決闘（コンバット）〉をしていない生徒の拒否権が剝奪されるという三番目のルールはあまりにも凶悪すぎる。

生徒たちは自分よりポイントの少ない獲物を血眼になって探し、目についた弱者を一方的に蹂躙（じゅうりん）し始めるだろう。一年が終わる頃にはかなりの数の生徒が淘汰（とうた）され、選（え）りすぐりの精鋭しか残らなくなるはずだ。

だが、このルールには大きな欠陥がある。

凄まじいペースで生徒数が減っていけば、そもそもハイベルク校は教育機関としての体を為さなくなってしまうのだ。

つまりハイネには、もっと別の、学園の運営とはまるで関係のない目的があるに違いない。

たとえば——学園に潜むスパイの炙り出し、だとか。

特異能力者は帝国内でしか生まれない。何らかのイカサマを使って怪物を演じている敵国のスパイは、定期的な戦闘が強制される状況になった途端に窮地に立たされるのだ。

そしてそれは、ただの詐欺師でしかないジンやニーナにとっても同じだった。

「そうだ、一番大事なことを伝え忘れてたよ」

ハイネの藍色の瞳が、確かにジンを捉えた。

ジンがその意味を咀嚼する前に、怪物は笑いを堪えるような口調で告げる。

「僕は教官だけど、特例で学園のシステムに組み込んでもらったんだ。入学試験免除組と同じ一〇〇〇点が最初に与えられた状態で、きみたちと同じようにゲームに参加する。要するにきみたちは、僕にも〈決闘〉を挑むことができるわけだ。自分で言うのもなんだけど、卒業生と手合わせできる機会なんてそうそうないよ？　あと、隔週末の〈実技試験〉にも参加するつもりだから、お手柔らかに頼むね」

——おいおい、嘘だろ……。

動揺を悟られないように、ジンは表情筋に力を入れる。

これでハイネは、自らの手で気に入らない生徒を粛清できる権利さえ手に入れてしまった。

「あれ、そういえば今日の午後にさっそく〈実技試験〉があるみたいだね。……こんなに早くみんなと遊べるなんて、楽しみで仕方ないよ」

けたたましい警報が、頭の中でずっと鳴り続けている。

頭を抱えて蹲りたくなる衝動を必死に堪えつつ、ニーナ・スティングレイはクラスメイトたちのあとを追って森の中を歩いた。

一歩踏み出すたびに膝の力が抜ける。平衡感覚が狂い、自分が進んでいる方向すらも曖昧になる。まるで、水面に浮かぶ板の上を歩いているかのようだ。少しでも気を抜いてしまえば、冷たい水の中に引き摺り込まれてしまうだろう。

それほどまでに、ハイネ・スティングレイは彼女にとって恐ろしい存在だった。

もちろん、直接危害を加えられたことがあるわけではない。表面上は優しい兄として接してくれていたし、歳が離れているので喧嘩をした記憶も全くない。

——だからこそ、恐ろしいのだ。

家族と接しているときの完璧な笑顔と、国営新聞の記事で報じられている活躍の数々は、まるで嚙み合っていない。あんなに穏やかそうな風貌の青年が、敵国の諜報員や犯罪者たちを壮絶な拷問の末に虐殺し続けているなど、趣味の悪いおとぎ話としか思えなかった。

「ニーナちゃん、大丈夫？　顔色悪いよ？」

友人のエマ・リコリスが、透き通るような緑色の瞳で顔を覗き込んでくる。

こんな状況で平然としていられるわけ——と言おうとして、彼女の人格がまだ切り替わっていないことに気付く。

今のエマは、もう一人の自分が共和国の諜報員として学園に潜入していることも、ハイネが同胞たちを惨たらしく殺してきた事実も知らないのだ。もしかしたら、帝国の英雄が担任教師になったことに胸を躍らせている可能性すらある。

とにかく、この状態のエマを心配させるわけにはいかない。

「兄と会うのが久しぶりだったから、少し驚いただけだよ」

「あ、そっか！　でも凄いよね、お兄さんが〈白の騎士団〉だなんて」

「そんなことないよ。家族って実感も全然ないし」

エマと敬語を抜いて喋るようになってから数時間しか経っていないが、いちいち演技を発動しなくてもいい解放感から、もうすっかり慣れてきてしまっている。

とはいえ諜報員の方のエマしか知らない情報まで話すわけにはいかないので、ニーナはこっそりと気を引き締めた。

「でも、ハイネさんも〈実技試験〉に参加するんだよね？　いったい何をするつもりなんだろ」

「あの人が考えてることなんて、私にもわかんないよ」

「森の中ってことは、鬼ごっこでもするのかな？」

「んー、どうだろ……」

エマの推測は珍しく的を射ている気がした。

現役の〈白の騎士団〉メンバーであるハイネと、生徒たちの実力差は天と地ほども離れている。そんな反則級の存在を不公平にならないようゲームに組み込もうとすれば、広大な敷地で鬼ごっこなどをするのが最適に思える。もちろん、鬼を担当するのはハイネだ。

とはいえ、あの冷酷な殺人者が健全な動機で生徒と交流するはずがない。

恐らく、学園に紛れ込んだ敵国の諜報員を炙り出すのが彼の本当の目的だ。あわよくば、これから行う〈実技試験〉で諜報員を見つけ出して粛清できればいいと考えているのかもしれない。もしかすると、エマの正体が既に見破られている可能性もある。

――ううううう……。これって、どう考えても大ピンチだよね……？

ニーナは縋るような思いで、少し先を歩くジンに目を向けた。

体力面があまりにも貧弱な共犯者は、ここまで歩いてきただけで息も切れ切れといった有様だ。いくらジンに天才的な騙しの技術があるといっても、ハイネのような怪物とまともに戦うことなどできるのだろうか。

　脳裏には、本日の昼休みに行った臨時会議の模様が映し出される。

◇　四時間前　◇

「さて、臨時会議を始めようか」

　体育倉庫の屋根裏を改造したアジトに全員が集まったのを確認して、ジン・キリハラは不敵に笑った。

　一緒に呼び出されたエマは神妙な表情で詐欺師の次の言葉を待っているが、一方のニーナは、実兄がいきなり登場したショックからまるで立ち直れていない。

「まずは現状を整理しよう。この前の信用詐欺(コン・ゲーム)で、俺たちは学園長のスパイである〈羊飼いの犬〉から、二つのキーワードを入手した」

「〈楽園の建築者〉と〈原初の果実〉だな」壁に背中を預けながら、エマが呟(つぶや)いた。「それが、この学園──いや、帝国が隠している秘密に繋(つな)がる鍵というわけか」

「そう。そのキーワードを追っていくのが、俺たちの当面の行動指針となる」

　自分たちの目的は一貫している。

　帝国が独占する〈特異能力者〉という存在に関する重大な秘密、そして彼らがハイベルク校を使って実行しようとしている策略を暴く——それは、伝説の詐欺師ラスティ・イエローキッド＝ウェイルがやり残した最高難度のゲームだった。

強大な力を持つカレンという怪物や、彼女を裏で操っていた〈羊飼いの犬〉サティアとの戦いを潜り抜け、ニーナたちはついに秘密の扉を開ける鍵を手に入れたのだ。

「カレンとサティアはどんな状態？　共和国が匿ってるんだろ？」

「軍の病院に入れている。体調はかなり戻っているようだが、二人とも特異能力を発動できなくなっているらしい。全快はまだ先かな」

「そっか。新しい情報は引き出せそう？」

「無理だな。二人とも、学園長の能力で記憶を消去されているんだ」

ポイントを全て失った生徒から、学園にまつわる記憶を自動的に消去する——ハイベルク校のシステムの根幹を成す、学園長ジルウィル・ウィーザーの特異能力だ。尋問中にサティアの記憶が消されたことから考えると、学園にまつわる秘密を話そうとした場合にも能力が発動してしまうらしい。

厄介極まりない力だが、裏を返せば自分たちが核心に近付いている証明だと言える。

「まあ、そもそもサティアは断片的なキーワードしか知らなかったと思うけどね。俺が帝国の上層部なら、よっぽど信頼のおける人間としか情報は共有したくない」

「つまり、情報を入手するには〈白の騎士団〉メンバーへの接触が必要ということか」

　エマが結論を引き継ぐと、アジトにひりつくような緊張が走った。

　結局、そこに行き着いてしまうのだ。自分たちが目的を達成するためには、あの恐ろしい兄との対決は避けられない。

　身体（からだ）の奥底から震えが込み上げてきたニーナとは対照的に、ジンは笑いを堪（こら）えているかのような顔をしていた。

「まさかこんなに早く、しかも担任教師として登場してくるとは思わなかったけど……これはまたとないチャンスだよ。うまくハイネの懐（ふところ）に潜り込んで信頼を獲得すれば、すぐにでもこの学園生活を完結させられる」

「また、カレンたちにやったような信用詐欺（コン・ゲーム）を仕掛けるということか？」

「今回は肉親のニーナもいる。きっと作戦も立てやすいはず――」

「……無理だよ」

　二人の視線がこちらを向いて初めて、ニーナは考えを口に出してしまったことに気付く。

　だが、我に返ったあとも発言を撤回する気にはなれなかった。

「あの人は、根本的に誰のことも信頼してないんだよ。他人なんて、楽しく遊ぶための玩具（おもちゃ）くらいにしか考えてない。それは、妹の私だとしても同じで……」

　温度のない視線、実体のない笑顔、頭を撫（な）でてくる冷たい手――いくつもの断片的なイメージが脳内を埋め尽くしていく。

「それに、あの人は〈白の騎士団〉なんだよ？　今まで戦ったベネットもカレンも確かに恐ろしい怪物だったけど、ハッキリ言って兄はレベルが違う。それに、二人だってあの人の残酷さは知ってるでしょ？　もし戦わなきゃいけないことになったら、どんな目に遭うか……」

ニーナは、エマが苦々しい顔で唇を噛んだのを見逃さなかった。

何人もの同胞を〈白の騎士団〉に独創的な方法で殺されてきた彼女が感じている恐怖は、下手をすればニーナ以上かもしれない。

「私も、ハイネ・スティングレイに接近するのは反対だ。……もっとも、向こうがニーナを無視するとは到底思えないが」

「ううう、そうだよね……」

エマの言う通りだ。

入学試験免除組を二人も倒しているニーナたちは、既に学園上層部の注目を集めてしまっている。ハイネがわざわざ自分たちのクラスにやってきた時点で、探りを入れてくることは確定しているようなものなのだ。

「安心しなよ、ニーナ」ジンは苦笑交じりに告げた。「直接戦闘を上手く回避するやり方も、これから考えるからさ」

「こ、これから考えるって、まだ何も決まってないってこと!?」

「当たり前じゃん。向こうが何を仕掛けてくるかわからないし。ハイネの能力だって、帝国民が知ってる情報が全てだとは思えないしね」

「ぜ、全然安心できない……！」

「むしろ、今まで簡単な仕事なんて一度でもあった？」

ジンが当然のように言い放ったので、ニーナは呆然としてしまう。

これまでもそうだった。

万に一つも勝機はない、どう考えても自殺行為でしかないような作戦に挑むとき、ジンは極限のスリルを心から歓迎して笑うのだ。

共犯者として過ごしてきた日々でその感覚が少しはわかってきたつもりだったが、今回ばかりは呆れるしかない。隣のエマも、お手上げとばかりに溜め息を吐いていた。

恐怖を感じる機能が欠落しているとしか思えない詐欺師は、心から楽しそうに告げる。

「詳しい作戦は、放課後の〈実技試験〉を潜り抜けてから考えようか」

◇

そこまで回想して、ニーナはこの〈実技試験〉を乗り越える策がまるで用意されていないことを思い出す。

「えっ、やばいじゃん！」

用意周到なジンにしては珍しいとも思ったが、それも仕方のない話なのかもしれない。

いきなり登場して全生徒を混乱の渦に叩き込んだハイネは、教室から出ていく際に「自分が参加できるように、〈実技試験〉の内容を変更する」などと無茶苦茶なことを言い放ったのだ。これでは対策の立てようがない。

それでもジンが冷静でいられるのは、今回の〈実技試験〉で負けたところで何も問題はないと考えているからだろう。

これまでの傾向からして、どれほどヘマを犯したとしても〈実技試験〉で失うポイントは五〇点ほどが上限。ジン・ニーナ・エマは三人ともそれ以上のポイントを所持しているため、敗北が退学処分に直結することはありえないのだ。

問題は、どのように負けるか。この一点に尽きる。

決して負傷することなく、それでいて周囲の生徒たちから無様だと思われないような着地点を探す必要がある。

予測のつかない展開に素早く順応し、即興で最適な演技を構築する――ニーナならそれができると、共犯者が信頼してくれている。

だからジンは、中途半端な対策をニーナに伝えなかったのだ。

「……やってやる」

誰にも聴こえないような声で呟き、ニーナは覚悟を固めた。

事前に指示されていた集合場所に全員が揃ったのを確認して、学年主任のイザベラ教官が咳払いをする。彼女は不安と困惑に支配された生徒たちと、何食わぬ顔で一団の中にいるハイネを呆れたように眺めたあと、ようやく切り出した。

「……急遽変更になったため私も困惑しているが、〈実技試験〉のルールを説明する」

【実技試験〈コップス・アンド・ローバーズ〉】

◇ルールその一　まず一名の警官役を選出し、それ以外の者は泥棒役となりゲームを開始する。

◇ルールその二　泥棒役は参加料としてポイントを五〇点支払わなければならない。

◇ルールその三　泥棒役は森の中を逃げ回り、警官役に身体の一部分を触られるか、特異能力による攻撃を受けた時点で脱落する。

◇ルールその四　泥棒役は、五秒経過するたびにポイントを一点ずつ獲得。脱落時点での獲得ポイント数がそのまま報酬となる。

◇ルールその五　警官役は、泥棒役を一人捕まえるたびに五点ずつ獲得する。

◇ルールその六　制限時間は一〇分。それまでに泥棒役全員を捕まえられなかった場合、警官役の敗北となり、一〇〇点のペナルティが与えられる。

イザベラがルール説明を終えると、生徒たちが一斉にざわつき始めた。

人体への直接攻撃がアリという過激なルールもそうだが、参加料の重さが何よりの理由だろう。最低でも四分以上は逃げないと、収支がマイナスになってしまうのだ。

現時点で所持ポイントが五〇点を下回っている生徒はもっと悲惨な状況だ。ある程度の秒数逃げ続けなければ、即刻退学処分が決定してしまう。かといって警官役(コップス)はリスクとリターンがまるで釣り合っておらず、相当の実力者でなければ立候補すらできないだろう。

というか、警官役(コップス)を務めるのは恐らく――。

「イザベラ教官、ちょっといいですか」

「……なんでしょう。スティングレイ殿」

「はは、今は教官同士なんだから、そんなに畏(かしこ)まらなくていいよ」

大袈裟(おおげさ)に肩を竦(すく)めたあと、ハイネは生徒の方を振り向いて言った。

「自分で提案しておいてなんだけど、これは随分と不平等なゲームだよね。たった一人で二八人の泥棒を追いかけなきゃいけないなんて、どう考えても警官役(コップス)の方が不利だ。……だから、まあしょうがないか。発案者の僕が責任を取って、警官役(コップス)を引き受けることにするよ」

――冗談じゃない。

そんな言葉を、どれだけの生徒が口に出す寸前で呑(の)み込(こ)んだのだろう。

ハイネ・スティングレイの特異能力の概要くらい、ここにいるほとんどの生徒が知っている。

数の有利が意味をなさないことも、四分以上逃げることが極めて困難であることも。

退学処分が避けられないと悟った何人かの顔から、一切の表情が消えた。

「それと、イザベラ教官。特異能力による直接攻撃が勝利条件の一つみたいだけど、殺害禁止のルールを設けなくて大丈夫かな？」

「……いや、設定しましょう」

「よかった、安心したよ。いくら僕でも、この数を相手にするなんて不安だったからね」

白々しい笑顔で言いながら、ハイネは藍色の瞳を一瞬だけニーナに向けた。

たったそれだけで、心臓を内側から掻き毟られているような感覚に襲われてしまう。これはもはや、生物学上絶対に抗えない、本能的な恐怖のようなものだ。

本当に、こんな相手に信用詐欺を仕掛けることなどできるのだろうか。

「……いいか、卑しいブタども」

気を取り直すように咳払いをしてから、イザベラ教官が声を上げる。

「各々が森の中に入ってから、五分後にゲーム開始だ。行動範囲はここから半径一キロ以内。そこから出た者は問答無用で退学処分とする。……では、始め！」

結論として、一〇分間逃げ延びることができた者はいなかった。

それどころか、四分間生存して五〇点の参加料を取り戻せた者すら皆無だった。ハイネ・スティングレイの力はそれほどまでに圧倒的で、人間の領域を遥かに逸脱している。

最後の生徒が森の中に入ってから五分後、イザベラによる合図を聞いたハイネはまず目を閉じて深呼吸をした。それだけで五秒間を浪費してしまうような緩慢な動作だったが、ハイネに焦るような様子はまるでない。

深呼吸を終えると、ハイネは軍服のポケットから掌大の小瓶を取り出した。たっぷり三秒間かけて蓋を外すと、中には白い灰のようなものが詰められている。ハイネは白い灰を自身の周囲に散布し始めた。

「さあ、お遊びの時間だ」

ハイネの声が引き金となり、〈玩具の征服者〉の能力が起動する。

地面に円を描くように撒かれた灰が、旋風に吹かれたように踊り狂い始める。同様の現象はハイネの周囲の至る所で発生し、やがて灰の渦の中からそれが出現した。

画家がデッサンの資料として使うような、簡潔なフォルムをした木製の人形。腕・足・五本の指に関節があり、人体と同じような動きを再現できる代物だ。楕円形の球体で表現されている顔のない頭部には、色とりどりの羽根飾りがついた帽子が被せられている。

ただのデッサン人形との相違点は、それが長身のハイネと同じくらいの背丈をしていることと、動力源もないのに自律的に動いていること、そして鉄製の剣と盾を構えていることだろう。

木製の人形たちは灰の中から次々に生み出され、灰が撒かれてから一分後にはその数は三〇

体に達していた。生後間もない人形たちは周囲の様子を確かめるように球体の頭部を左右に動かしたあと、凄まじい速度で森の中へと疾走していく。

人形たちが森に入ってから一五秒後、一人目のターゲットが発見された。

茂みの中に隠れて一〇分間をやり過ごそうと目論んでいたルビン・ネイルズは、ハイネが生み出した人形が強力な生体感知能力を有していることを知らなかった。

あえなく位置を捕捉されたルビンは、人体の限界を遥かに上回る速度で接近してきた人形が降り下ろした剣に、右腕を衣服ごと切り裂かれてしまう。

「ぎゃああああああああっ！」

傷自体は浅かったが、無機質な人形に突然襲われた恐怖と、この時点で退学処分が決定してしまった悲しみで彼は絶叫した。

近くに潜伏していた六人の生徒たちは、その悲鳴を聞き取ってから三〇秒以内に別の人形によって脱落に追い込まれてしまった。この時点で、試験開始からまだ二分も経っていない。

この辺りから、迫りくる人形たちに特異能力で対抗しようとする生徒が現れる。

掌から放出した水飴状の液体で拘束を試みたり、能力で巨大化させた金槌で人形を殴りつけてみたり。もちろんその多くは人形の素早い動きを捉えきれず、もし命中したとしても異常な硬度を誇る盾にあえなく防がれてしまう。退路を探そうとしても全くの無意味で、次の瞬間には何体もの人形に周囲を取り囲まれてしまう有様だ。

〈玩具の征服者〉の驚異的な性能が、生徒たちを絶望の底に叩き落としていく。

圧倒的な機動力を誇る人形の兵士を灰から生み出し、簡単な命令を与えて自在に操る。実にシンプルな能力だが、それ故にまるで対策のしようがない。今発動しているのは第一段階に過ぎないが、それでもたった一人で完全武装した一個師団を壊滅に追い込むことすら可能だった。

生徒たちとの鬼ごっこなど、ハイネにとっては児戯に等しい。

――それに、ハイネ自身はまだ森の中に入ってすらいないのだ。

試験開始から二分一五秒後に、ジンとエマは示し合わせて降伏を選ぶことにした。

もう生き残りは一〇人もいないし、これだけ悲鳴と絶叫で混沌とした森の中では誰がどれだけの時間逃げ延びたかなど有耶無耶になるという判断だった。

「……えげつない能力だね、それ」

刃の先端で頬の薄皮を切り裂かれながら、ジンは素直に称賛した。もしこれが本物の戦闘なら、この時点で胴体と首が永遠のお別れをしていたに違いない。

試験開始から、三分が経過した。

まだ脱落していないのは警官役のハイネと、その実妹であるニーナだけ。

これはニーナのサイコキネシスが人形を寄せ付けなかったわけでも、ニーナから漏れ出る殺気が人形の挙動を狂わせたわけでもない。

ニーナだけは自分自身の手で捕まえようと、ハイネが気紛れを起こしたのが原因だった。

「……逃げ足が速くて驚いたよ。こんなところまで逃げていたなんてね」

ニーナは呼吸の乱れを懸命に隠しながら、強者の笑みを纏う。

「あなたこそ、随分足が速いみたいですね。たった三分でここまで辿り着くなんて、人間にできる芸当ではないはずですが」

「他人行儀な喋り方だなあ。傷つくよ」

「……白々しいことを言いますね」

「疑うなよ。僕はちゃんと、きみを可愛い妹だと思っているんだ。本当だよ」

嘘つきめ、とニーナは内心で吐き捨てる。

ターゲットを欺くために様々な嘘を使いこなすジンとは、発想が根本的に違う。

この男の嘘には、中身というものがまるでないのだ。目的も思惑もなく、ただ戯れに相手を惑わすためだけに嘘を使う。その結果として相手が壊れてしまっても、あるいは何も起こらなかったとしても、全てどうでもいいと考えている。

この怪物の内面は、どこまでも空虚なのだ。

そんな相手と、まともな対話など成立するはずがない。

「さて、どうするニーナ？ 成長したきみと手合わせするのも悪くないけど」

「ふざけないでください。そんなことをしたら、他の皆さんを巻き込んでしまうでしょう」

「はは、確かにそうだね。きみの〈災禍の女王〉は本当に恐ろしいから」

笑いを堪える兄に、ニーナは全身を氷漬けにされるような恐怖を感じた。

ニーナがこれまで演出してきた様々な逸話を、ハイネが知らないはずがない。それでも彼は自身の勝利をまるで疑っていない――いや、警戒心すら抱いていないのだ。

ジンに叩き込まれた心理分析技術をもってしても、ハイネが虚勢を張っている気配は嗅ぎ取れなかった。

――ここで勝てないことはわかってる。大切なのは、どう負けるか。

ニーナは自分に言い聞かせるように深く息を吐いたあと、どうにか絞り出した。

「……仕方ありません。このゲームの勝利はあなたに譲ります。その代わり……」

「ああ、交換条件があるのかな？」

「この先、生徒の皆さんに危害は加えないと約束してください」

意味のない懇願だと、自分でも思う。

この心無い怪物は、他者を恐怖と暴力で支配することなど何とも思っていないのだ。いずれも軽傷とはいえ、〈実技試験〉の参加者たちをわざわざ刃で攻撃しているのがその証拠だ。たとえ傷口が数日で完治したとしても、心に植え付けられた恐怖だけは永遠に消えない。

間違いなく、恐怖による支配はこの先もエスカレートしていくことだろう。

「いいよ、約束する」

まるで信頼できない笑みを顔に貼り付けて、ハイネは首を縦に振った。

兄はそのまま、一歩、また一歩と距離を詰めてくる。これ以上ないほど緩慢に、ニーナが虚勢を纏(まと)う様子を楽しく鑑賞するかのように。

蒼白(あおじろ)い掌(てのひら)が広げられ、ニーナの頭部を握り潰そうと迫ってくる。動けない。ハイネが自分の目の前で立ち止まる。まだ動けない。頭を撫(な)でられている間も、爬虫類(はちゅうるい)のように温度のない目で見降ろされている間も、ニーナは指先一つ動かすことができなかった。

この怪物は、いったい何を考えているのだろう。

どんな目的があって、自分たちの前に現れたのだろう。

ハイネは次に、どんな遊びを始めようとしているのだろう。

「あ、そうだ。言い忘れてた」

耳元で囁(ささや)かれた声が、鼓膜を突き破って内部に侵入してくる。

「可愛(かわい)いニーナに、ちょっとしたお願いがあるんだよ」

第二章　崩壊の足音、秘密の鍵についての考察

八歳の頃のニーナにとって、社交界とは人間の悪意の見本市だった。

天性の演技力に紐づいた観察眼に加え、成長に伴って人の心の機微がわかるようになったニーナは、大人たちの欺瞞を敏感に嗅ぎ取った。華やかに着飾った社交界の参加者たちは、誰もが言葉や表情とは別の場所に思惑を隠し持っている。

中でも、ある日スティングレイ家で開催されたパーティに乗り込んできた男が纏っていた悪意は異彩を放っていた。

まず、その男には自分の本性を隠し通そうという気がまるでなかったのだ。

守衛の制止を振り切ってダンス・フロアにやってきたかと思うと、男はウェイターが運んでいた果実酒をひったくって一気に飲み干した。

男が床に投げ棄てたグラスが派手な音を立てて割れたとき、ようやくパーティの参加者たちは異変に気付く。

男が睨みつけているのは、今まさにニーナの肩に手を乗せている父親と、その隣にいる長兄

のヴィクターだった。

ニーナはその頃にはもう、スティングレイ家――特に、〈白の騎士団〉に所属する長兄が少なくない数の人間から恨みを買っていることは知っていたので、この男の動機が復讐にあることは簡単に察することができた。

血走った目で笑いながら、男はスーツのポケットから箱型の装置を取り出した。

「妻の仇を討たせてもらうぞ、悪魔ども！」

起爆装置だ、と誰かが叫んだのを皮切りに、ダンス・フロアはパニックに包まれた。

そこかしこで獣のような悲鳴が上がる。紳士は淑女を突き飛ばして出口へと一目散に走り、淑女は職務放棄して逃げるウェイターに罵声を浴びせた。

醜く逃げ惑う人々を嘲るように、襲撃者は嗤う。

「無駄だ、誰も逃げられない！　どれほど大量の爆薬を仕掛けたと思ってる⁉」

男は起爆装置を頭上に掲げ、もう片方の手を丸いボタンの上に乗せた。天に祈るような姿勢で、男は今まさに、一〇〇人近くを巻き込んだ壮絶な自殺を遂げようとしていた。

そしてニーナは、一生消えることのない恐怖を心に刻み込まれることになる。

――だが、彼女に恐怖をもたらしたのはこの襲撃者ではなかった。

「ああ、誰かと思ったら」

当時一八歳だったハイネが、学校の友人と偶然出くわしたかのような口調で言った。

「ミゲルさんじゃないですか。どうしたんです、こんなところで」

起爆装置を掲げたまま、ミゲルと呼ばれた男は目を大きく見開いた。

「このガキ、どうして俺の名を……」

「ミゲル・ウィンストン。元帝国陸軍少尉で、現在は反政府組織〈ゴライアス〉の幹部。一年ほど前から、スティングレイ家に復讐するために随分と頑張っていたみたいですね。武器弾薬を調達するために他のテロリストや他国の諜報員と取引したり、政府に不満を持つ犯罪者たちを集めて組織を拡大したり。復讐の動機は、奥さんがスパイ容疑で兄に粛清されたことですか？　はは、だとしたら逆恨みも甚だしいですね」

「ふざけるなっ！　妻はただの善良な市民だった！　それなのに……」

「あれ、そうでしたか。まあ間違いは誰にでもありますよね。許してくれますか？」

「……いや、もういい。お前はここで死ね」

男は顔から一切の表情を消し、ついに起爆装置のボタンを押し込む。

――だが、爆弾が起動することはなかった。

男は狼狽しつつ何度もボタンを押してみるが、装置が反応する気配はまるでない。額に脂汗が滲み、涙すら浮かべながらボタンを連打する襲撃者は、ニーナの目にも酷く滑稽に映った。

「残念でしたね。爆弾は全て撤去させてもらいました」

「あ、ありえない！　俺がっ、どれだけ慎重に計画を進めたと……！」

「計画？　ああ、設備工事業者を装って壁や天井の裏側に大量の爆薬を仕掛けるというアレですか？　それとも、スティングレイ家のメイドを買収して設備工事の予定を聞き出すところからでしょうか？　〈白の騎士団〉や警察にバレないよう大量の爆薬を仕入れるのにも苦労されてましたよね？　これ以上ないほど安全な入手経路を見つけたときは、お仲間と一緒に祝杯を上げたことでしょう」

「おっ、お前、まさか最初から……」

「ああ、やっと気付いてくれた」

ハイネはダンスのステップでも踏むような軽やかさで男へと歩み寄り、耳元で語り始める。

フロア中が騒然としている状況でも、近くにいたニーナにはハイネの残酷な種明かしが鮮明に聴こえていた。

「あなたに爆薬を売りつけた犯罪組織はスティングレイ家に忠誠を誓う便利な人たちですし、あなたが買収した気でいるメイドは僕が個人的に雇った二重スパイです。あ、軍人だったあなたを勧誘した反政府組織も実は僕が作ったものなんですよ。理不尽な理由で妻を殺されたあなたなら、何も考えず甘い誘いに乗ってくれると思いまして。

まあ安心してください。奥さんがスパイ容疑で殺されたというのはただの茶番でして。実は、大金を渡して遠い国に移住してもらっています」

「おい、何を言って……」

「奥さんは喜んで承諾してくれましたよ。愛というのは儚いものですね」

男の計画も、復讐心も、妻を想う気持ちさえも、全てがハイネの書いた脚本通りに進行させられていたのだ。

到底、一八歳の学生にできる所業ではない。いや、並みの人間なら他者の人生を強引に操作するという発想自体できないだろう。

一連の真相を知ったミゲルは、起爆装置を手放して膝から崩れ落ちてしまった。

「お、俺の人生は、いったい……」

「そんな顔しないでくださいよ。ミゲルさんは充分役に立ちました。あなたがなりふり構わず動き回ってくれたおかげで、犯罪組織やテロリストの情報をたくさん入手できましたし。おかげで僕は、〈白の騎士団〉になってからもすぐに出世できそうですよ」

嘘だ、とニーナは確信した。

帝国に害を為す組織の情報を集めたり、〈白の騎士団〉になる前に実績を作っておくことなどが、ハイネの本当の目的であるはずがない。彼がそんな実利的な動機によって動くことなどありえないのだ。

「……それに」

ハイネの口許が邪悪に歪む。

「退屈なパーティが、少しは楽しくなってきました」

パーティに刺激をもたらすために。

退屈を紛らわすために。ひと時の快楽のために。

そんな理解不能な動機で、ハイネは周到な計画を立て、一人の男を地獄に引き摺り込んでしまったのだ。

恐らく、哀れな羊にミゲルが選ばれたのにも大した理由などないのだろう。全てはハイネの気紛れでしかなく、他者が理解することなど不可能だ。

ようやく、逃げ惑っていた参加者たちも事態を把握したようだ。自分たちが危機を脱したことに安堵する紳士淑女たちは、呆けたような顔でハイネを見つめている。

周囲の視線が集まったことを察したハイネは、無害にしか見えない微笑を纏って言った。

「まあ、ミゲルさんにも色々と事情があるんでしょう。どうです？　みなさんの邪魔にならないように、別室で話し合いませんか？」

ミゲルは涙すら流していた。まるで操り人形のようなぎこちなさで立ち上がると、ハイネに背中を押されて奥の部屋に向かって歩いていく。そこで何が行われるのかなど、ニーナには想像することもできなかった。

緊急事態を一瞬で解決してみせた少年に、パーティに参加していた全員が溢れんばかりの称賛を浴びせた。ハイネは謙遜するような笑みを浮かべ、拍手の洪水を浴びている。

近くにいたニーナ以外には、ハイネの異常性に気付いている者などいなかった。

◇

脳裏に蘇った最悪の記憶を振り払うため、ニーナは自らの頬を両手で叩いた。

その様子を真横で見ていたジンは、少しだけ驚いた素振りを見せる。

「お、気合入ってるじゃん」

「違うっ！　必死に恐怖と戦ってるの！」

今まさにハイネに呼び出されて学長室へ向かっている最中だというのに、ジンはいつものように気の抜けた顔をしている。ニーナには、この長い廊下が処刑台への道のりにしか見えていないというのに。

「……ジンは怖くないの？　あの人は何を仕掛けてくるかわからないんだよ？」

「別に、いきなり襲ってくることはないでしょ」

「で、でも絶対に怪しまれてはいるよね……？」

ジンとニーナは、国内最高峰の特異能力者養成機関であるハイベルク校に、無能力者でありながら紛れ込んでいる。それどころか、既に同学年の入学試験免除組を二人も退け、おまけに学園長に忠誠を誓うスパイ——〈羊飼いの犬〉まで捕まえてしまっているのだ。

もし一連の真相がバレてしまえば、死刑どころでは済まされないだろう。

「俺たちがカレンとサティアを倒したのは、学園にとって有害な怪物をこれ以上放置できないと判断したから。そのことは、入念な情報操作で学園中に広めてるだろ？　向こうはきっと、俺たちを有益な人間だと見做（みな）しているはずだ」

「だから私たちを〈羊飼いの犬〉にスカウトしてくるって？　本当かなあ……」

「今まで、俺の読みが外れたことなんてある？」

「た、確かにない……けど」

もちろん、ジンのことを信頼していないわけではない。

だがそれ以上に、得体の知れない兄への恐怖の方が上回っているのだ。一五年間も家族として過ごしてきたというのに、未（いま）だにハイネの本質の一端すら知ることができていないのだから。

でも、とニーナは意識を切り替える。

そんな兄と——世界中から恐れられている怪物と、自分は戦うと決めたのだ。

自分が詐欺師を続ける理由はそこにあるのだと、心の中で誓ったはずなのだ。

「……わかった。もう、迷わないよ」

「よし、それでこそ俺の共犯者だ」

不敵に笑うと、ジンは学長室の重厚な木製扉をノックした。

間髪入れずに、部屋の中から兄の声が返ってくる。完璧に制御された、誰が聴いても心地よさを感じるような涼しい声だ。その中にハイネ自身の感情などまるで含まれていないことを、ニーナは幼い頃からよく知っている。

隣のジンが深い集中状態に入る。ニーナも慌ててそれに続いた。

いつか怪しげな道場で習った呼吸法によって、意識を、顔や手足に伝う神経を、周囲に纏う空気分子の一つ一つを、極限まで研ぎ澄ましていく。

二人の詐欺師は視線を合わせてお互いの覚悟を確認し、重厚な扉をゆっくりと開いた。

「……やあ、約束通り来てくれたね」

部屋の奥に設置された広いデスクに、ハイネは座っていた。

机も椅子も、一目見ただけで高級品だとわかるような代物だ。だが広い室内にはそれ以外に何も存在しない。応接用のソファはおろか、書類を入れる棚や筆記用具の類すらない。

あまりにも閑散とした部屋を見渡してから、ジンは胡散臭い笑みを作った。

「いくら不在とはいえ、学園長は自分の部屋を簡単に貸し出してくれるんですね。それとも、あなた自身が学園長の正体だったりして」

「急遽赴任してきたばかりだから、教官室にまだ自分の机がないだけだよ。今は、一時的に学長室を使わせてもらってる」

「ああ、そうなんですね。学園長のジルウィル・ウィーザーも〈白の騎士団〉の一員だし、しかも帝国中の誰も顔を見たことがないから、てっきり……」

「はは、そんな陰謀論を誰から聞いたのかな？」

挨拶もそこそこに腹の探り合いを始めてしまった二人に、ニーナは思わず呆れてしまう。稀代の策略家で嘘つきという点において、ジンとハイネは似た者同士なのかもしれない。

内に秘める残虐性を別にすれば、だけれど。

「ニーナも、来てくれてありがとうね」

例の完璧な笑顔を向けられて、ニーナは心臓を鷲摑みにされるような感覚に見舞われた。

動揺を悟られてはならない。

末端神経にまで意識を張り巡らせて、冷や汗や鳥肌さえも抑えなければならない。

「……早く本題に入りましょう。ハイネ兄さん」

「つれないなあ。反抗期ってやつかな？」

「どうして、今になってハイベルク校に戻って来たんですか？」

事前にジンと打ち合わせていた質問をぶつけてみる。

もちろん正直に答えてくれる可能性などゼロに等しい。だが、もしニーナが学園の秘密になど興味がない善良な生徒だとしたら、この状況を疑問に思わない方がおかしいのだ。だから、これは絶対に必要な質問だった。

「妹の成長を近くで見守りたいと思うのは、兄として当然でしょ？」

「いくらあなたでも、そんな個人的な動機で学園を動かせるはずがありません」

「そう？　もっともらしい理由だと思ったんだけどな」

「……ふざけないでください」

何を言われてものらりくらりと躱（かわ）して相手に主導権を握らせないのは、熟練した嘘（うそ）つきたちの常套（じょうとう）手段だ。ハイネはまともに会話を成立させるつもりすらないのだろう。

意味のないやり取りにようやく飽きたのか、ハイネはついに本題に入った。

「からかって悪かったよ、ニーナ。僕がハイベルク校に戻ってきた理由はね、学園の治安を守る自警団を結成するように上から言われたからなんだ」

「自警団、ですか？」

〈決闘（コンバット）〉の際に記入する誓約書以外に、ルールと呼べるものなど一つも存在しないハイベルク校だ。上層部に、治安を守るという発想があること自体不自然に思える。

つまり、自警団というのはあくまで表向きの姿。

ハイネは、自分たちを〈羊飼いの犬〉にスカウトしようとしているのだ。

――でも、なんのために？

ニーナの疑念など意に介さず、ハイネは更に続ける。

「僕も卒業生だからわかるけど、本来ならこの学園に自警団なんてものは必要ないんだ。生徒同士の競争を煽（あお）ることで〈白の騎士団〉の候補生を育成しようというのが、ここの基本理念だからね。……だけど、学園の転覆を狙う連中となると流石（さすが）に放置できない」

ニーナの背筋を冷気が伝う。

大丈夫だ。自分たちの目的が悟られるような痕跡は残していないし、理論武装も完璧なはず。

もちろん、エマが共和国の諜報員だという情報が漏れることもありえない。

「ハイベルク校のシステムは、学園長の特異能力によって制御されている。〈決闘〉の際に記入した誓約書の内容や〈実技試験〉の結果に従ってポイントを増減させ、〇点になった生徒から学園に関する記憶を自動消去する……。だけど最近は、このルールの外側で暴れようとする連中が増えてきていてね」

「つまり、〈決闘〉を介さずに生徒が襲われていると？」

「理解が早くて助かるよ」

学内に広い人脈を築いているエマを通して、その噂はニーナの耳にも入っていた。

だがまさか、学園の上層部が動くほど大事になっていたとは。

「そんなことを許してしまったら、ハイベルク校の教育システムは崩壊してしまう。どんなに強力な特異能力者でも、寝込みを襲われれば為す術もないからね。闇討ちや奇襲が横行すれば、本来なら〈白の騎士団〉に入れるはずもない弱者が卒業式まで生き残ってしまう可能性があるんだ。……これは間違いなく、学園——いや、帝国への挑戦だよ」

まるで熱を帯びていない台詞が、淡々と紡がれていく。

言葉の中では異常事態を強調しつつも、肝心のハイネ自身が何も感じていないのが丸わかりだ。むしろ、学園が正真正銘の無法地帯になることを歓迎している節すらある。

「でも、わざわざ〈白の騎士団〉が動くほどの事態とまでは思えませんね」

「鋭いね、ジン・キリハラ。じゃあどうして僕が来たんだと思う？」

「まさか、敵国の諜報員が裏で糸を引いているとか？」

その諜報員と共犯関係にあるというのに、ジンは堂々と言ってのけた。

学園にとって有益な人物を演じてハイネの信頼を獲得する必要があるとはいえ、少しも声を震わせずに切り出すことができるジンの胆力は相当なものだ。

ハイネは何も答えず、口の端を少しだけ吊り上げた。肯定のサインだ。

――まさか、エマ以外にも学園に紛れ込んだ諜報員がいるなんて。

いや、それすらもハイネが仕掛けた罠なのだろうか？

「僕が生徒を一人一人尋問して諜報員を探してもいいんだけど、それは流石にやりすぎだって言われてね。生徒のことは生徒に任せることにしたんだ」

「それで、俺たちを自警団にスカウトすると？」

「その通り。……まあ、今回呼び出したのはきみたちだけじゃないんだけど」

ハイネは含みを持たせた笑みを浮かべ、ニーナたちの背後にある扉に目を向けた。

扉がたっぷり間を置いて三回ノックされ、緩慢な速度で開かれていく。

部屋に入ってきたのは、少年と少女の二人組だった。

少女の方は、気紛れな猫のような微笑を浮かべてニーナを見つめていた。帝国中のあらゆる学校の校則に引っかかるほど派手に制服を着崩しており、異様に短いスカートには同性のニーナですら視線を向けてしまう。唇や爪の色は鮮血のような赤で統一されており、美意識の高さと攻撃性を同時に窺(うかが)わせる。

大柄な体格の少年の方は服装に無頓着なようで、最初に支給された制服をそのまま着用していた。シャツのボタンが一つずつズレていたり、寝癖を直そうとした形跡が見受けられないほど黒髪がボサボサになっていたりと、恐ろしく大雑把な性格であることが一目でわかる。虎の顔が描かれたアイマスクが首から垂れ下がっており、ついさっきまで寝ていたのか目の周りは赤く腫れていた。

「……お久しぶりです、お二人とも」

ニーナの声が強張(こわば)っているのは、彼らの風貌の奇抜さが原因ではない。単純に、強大な怪物が二人も同時に登場したことに驚愕(きょうがく)しているのだ。

アリーチェ・ピアソン。特異能力は〈血まみれ天使(ブラッディ・メアリー)〉。

ギルレイン・ブラッドノート。特異能力は〈謳われない者(デリンジャー)〉。

どちらも、入学試験免除組の一角に数えられる圧倒的な実力者だった。

「ニーナとは何度も顔を合わせてるだろうから、改めて紹介する必要はないかな。もう一人の入学試験免除組――キャスパーくんには断られちゃったけど、まあこのレベルの特異能力者が三人もいれば万全な布陣だね。……ああ、もちろんジンくんにも期待してるよ」

――まさか、こんな手を打ってくるなんて。

淡々と進んでいく話とは裏腹に、ニーナの脳内には警戒音が際限なく鳴り続けていた。隣のジンも苦々しい顔で怪物たちを睨んでいる。

「……さて。きみたち四人が、自警団の栄えある初代メンバーだ。全員で連携し合い、学園に紛れた敵国の諜報員を炙り出してほしい」

ハイネはあくまで自警団という単語を使うが、実質的に〈羊飼いの犬〉と同じ役割の組織であることは疑いの余地がない。

学園の手先として、不満分子を粛々と排除していく兵士たち。あれほど警戒していた存在に、自分があっけなく仲間入りしてしまったことが不安で仕方ない。

「あのぉ、一つ訊いてもよろしいですか？」自らの爪に視線を向けたまま、アリーチェは鼻にかかるような声で言った。「なんで、自警団のメンバーが一年生だけなんでしょう。私、それが不思議で不思議で」

「そりゃ、諜報員が一年生の中にいる可能性が高いからでしょ」

面倒臭そうに告げたジンに、アリーチェは挑発的な目線を送る。

「あら、賑やかし要員の方がいらっしゃるみたい」

「あー、それ俺に向かって言ってる？」

「……ええと、他に誰が？」

アリーチェは人差し指を頬に当て、純真無垢な少女のように小首を傾げてみせた。

何という性格の悪さ。ジンは満面の笑みで挑発を受け流しているが、内心で暗い炎を噴き上がらせているに違いない。

衝突寸前の雰囲気を見かねたのか、ハイネが肩を竦めた。

「ジンくんを自警団に入れたのは、彼の思考力が戦闘以外でも役に立つと思ったからだよ。それに、妹のニーナと仲がいいみたいだしね」

取ってつけたような理由だと、ニーナは訝しむ。

監視しやすくするために、ジンを手元に置こうとしているというのは考えすぎだろうか？

「どうでもいいけど、もう帰ってもいい？」

さっきから計一六回は欠伸を連発しているギルレインが、いかにも気怠そうに言った。

そういえば授業中もずっと眠っているという噂を耳にするが、学年首席の最有力候補と呼ばれる男だけに油断は一切できない。

予想外の反応だったのか、流石のハイネも困った顔をしていた。

「まだ集まったばかりだよ。もう少しゆっくりしていったら？」

「今月は睡眠時間が足りてないんすよ。早く部屋に帰って寝ないと」

「一応、自警団への加入は学園長からの命令なんだけどね」

「じゃあ、俺だけ幽霊部員で頼んますわ」

結局、ギルレインは返事も待たずに部屋を出ていってしまった。

学年首席の最有力候補と称される実力者だとしても、〈白の騎士団〉のハイネに対してあの態度は肝が据わりすぎている。

――彼もまた、絶対に敵に回してはいけない相手だ。

「ギルレインくんも帰ったし、初顔合わせはお開きにしようか。どうやら、懇親会ができそうな雰囲気じゃないみたいだしね」

任務の詳細は随時伝えると告げて、ハイネは残った三人を解散させた。

学長室から出てしまえば、ハイネが放つ得体の知れない圧力からは解放される。だが、まだニーナの気が休まることはなかった。

一緒に部屋を出たアリーチェが、値踏みするような目でニーナに絡んできたのだ。

「ニーナちゃん、これからよろしくね」

「え、ええ。よろしくお願いします」

「……ああ、忘れてた。そちらの、賑やかし要員の方も頑張ってねぇ」

「はいはい。名前を覚えていただけるように活躍しますよ」

――これまでの仕事とは、明らかに難易度の桁が違う。

アリーチェの微笑の奥にある不信感を嗅ぎ取って、ニーナは苦々しく思った。

これから自分たちは、自警団——つまり学園長の手駒である〈羊飼いの犬〉の一員として、自分たちを明らかに警戒しているアリーチェと円滑な関係性を築きつつ、上司のハイネの信頼を獲得するために様々な工作を張り巡らさなければならない。

どれだけ成功体験を積み上げても、自分たちが無能力者である事実は変わらないのだ。そんな状況で自警団の仕事とハイネへの信用詐欺を両立させるなど、改めて考えるまでもなく常軌を逸した難易度だ。

だが同時に、最終目的に近付きつつある気配も感じていた。

この道の先には、間違いなく自分たちが探している真実がある。

——でも、そこから先は？

不意に生じた疑問が、霧のようにニーナの内部に立ち込める。

帝国が隠している巨大な陰謀を暴いたとして、それを突き付けてハイネを止めることができたとして、そのあとに自分たちは何をすべきなのだろう。いや、ニーナ自身は何をしたいのだろうか？

この大仕事を終える頃には、その答えが見つかっているのだろうか？

——まあ、今そんなこと考えても仕方ないよね。

未来について考えるのは、ジンやエマとともに生き延びることができてからでいい。

◆

ジンとニーナが自警団への潜入を果たした夜、体育倉庫の屋根裏を改造したアジトに悪党どもが集結していた。

壁に貼られた模造紙に様々な情報を書き込みながら、ジンは頼もしい仲間たちを見渡した。

不安そうな顔で木箱に座るニーナに、壁に背を預けて腕を組んでいる諜報員の方のエマ、〈造園業者〉のガスタ、裏社会専門の探偵のヒース、そして売店の店主として学園に潜入しているエマの上司（ボス）。基本的には、この六人にガスタの部下たちを加えたメンバーで今回の大仕事に挑むことになる。

作戦会議は、既に二時間に及んでいた。

自警団のメンバーとして学園に潜む不満分子や敵国の諜報員（ちょうほういん）を捜索する任務には、まだ不確定要素が多すぎる。そのため、ジンたちは様々なパターンを想定して議論を重ねていた。どんな状況にも柔軟に対応し、明確な成果を出してハイネの信頼を摑（つか）まなければならない。

「……よし、自警団としての活動はこれで乗り切れそうかな」

「ぶっつけ本番すぎて、不安しかないけどね……」

ニーナが正直な感想を漏らすと、狭いアジトに集まった面々は忍び笑いを漏らした。

彼女の心配性は場を和ますためのジョークなどでは断じてないのだが、熟練の犯罪者たちにとっては可愛らしく映るらしい。

慎重な性格の諜報員も、悪党たちの自信過剰っぷりには心底呆れているようだった。

「お前たちといると、これが命がけの任務ということを忘れそうになるな」

「いい傾向じゃん、エマ。仕事を心から楽しむことが、一流の詐欺師の条件だよ」

「わ、私は詐欺師になったつもりなどっ……！」

ガスタやヒースがまた笑い、エマの顔がみるみるうちに赤くなっていく。

共和国の諜報員が狼狽する様子を満足そうに眺めたあと、ジンは再び真剣な表情に戻った。

「……さて。大仕事に挑む前に、現時点で入手した情報について検討してみようか」

ジンは新しい模造紙に〈原初の果実〉〈楽園の建築者〉と大きく記入すると、それぞれの単語同士を区切るように縦線を引いた。

「まずは、〈原初の果実〉についてだ。この単語から連想できることは？」

最初に手を挙げたのはエマだった。

「ここにいるボスとも検討してみたが、恐らく特異能力者が帝国にだけ出現する理由に関わるものだと思う」

「へえ、その根拠は？」

「根拠と言えるほどのものではないが……」

そう前置きして、エマは続けた。

「帝国に特異能力者が生まれたのは、共和国が首都に投下した新型爆弾のせいだと言われている。しかし、共和国は断じてそのような非人道的行為はしていない。これは諜報員としての誇りにかけて断言できる。

だが、三〇年ほど前に首都で原因不明の爆発が起きたのは紛れもない事実だ。……我々はその爆発を、特異能力者を生み出す実験による副産物だと考えている」

「つまり、特異能力者は人為的に生み出されていると」

エマは苦々しい顔で頷いたあと、慎重に続けた。

「次に我々は、ハイベルク校に入学してきた特異能力者たちの経歴を可能な限り調べてみた。その結果……大多数が上位五％の富裕層の家庭に生まれていたことが判明したんだ。しかも入学試験免除組に至っては、全員が軍隊か軍需産業の重要人物、あるいは政府高官を親に持つ子供たちだ。どう考えても、帝国は強力な特異能力者になる人間を選別している。

特異能力が発現するのは、四～五歳の頃だと言われているらしいな。恐らくその頃に、選ばれた子供たちに何らかの処置を行っているんだろう」

「で、でもどうやって……」

慌てて声を上げたニーナに、エマは淡々と答えた。

「このような先進国で生きていたら、予防接種くらいはしたことがあるだろう？」

ラスティとともに国中を放浪していたジンには縁のない話だが、知識としては知っていた。

帝国で生まれた子供は、小学校に上がる前にいくつかの感染症に対応したワクチンを接種する義務があることくらいは。

ニーナの顔が蒼白になっているところを見ると、やはり心当たりがあるのだろう。

「……特異能力を発現させる薬品、ね。ありそうな話だ」

「ニーナのような例を見る限り、精度は一〇〇％とまではいかないのだろう。だが全人口に占める特異能力者の割合は年々増加しているとも聞く。一般家庭の子供にもランダムに接種して、実証試験を繰り返しているんだろう。もっとも、帝国の脅威にならないように薬品の濃度は随分下げているようだが」

民間の養成学校にしか入れないほど微弱な特異能力者たちが多く存在する理由まで判明したところで、ジンが結論を引き継いだ。

「要するに〈原初の果実〉は、そのトンデモ薬品の原本ってことか」

「言葉から推測しただけではあるが、恐らくそれが正しい解釈だと思う」

「〈白の騎士団〉にいるハイネなら、その在り処も知ってるだろうなあ……」

ハイネ・スティングレイの信頼を獲得し、薬品の原本の在り処を聞き出す——。

ようやく、あの怪物に仕掛ける信用詐欺の最終目的が鮮明になった。

「〈楽園の建築者〉については、現時点じゃ強引に連想するしかないみたいだね」

ジンは喋りながら模造紙にペンを走らせていく。

「先の大戦に敗北してから、帝国はこの星の覇権を握るために着々と準備を進めている。エマから聞いた話じゃ、共和国との国境線でもきな臭い動きがあるみたいだしね。

まあ、帝国が覇権を握ったあとの世界は上層部にとって楽園以外の何物でもないと思うよ。そのための切り札が、たぶん〈楽園の建築者〉だ」

「要するに、まだ何もわからないということか」

「ハイネの懐に入り込めば、勝手に全貌が見えてくると俺は思ってる」

自信満々に言い切ったジンに拍手を送りつつ、静観を貫いていたガスタが笑った。

「そんな機密情報を盗まれたら、ハイネは確実に失脚するだろうな」

「失脚するだけで済めばいいけどね。可哀想に」

「はっ、ラスティさんもさぞ喜ぶだろうさ」

――やっと、ここまで来たのだ。

不敵な笑みの裏側で、ジンはラスティと過ごした日々を思い返す。

路上で暮らしていた自分をラスティが拾ってくれた瞬間から、全てがここまで繋がっている。いなくなった人間に感謝を伝える手段があるとすれば、その死に大きな意味を与えることしかないのだとジンは確信している。

ラスティが遺した種火は大きく膨れ上がり、別の場所で燻っていたいくつもの想いを巻き込んで、大気を焦がすほどの熱量を獲得した。
あとは、それを使って世界をひっくり返すだけだ。

第三章　妨げられた眠り、爆薬が混沌を連れてくる

Lies, fraud, and psychic ability school

グレン・タヴィッチは今まさに、人生最大の賭けに出ようとしていた。

ハイベルク校に入学してからの二ヶ月間、強者たちに蹂躙される恐怖と戦いながら地の底を這い回っていたのは、このチャンスを摑み取るための布石だったのだ。そう考えると、これまでの苦しみに満ちた日々が一気に救われていくような気がした。

今、目の前にニーナ・スティングレイがいる。

〈白の騎士団〉のメンバーを二人も輩出した名家で育ち、幼い頃から帝国中に名声を轟かせてきた真性の怪物。そんな彼女が今、寂れた噴水の前にあるベンチで眠りこけている。

膝の上にある読みかけの文庫本が、風でパラパラとめくれている。それにも気付いていないのを見る限り、眠りはかなり深いらしい。

どんな怪物でも、無防備な瞬間を襲われれば為す術もないことをグレンは知っている。

ターゲットの寝込みを襲って深刻な一撃を浴びせ、息も絶え絶えの相手に「殺されたくなければ、全ポイントを賭けた〈決闘〉を承諾しろ」と脅迫するのが彼の常套手段だった。

実際に、そのやり方で一人の生徒からポイントを奪い、成績下位の五名が対象になる強制退学から逃れたという実績もある。

グレンは〈決闘（コンバット）〉の誓約書を握り締め、無防備に眠るニーナへと慎重に距離を詰めていく。あとは特異能力の〈大いなる過熱（オーバーヒート）〉で電圧を致死量ギリギリまで上げたスタンガンを腹部に当てるだけだ。

グレンの作戦に、これといった不備はなかった。

失敗があるとすれば、都合のいい偶然を疑う思考力が不足していたことと、ニーナ・スティングレイという存在を彼の常識で測ろうとしたことだろう。

「……ひっ⁉」

グレンが最初に目にしたのは、眠っているはずのニーナの身体から染み出した何かだった。

気体とも液体ともつかない黒い物質が、水に溶ける絵の具のように大気中に広がっていく。

黒い霧はみるみるうちに密度を増し、地面に尻餅をつくグレンを呑み込もうとしてくる。

「ぎっ、ぎゃあああああああっ！　やめっ、来るなあああっ！」

グレン本人の鼓膜を傷つけかねないほどの絶叫で、ようやくニーナが眠りから覚めたようだ。

ニーナは世界の感触を確かめるように三回まばたきをして、欠伸と背伸びをそれぞれ一回ずつ済ませたあと、ようやく襲撃者に興味を向けた。

「……耳障りな悲鳴ですね。こっちは寝起きだというのに」

「あれ、こんなところに〈決闘〉の誓約書が落ちていますね」

ニーナは感情の欠落した微笑を浮かべながら、誓約書に書かれている文言に目を通していく。

どちらかが戦闘不能になるか降参した時点で終了となる、オーソドックスなルール。参加者は所持ポイントを全て賭けるという但し書きもあった。

「ちょうどいいですね。このルールでやってみましょう」

ニーナはようやくベンチから立ち上がり、白金色の髪を指で梳かしながら言った。

「殺されたくなければ、開始と同時に降参することをおすすめしますが」

「あ……あ……」

◇

たった一秒で終了した〈決闘〉の結果として、グレンは一〇七点あったポイントを全て吐き出してしまった。

所持ポイントが枯渇したのをきっかけに学園長の能力が発動し、グレンは前触れもなく失神。

今まさに、学園にまつわる記憶を一つずつ消去されているところだ。

立会人のブリキ人形が飛び立ったのを確認して、ニーナはようやく胸を撫で下ろした。

仰向けで倒れるグレンを慎重に踏み越えて、茂みに隠れていたジンの元へ向かう。

「……で、ジン。ちゃんと説明してよ」

ニーナが事前に聞いていたのは、グレンという生徒が寝込みを襲うことでポイントを不正に獲得しているという情報と、「このベンチに座って眠ったフリをしていてくれ」という指示だけ。グレンが突然悲鳴を上げ始めた理由など全くわからないまま、ニーナは即興で怪物の演技をこなしていただけだ。

「探偵のヒースさんに依頼してこいつの周辺を探ってみたけど、ハイネの言う諜報員と繋がってる気配は全然なかったんだよ。まあ、無法者を排除した実績のアピールにはなるかと思って、ちょっとカモにしてみたわけ」

「違うっ！　どんなトリックを使ったのかを聞きたいの！」

「ああ、そっち？　そんなの簡単で……」

ジンが答えを言おうとする前に、背後から嫌な気配を感じた。

草むらを掻き分け、ドタドタと足音を立てながら、鼻息を荒くした男が迫ってくる。

「あああニーナちゃん、怪我はなかった!?　ごめんね、このバカが危険な仕事を……！」

キャスパー・クロフォード。

ニーナと同じ入学試験免除組の一人。超がつくほどの有名人でありながら、特異能力の詳細を誰にも明かさない秘密主義者だ。

ジンから聞いた話だと、隠された特異能力は「手で触れた相手に偽物の映像を見せる」という便利極まりないものらしい。つまり、グレンが怯えていたのはキャスパーが生み出した恐ろしい映像を見てしまったからなのだろう。

そういえば、ジンはこうも言っていた。

もしどんな特異能力でも手に入れることができるなら、真っ先にキャスパーの映像投影能力をいただきたい、と。

だがそんな評価も、恐ろしいほど軽薄で女好きな性格が台無しにしている。

もはや、後ろを振り向く労力すら惜しい。ニーナはナンパ男に背を向けたまま、引き出しにある中で最も冷たい声色を作った。

「まさか、こんな人間に協力を依頼するなんて。屈辱です」

「照れなくていいよニーナちゃん。きみのためなら、俺はなんだってやる」

「照れているように見えますか？」

「だって、さっきから俺のことを直視できないみたいだからさ」

――くっ、無関心な演技が裏目に……！

あらゆる皮肉を無効化してしまう極端な楽観主義者に、ニーナは危うく殺意を抱きそうになる。特異能力者との戦闘に何度か協力してくれた恩義はもちろん忘れないが、それとこれとは別の話だ。

とはいえ、彼の特異能力が自分たちの詐欺のクオリティを高めてくれるのも事実だ。次回以降も利用させてもらうために、お礼くらいは言っておいた方がいいのだろうか。

「で、ニーナちゃん。報酬の一日デート券はいつ使えばいい？」

「はあああああっ？　そんなもので釣ってたんですか⁉」

慌ててジンを睨みつけるが、彼は何食わぬ顔で首を傾げただけだった。

――こっ、こいつ……！　こっちの気も知らないで……！

「ねえねえニーナちゃん、いつ使えばいいのかな」

「……一〇年後、お互いがもっと大人になってからがいいと思いますよ」

「わわっ、なんてロマンティックな……！　わかった、大切に保管しておくよ！」

「ええ。金庫にでも入れておいてください」

嵐のような騒がしさで狂喜乱舞しながら、キャスパーはどこかへと消えていった。

手の内を知ってさえいれば無害な特異能力もそうだが、あのふざけた性格を知ってしまったら警戒しようという考えすら湧かなくなってしまう。

もう一度深い深い溜め息を吐いて、ニーナは無神経極まりない共犯者を睨みつけた。

「……やってくれたな」

「野太い男の声で凄まないでよ。びっくりするだろ」

ニーナの特技を利用した脅しを受け流して、ジンは笑う。

ますますムキになって、今度は地声で叫び散らす。

「まさか、よりによってキャスパーに協力を頼むなんてっ！」

「しょうがないじゃん。エマには別の仕事に集中してもらってるし」

「にしても、もっとマシな口実があったでしょ！　で、デートなんて、こんな軽々しく……」

「はいはい、次から気を付けるよ。……てか、何でそんなに怒ってんの？」

「べっ、別に怒ってなんかないけど⁉」

そう、自分は別に怒ってなどいない。怒る理由など何もないのだから、当然怒りを感じているわけがないのだ。キャスパーが自分に寄せている好意を利用するなんて、詐欺師として当然のことに決まっている。デート券なんて餌を使ったのはジンの合理的判断によるもので、そこに葛藤があったかどうかなんて考える必要もないことで、それに……。

「あああああああ、もうっ！」

「うおっ、どうした急に」

「今日は自警団の定例会議なんでしょ？　ちゃんとした実績ができてよかったね！」

余計な思考をしていると顔に出てしまいそうなので、ニーナは慌てて実務的な会話に誘導することにした。

ジンは訝しむような表情を一瞬だけ浮かべたが、すぐに不敵な詐欺師の顔に戻った。

「スカウトされてから一週間で、未だに手掛かりゼロってのは避けたかったからね。グレンから聞いた体で情報を適当に捏造して、ハイネに報告してみるか」

「でも、本当にエマ以外の諜報員なんているのかな？　確かに、〈決闘〉も成立させずに生徒を襲撃する人は増えてるみたいだけど」

「さあね、ハイネの妄想って可能性もあるけど」

　ジンは肩を竦めてみせた。

「ただ、もし本当に諜報員がいるとしたら、ルール無用の襲撃を扇動するのは理に適ってると思うよ。敵国を混乱に導く常套手段だ」

「えっと、どういうこと？」

「まさに、帝国が各地の植民地に仕掛けてるのと同じやり方だよ」

　ジンの瞳に暗い光が灯る。

「分断工作、ってやつだ」

「分断工作」

　ニーナは不穏な単語を舌先でなぞってみる。

「いくら国力に差があったとしても、何千万人もの民衆がいる国家を征服するのは簡単じゃない。それは、特異能力者という存在を独占している帝国であっても同じことだ。

　だから戦争が本格化する前に諜報員――帝国の場合は〈白の騎士団〉かな？　とにかく、そういう知略に長けたエージェントを敵国に送り込んで、仲間同士で憎しみ合わせるように誘導する作戦がよく使われるんだ。少数民族に武器を流して暴動を起こさせたり、メディアを使って宗教差別を煽ってみたりね。

もし一連の騒動に黒幕なんてものがいるとすれば、そいつはこのハイベルク校で同じことをしようとしているに違いない。生徒同士が憎しみ合って疑心暗鬼になれば、混乱に乗じて諜報員が動きやすくなるわけだ」

「……もしかして、物凄く大事になってきてたりする？」

ハイネという怪物を騙そうとするだけでも常軌を逸しているのに、そこに国家同士の陰謀まで絡んでいるとなると気が遠くなりそうだった。

「敵国が諜報員を送り込んできてる時点で、これはもう一種の戦争なんだよ。そして戦争には嘘と詐欺がつきものだ。俺たちが今までやってきたことと、本質的な違いなんて何もない」

そう言ったジンの瞳が寂しそうに見えて、ニーナは何も言えなくなる。

幼少期に路上でラスティに拾われてから、ジンは国中を放浪しながら仕事を続けていたらしい。その過程で、見たくもない現実の数々に触れてきてしまったのだろう。

「まあ、全貌が見えてないうちはどんな断定もすべきじゃない。何度も言うけど、まずは臨機応変に動いてハイネの信頼を獲得することにだけ集中するんだ」

「……うん、わかった」

不安は一向に収まらないが、そんなものは今に始まった話ではない。

これまでも、絶対に不可能と思われた詐欺を何度も成功させてきたじゃないか。

ニーナは精一杯の強がりを身体に纏い、ジンの瞳を見つめ返した。

◆

自警団の定例会議のため、ジンとニーナは学長室に呼び出された。

いくら学園長が不在とはいえ、まるで自室のようにここを使っているハイネには後ろめたさの欠片もないようだ。〈白の騎士団〉という存在が、この帝国でどれほどの権力を持っているのかをジンは改めて思い知る。

殺風景なデスクに座るハイネの前に、ジン、ニーナ、アリーチェ、ギルレインという面々が直立している。だがその構図とは裏腹に、ここにいる全員の意識の中には単純な上司・部下という関係性は成立していないのかもしれない。

水面下で策略を巡らせているジンとニーナはもちろん、派手な色の爪をやすりで手入れしているアリーチェや、あろうことか虎の顔が描かれたアイマスクをつけて立ったまま眠っているギルレインも、ハイネに絶対的な忠誠を誓っているわけではなさそうだ。そもそも、自警団の責任者であるハイネ自身も自分たちのことを便利な手駒程度にしか思っていないだろう。

誰一人として心が通っていない空間に、ハイネの軽薄な笑みが溶けていく。

「活動報告書は読ませてもらったよ。まずは最初の一週間、お疲れ様でした」

それからハイネは、それぞれのメンバーが提出した報告書を読み上げていく。

ジンとニーナによる報告は、およそ八割が嘘に塗れていた。

〈決闘〉を介さずに生徒たちを襲撃していたグレンを倒したことは事実だが、黒幕とされている敵国の諜報員に関する調査結果はすべてデタラメ。そもそもジンたちはハイネを信用詐欺にハメるための準備で忙しく、調査をする余裕などなかったのだ。もちろん、報告書を白紙で提出したギルレインに比べれば遙かにマシではあるけれど。

意外にも真面目に取り組んでいたのはアリーチェだ。

彼女はすでに四人もの反乱分子を強制退学に追い込んでおり、報告書には記載できない手段を使って黒幕に関する情報も手に入れていた。

「なんか、クーデターって言うんですか？　そういう、不穏な気配があって」

例の含みを持たせるような口調で、アリーチェが続ける。

「〈決闘〉のルールを無視して暴れてる人たちには、やっぱり黒幕がいるみたいで。誰も正体を知らないリーダー？　みたいな人の指示に従って行動してるっぽいんですよね～」

「指示に従う、ね。彼らは破壊衝動に任せて暴れているだけに見えるけど？」

「無作為に生徒を襲っているように見えて、実は被害者には共通点があったんですよ」

「共通点？」

「親の職業です。ほぼ全員が、帝国軍か軍需企業で働いているっぽくて」

「……それは、何かにおうね」

「でしょ？　諜報員（ちょうほういん）が裏で糸を引いている気配がプンプンする」

不穏な情報もそうだが、もっときな臭いのはアリーチェの態度だ。

〈白の騎士団〉の現役メンバーが率いる自警団――といえば聞こえがいいが、実態は参加するメリットなどほとんどないボランティア団体のようなものだ。どう見ても協調性がありそうにないアリーチェが、ここまで勤勉に働いているのには違和感がある。少なくともニーナなら、こんな一貫性のない演技はしないだろう。

当初の見立て通り、やはり彼女は元から〈羊飼いの犬〉のメンバーだったのだ。

以前確保したサティア・ローデルからは、〈羊飼いの犬〉が各学年に一人ずつしかいないという情報を訂正されていた。ラスティによって情報が漏洩（ろうえい）されてから、学園の上層部が増員に踏み切ったのだと。

そして、アリーチェの〈血まみれ天使（ブラッディ・メアリー）〉だ。

以前サティアは、カレンを暴走させるために自分が何者かに襲われて負傷したことを自作自演した。だがその数時間後にジンが対面したときには、傷は綺麗（きれい）さっぱりなくなっていたのだ。奇跡のような所業だが、アリーチェの特異能力があれば重傷を負ったように見せかけることも可能かもしれない。

もはや彼女は、自分の正体を隠そうともしていない。

それどころか、こちらの反応を窺うように視線を向けてくる始末だ。

——はいはい。釣り針を垂らしてる、ってとこね。

要するに、アリーチェは自分たちのことを疑っているのだ。

これまでの動きを客観的に見て、自分たちが非の打ち所がないほど潔白を装えている自信があるわけではない。だからアリーチェは、自身と上層部との繋がりをそれとなくにおわせることで、こちらが迂闊な動きをするように仕向けているのだ。

——望むところだよ、異端者。

騙し通さなければならない相手はハイネだけではないのだ。

もちろん、アリーチェ以外にも自分たちのことを疑っている人間がいる可能性もある。常に眠たそうにしているギルレインにしても、いつまでも爪を隠しているわけではないだろう。

アリーチェの報告を一通り聞いたあと、ハイネが心から可笑しそうに言った。

「反乱軍が学園に紛れてるってことか。ヒリヒリしてきたね」

「にしても、彼らの主張が全然わからないのは変な感じじゃないですかぁ？　なーんか、ただ暴れるのが目的みたいな？」

「実際、ただメンバーが暴れてるだけで学園にとっては大打撃だよ。腹立たしいね」

まったく感情が揺らいでいないように見えたが、それを指摘する者はいない。

「今のところ、他に目ぼしい情報はないのかな」

「あっ、もう一つだけ聞きましたよ。正体不明のリーダーの名前」

「へえ、教えてくれるかな？」

「ダズ・ホルムって男が、反乱軍(レジスタンス)のリーダーみたいです。まあ偽名に決まってるけど」

脳内のデータベースを検索するまでもなく、そんな名前の少年がハイベルク校に在籍していないことは知っている。反乱軍(レジスタンス)のメンバーに本名を教えるほど迂闊(うかつ)な人物なら、そもそもハイネが相手をするはずもないのだ。

「よし、きみたちに最重要任務を授けよう」

茶番を演じているのに自覚的な言い方で、ハイネは締めくくった。

「反乱軍(レジスタンス)のリーダー……そして恐らく敵国の諜報員(ちょうほういん)であるダズ・ホルムを、四人で協力して確保するんだ。ああもちろん、生かしてここに連れてくること。いいね？」

＊

「そろそろ起きなよ、ギルレインくん。もうみんな帰ったよ？」

定例会議が終わったあとも立ったまま眠っているギルレインに、ハイネは苦笑する。

三回ほど名前を呼んでも反応がなかったので、ハイネは戯(たわむ)れに彼を殺してみることにした。

机の引き出しからナイフを取り出し、刃こぼれ一つない刀身をしばらく眺めてから、手首の動きだけでギルレインの胸部を目掛けて投擲する。

もちろん殺意があるわけではなかったが、並みの人間には到底躱せない速度だ。おまけにギルレインはアイマスクをしたまま眠っており、ナイフが心臓に突き刺さるまで気付く術はない。

——だが、ナイフがギルレインに届くことはなかった。

ギルレインの前方に突如として出現した半透明の液体が、刃先に絡みついて空中で停止させてしまったのだ。ここが無重力空間であるかのように、液体はふわふわと浮遊し続けている。

こう来たか、とハイネは心から楽しそうに笑った。

「おはよう、ギルレインくん。目を覚ましてくれて嬉しいよ」

ようやくアイマスクを取ったギルレインが、欠伸を噛み殺しながら呟いた。

「あー……危ないからやめてくれます？」

「流石は学年首席の最有力候補だ。一応、本当に殺すつもりだったんだけど」

「俺はこの程度じゃ死なないすよ。だって今まで殺されたことがないし」

「言えてるね。確かにその通りだ」

「……というか、あんたに聞きたいんだけど」

特に怒ってもいない様子で、ギルレインは溜め息を吐いた。

「自警団、だっけ？　どうして俺をメンバーに入れたんだよ。ほら、俺はやる気もないし、あんたや学園への忠誠心もない。全然役に立たねえぞ」

「それは、きみが特別な存在だからだよ」

「首席候補なんて、周りが勝手に言ってるだけでしょ。別にそんなの目指してないし」

「まあ、特に努力する必要もないだろうね。きみにはそれだけの素質がある」

「知らねえよ。もう帰るからな」

ぼさぼさの頭を掻きながら部屋を出る少年の背中に、ハイネは不敵な笑みを向けた。

「……断言するよ。きみは必ず、僕らの役に立ってくれる」

◆　五日後　◆

「共和国以外から送り込まれた諜報員、か……」

教室棟の外れにある売店の前で、エマ・リコリスが顎に手を当てながら呟いた。

教室にいるときの天真爛漫で純真無垢な人格とは異なる、共和国の諜報員としての顔だ。

もちろん、話している内容を売店の主に知られても問題はない。冷え切ったパンをせっせとトレイに載せている彼は、組織図で言えばエマの上司にあたる。

眉間に皺を寄せているエマに、ジンは売店で購入したばかりのパンを齧りながら問い掛けた。

「へえ、やっぱ心当たりはないんだ」

「もし私が知っているようなら、そいつは諜報員失格だ」

「それは確かに」

「いるかどうかもわからない諜報員より、私にはハイネによる恐怖政治の方が恐ろしい」

ハイネが自警団を結成してから二週間ほどが経ち、学園の雰囲気は既に一変していた。

存在自体が不確かな諜報員を摘発するという名目で、自警団のメンバーは学園の風紀を乱す生徒たちを粛清し続けている。特にアリーチェによる治安維持活動は過激化の一途を辿っており、学園への不満を漏らしただけでも拷問を受けてしまうともっぱらの噂だ。

自警団は恐怖の対象となり、生徒たちは生き残るために従順にならざるを得なくなる。

ハイネが追加した「一ヶ月のうちに一度も〈決闘〉をしない生徒は強制退学となる」「〈決闘〉には最低でも五〇点を賭けなければならない」「その月に一度も〈決闘〉をしていない生徒は、自分よりポイントが多い生徒からの〈決闘〉の誘いを断れない」という三つのルールによって、生徒同士の敵愾心がこれまで以上に膨れ上がっているのも、支配を容易にした原因の一つだろう。今では、諜報員の疑いがある生徒を匿名で自警団に密告する者まで現れている始末だ。

強大な権力と、それに従わざるを得ない生徒たち。個人の思想や信条は希釈され、力の論理だけが全てを支配する世界。特に正当性もなく、弱者たちはただ虐げられる。

いつの間にか、ハイベルク校は全体主義めいたディストピアに変わりつつあった。

「肝心の反乱軍の活動が止まる気配がないのは皮肉だな。学園の支配を強めるための道具として泳がされている」

エマは吐き捨てるように続けた。

「もし帝国が覇権を握るようなことがあれば、世界中で同じことが繰り返されるぞ」

その瞳には、悲痛なまでの使命感が宿っていた。

ジンはパンの最後の一切れを口に放り込みながら、かつてラスティが言っていた外国の友人のことを思い出した。共和国の諜報員だったその男はきっと、脅威に晒される祖国のために〈伝説の詐欺師〉と呼ばれていた大悪党に近付いたのだろう。

意志というものに他者から他者へと受け継がれる性質があるとするならば、そのバトンは今まさに自分たちの手の中にある。

「……だからこそ、我々は絶対に〈原初の果実〉を入手しなければならない」

売店の主が、ようやく沈黙を破った。周囲に他の生徒の姿がなくなったので、警戒を解いたということだろう。

「あんたらの国でも特異能力者を作り出すつもりだろ」

「抑止力としては必要だ。それに、我が国なら武力による支配などは絶対にしない」

エマの上司が言ったことは、ある程度までは本心なのだろう。

もちろん国家が綺麗ごとだけで動くことなどありえないが、共和国なら、帝国が創り出そうとしている楽園よりはいくらかマシな未来を描いてくれるかもしれない。

「……で？　俺を呼び出したってことは、何かしらの新情報があるんだろ？」

ジンたちが自警団のメンバーとなりハイネとの距離を詰めている間、共和国の諜報員たちは全く別のルートで〈原初の果実〉――特異能力を発現させる薬品についての調査を進めていた。エマや店主の他にどれくらいメンバーがいるのかは定かではないが、それにしても恐ろしい仕事の早さだ。

「既に、協力者になりそうな人物の目星はついた」エマは淡々と続けた。「長年、帝国軍の中枢で働いていた科学者だ。それなりの地位にも就いてる」

「こんな短期間で、よく見つけられたね」

「ここにいるボスが数年前から接触していたんだ。もはや親友と呼べるほどの関係性らしい。種蒔きは完了していると言っていいだろう」

「へえ、用意周到じゃん。で、そいつは〈原初の果実〉のことを知ってるの？」

「つい先日カマをかけてみたが、当たりだ。タイミングさえ合えば、すぐにでも我々に寝返らせることができる」

願ってもない知らせだった。

帝国軍の科学者、それも重要な立場にいる人間であれば、〈白の騎士団〉と同等かそれ以上の情報を持っている可能性がある。ハイネへの接近が厳しくなった場合の保険だったが、もしかしたらこちらのルートを本命に切り替えた方がいいのかもしれない。

「じゃあ、俺とニーナはしばらく慎重に動くことにするよ。その科学者を寝返らせる前に、ハイネに目をつけられることだけは避けたいし」

「そのことなんだが……ジン・キリハラ」

エマの上司が、ジンの発言を突然遮ってきた。

エマは少し俯いたまま、どうにも形容しがたい表情を浮かべている。

「きみたち二人は、もう手を引きなさい」

いつか言われるだろうな、とは思っていた台詞だ。

ジンは売店の中を振り向くこともせず、軽く笑ってみせた。

「あー。二人ってのは、もしかして俺とニーナのことを言ってる?」

「茶化すのはやめなさい。それ以外にいないだろう」

「科学者から情報を引き出せるなら、危険を冒してまでハイネと接触する必要はないと」

「なんだ、わかってるじゃないか」

「で、今なら共和国が亡命の手配もしてくれると」

「その通りだ。断る理由などどこにもないだろう? もちろん、一生食うに困らないほどの報酬や、安全な住居に、新しい身分だって用意する。悪い話じゃないはずだ」

「至れり尽くせりってわけだ」

「当然だ。きみたちは私の部下とともに、危険を顧みず特異能力者たちと戦ってくれた。まさに名もなき英雄だよ。共和国はきみたちを歓待する」

ジンは満面の笑みを浮かべた。

諜報員の瞳を正面から捉え、穏やかな口調で言い放つ。

「クソ食らえ、だね」

表情と発言が噛み合っていないせいで、エマの上司はすぐには拒否されたことに気付けなかったようだ。

だから、ジンの性格をよく知っているエマが説得に回らなければならなかった。

「ジン・キリハラ。お前もわかっているはずだろう？〈白の騎士団〉が出てきた以上、もはやこれは生徒同士の諍いというようなレベルじゃない。れっきとした戦争なんだ。子供が出る幕はもう終わった」

「はは、エマは俺たちと同い年じゃなかったっけ？」

「へ、屁理屈を垂れるな！　私には共和国の諜報員として、帝国を止める使命があって……」

「じゃあ俺たちと同じだ」

ジンは詐欺の計画を話すときのように、口の端を凶悪に歪めた。

「俺とニーナにも、帝国をひっくり返さなきゃいけない理由がある。使命なんて崇高なもんじゃなく、ただの個人的な因縁だけど」

「それは、そうかもしれないが」

「あと、エマを一人で戦わせるわけにもいかないしね」

「お、お前はそうやって、人の心理を操ろうと……」

「別に、本心をそのまま話してるだけだよ」

じゃあ用事があるからと言い残し、ジンは諜報員(ちょうほういん)たちに軽く手を振ってその場をあとにした。

この数日間で、ジンとニーナは自警団の一員としての任務を着々とこなしていた。

学園の風紀を乱したという名目で四人の生徒と〈決闘(コンバット)〉を行い、うち一名には所持ポイントを全て吐き出させて退学処分に追い込んだ。

学園の倫理に違反した生徒は匿名の第三者が勝手に密告してくれるので、闘争の相手に事欠くことはない。ターゲットを決めたら、必要に応じて〈造園業者〉のガスタに罠(わな)の設置を依頼したり、キャスパーに協力させて幻影を見せたり、あるいはニーナの演技力だけで戦意を喪失させたりといった具合だ。

その結果として、ジンとニーナは慢性的な睡眠不足に見舞われている。

無能力者の彼らが怪物たちを詐欺(ペテン)にかけるためには、当然ながら入念な情報収集と準備が必要になる。こんな短期間のうちに何人もの特異能力者を相手にしたことなどなかったので、そろそろ疲弊が隠しきれなくなってきていた。

「ニーナ、もう授業終わったよ」

「……へあっ⁉」

ジンに肩を叩かれて、ニーナは間抜けな声を上げながら飛び起きる。

放課後の教室に反響するほどの声量に、ジンは思わず苦笑した。

「……嘘。私、どれくらい寝てた？」

いつの間にか課報員の人格に切り替わっていたエマが、心底呆れた表情で答えた。

「隣で見ていた限り、起きていた時間の方が短かったように思うが」

「そ、そんな……。教室では気を抜かないようにしてたのに……」

「……まあ、恐らく大きな問題はない」

背筋を真っ直ぐに伸ばした姿勢で、しかも腕を組んだまま目を閉じていたからか、他の生徒たちはニーナが突発的に瞑想を始めたのだと解釈していた。

不幸中の幸いだと言うべきだが、寝落ちしている間も強者の演技を手放さなかったニーナの怪物っぷりにはもう呆れるしかない。

放課後の教室にまだ残っているのは、ジン・ニーナ・エマの三人だけだった。

エマが帝国の科学者を味方に引き入れる任務で忙しいため、まとまった時間を取るのは難しい。だから、こうして三人で会話に興じるのは久しぶりのことだ。

「……すっかり、入学した頃に逆戻りだね」

寂しそうな表情で呟いたニーナに、残りの二人は控え目に同意する。

ニーナは具体的な表現を避けたが、自警団として動き始めてからの数週間で、クラスメイトたちが露骨に彼女を恐れるようになったことを言っているのだろう。成績下位の生徒たちを理不尽に襲っていたベネットや、特異能力を暴走させて学園を滅茶苦茶にしたカレンを倒したことで、ニーナに好意的な目を向ける生徒も増えていたというのに。

「周囲から恐れられるほど、壊れた怪物の演技で相手から戦意を奪う〈災禍の女王〉の精度は跳ね上がるんだ。そんな悲観的になる必要はないよ」

「まあ、そうだけど」

「まだ何か不安が？」

「なんというか……」

ニーナは慎重に言葉を選んだ。

「ハイネ兄さんの思惑通りに進みすぎてる、っていうか……。たった数週間で学園がこんな風になっちゃうなんて」

そう。変わったのは、クラスメイトたちがニーナに向ける目だけではないのだ。

風紀を乱した生徒を容赦なく粛清する自警団や、自警団に不満分子を密告する全体主義的な制度、まだ全貌を見せない反乱軍など、生徒たちを疑心暗鬼に陥らせる要素がこれ以上ないほどに揃っている。ジンは一日中クラスメイトたちの様子を観察していたが、以前のように楽しそうに談笑している生徒は誰もいなかった。

とはいえ、それはジンたちの計画が順調に進んでいる証拠でもある。

「ニーナ、ポジティブな面だけを見てみよう。俺たちが真面目に治安維持活動に取り組んだ分だけ、ハイネの信頼を獲得できるんだ。まだ信用詐欺(コン・ゲーム)を仕掛けるタイミングには早いけど、種蒔(たねま)きは俺の想定よりも順調に進んでる」

「……ならいいけど」

ニーナは限界に近いのかもしれない、とジンは思った。

ただでさえ幼少期から恐怖の対象だったハイネと関わらなければいけないのに、それに加えて短いスパンで特異能力者たちと戦わなければならないときている。さらに追い打ちをかけているのが、慢性的な睡眠不足だ。

これほど緊迫した状況が長く続くと、どこかで糸が切れてしまいかねない。このままではジリ貧だ。どこかで、博打(ばくち)に出る必要があるのかもしれない。

ニーナを励ましながら、ジンは脳内で計画の修正を検討する。

とはいえ、相手はこれまで戦ってきた怪物たちとは格が違う。特異能力、知能指数、強烈な悪意、どれをとっても最高クラスの大物だ。決着を急いで勝ち筋を失うことだけは避けなければならない。

三人が襲撃を受けたのは、教室を出ようと荷物をまとめ始めたときだった。

木製の酒樽のようなものが、大きな弧を描くように飛翔している。酒樽は三人がいる階段教室の中腹ではなく、高い天井を目指しているように見えた。

最初に異変を察知したエマが叫び声を上げる。

「伏せろっ！　襲撃だ！」

天井に激突した酒樽が、派手な音を立てながら破砕した。

その場に伏せたのが悪手だと気付いたときにはもう、酒樽の中身が局所的な豪雨となって降り注いでくる。長机に行動を制限されて、三人は迫りくる液体を躱すことができない。

「きゃっ、何これ⁉　臭いっ！」

生温い液体を全身に浴びて、ニーナが悲鳴を上げる。

鼻孔を突く強烈な刺激臭。三人がその正体に気付くまで、そう時間はかからなかった。

「……ガソリンか」

圧縮された体感時間の中で、ジンは思考を高速展開。襲撃者の狙いと次に仕掛けてくる行動を読み切り、一秒後には共犯者たちへ指示を出していた。

「エマ、右前方の机の陰に隠れろ！　できるだけ出入り口に近いところへ！　ニーナはここで立ち上がって襲撃者を挑発するんだ。作戦は〈パターン三〉で行く！」

ジンの意図を読み取った二人は小さく頷いた。いつの間にか飴を咥えていたエマが強化された脚力で跳び上がり、最前方から数えて四段目の机の陰に身体を滑り込ませる。ニーナが壊れた怪物の演技を発動させつつ立ち上がったのを確認して、ジンは慎重にニーナから距離を取り始めた。

緊張を微塵も感じさせない猫撫で声で、ニーナが挑発を始めた。

「扉の近くにいるんでしょう？　美味しそうな気配が漂っていますよ」

ニーナの言う通り、襲撃者は教室の出入り口の傍に隠れている。ジンの位置からは、扉からはみ出した肩口がうっすらと見えた。

これ以上隠れている理由がなくなったのか、襲撃者の少年は思いのほか素直に姿を現した。幾何学模様の剃り込みが入った坊主頭と、金色に光る下品なピアスはいずれも威嚇を目的とした演出だろう。いずれにせよ、この一年六組に所属する生徒ではない。

「この人がダズなの？」

ニーナが小声で尋ねてきたので、ジンは首を横に振った。

記憶の部屋から情報を引っ張り出す。恐らく、彼の名はビリー。ファミリーネームまでは流石に覚えていないが、特異能力の概要なら把握している。

右手で触れた物質を前方に射出する〈投擲部隊〉という特異能力。

ジンが懇意にしている教官のルディから流してもらった情報によれば、射出速度は物質の質量と反比例するらしい。さっきの酒樽が緩やかに飛翔していたのを見る限り、そもそもの最高速度もたかが知れているだろう。

つまり、奴（やつ）の狙いは物質を弾丸のように飛ばして攻撃することではない。

「宣戦布告をさせてもらう」

ビリーは盛大に唾を飛ばしながら怒鳴った。

「学園を不当に支配しようと企（たくら）むハイネ・スティングレイに、我々は反旗を翻（ひるがえ）す！　まずは、ハイネの犬である貴様らから粛清させてもらう！」

ジンの予想通り、ビリーは慣れた手つきでマッチ棒に火を灯（とも）した。ガソリンを全身に被（かぶ）っている自分たちにとって、それは死が約束された爆薬のようなものだ。

だが、ジンの共犯者は相変わらず頼もしかった。

窮地に立たされている自分自身ごと騙（だま）すように、ニーナは心から楽しそうに笑う。

「笑えますね。まさか、そんなもので私たちを焼き殺そうとでも？」

「強がるなよ、ニーナ・スティングレイ！　お前は終わりだ！」

「私たちがベネット・ロアーをどのように倒したか、あなたはご存じないようですね」

かつて〈災禍の女王（メイルストロム）〉に倒された炎使いの名前を出した瞬間、ビリーの表情はわかりやすく曇った。

いまやジンをも凌（しの）ぐ観察眼を持つニーナのことだ。ビリーがベネットの〈火刑執行者（エグゼキューター）〉から着想を得てこの作戦を考えたことくらい、すぐに見抜いてしまったのだろう。

焦燥に駆られたビリーがマッチを射出しようとした瞬間、ニーナは壊れ切った笑みとともに掌(てのひら)を前方に翳(かざ)した。

「さようなら、哀れな襲撃者さん」

台詞(せりふ)と動作が視線誘導(ミスディレクション)のためのブラフだと気付けなかった時点で、ビリーの敗北は決定してしまった。根拠のない自信に満ちた目でニーナを睨(にら)むビリーには、凄(すさ)まじい速度で死角から迫る飛翔物の気配すら察知できなかったのだ。

エマが投擲(とうてき)した革靴の先端が、ビリーの側頭部を正確に捉える。

血液と唾液が絡(から)みついた奥歯が宙を舞い、制御を失った右手からマッチ棒が零(こぼ)れ落(お)ちていく。少し遅れてビリーは背中から倒れ込み、マッチ棒を下敷きにする形で完全に気絶してしまった。

「いや、靴を投げて相手を気絶させるって……どんな剛腕だよ」

「こいつは完全に油断していたからな。うまく不意を突けた」

圧倒的な演技力と存在感を持つニーナと、棒付きの飴(あめ)を模したドーピングアイテムによって身体能力を強化したエマ。

この二人が手を組めば、突然の襲撃にも華麗に対処することができる。毎回準備に時間を割くことができない状況では、感謝状を送りたくなるような頼もしさだ。

「……で、どうする？　アジトで尋問するのか？」

「それは危険だよ、エマ。〈決闘(コンバット)〉が成立していない以上、こいつの記憶が消えることはないんだから」

「情報を聞き出したら、速やかに処分すればいいだけだろう」

「剣呑な発想だなあ。詐欺師は殺しなんてしないんだけど」

「諜報員のやり方は違……」

エマの反論を遮るように、尋常ではない轟音が上方から響いた。

教室の天井に亀裂が走ったかと思うと、次の瞬間には轟音と木片と粉塵を撒き散らしながら天井が破砕された。

上部から降ってきた人影を見て、ジンはエマに目線で合図を送った。いまここに、ジンとニーナ以外の人間がいると諸々の辻褄が合わなくなる。

意図を正確に読み取ったエマが教室を出たのを確認して、ジンは破壊を巻き起こした張本人に声をかける。

「教室には入り口の扉から入りましょうって教わらなかった？　ギルレインくん」

寝起きにしてもありえないほどボサボサになった髪を掻きながら、ギルレイン・ブラッドノートは呆けたような目を向けてくる。

「あー、お前らは……誰だっけ？」

「あんたと同じ自警団のメンバーだよ。てか、どうやったら忘れられるわけ？」

怪物の付属品と見られがちなジンはともかく、学園中から恐れられているニーナの名前すら

本当に出てこないようだ。普段から眠そうにしているとは思っていたが、流石に浮世離れしすぎている。

よほどの大物か、それとも救いようのない間抜けなのか。

――いや、考えるまでもない。

気を失ったまま残骸の中に転がっている二人の生徒を見て、ジンは気を引き締めた。

「……そこの二人はお友達？　完全に伸びてるみたいだけど」

「いや、知らないやつ。いきなり襲い掛かってきたから、面倒だけど返り討ちにしただけだ」

「流石、首席候補って言われてるだけはあるね」

さらに皮肉を言ってやろうとしたとき、ジンは視界の隅に異物を捉えた。

盛大に欠伸をするギルレインの上方――天井に開いた大穴から、二振りのナイフを構えた生徒が降下しているのだ。

「死ねっ！　ギルレイン！」

「あー、まだいたのか」

気の抜けた声で呟くと、ギルレインは襲撃者の少年へと手を翳した。

掲げられた掌の先から、何らかの液体が凄まじい勢いで噴出される。

水飴のような粘度を持つ液体が襲撃者の全身に絡みつき、空中で無力化することに成功。襲撃者はそのまま、受け身もロクに取れず床に叩きつけられる。

だが、襲撃者の口許には笑みが浮かんでいた。

今の奇襲は陽動――ジンがそう気付いたときにはもう、無数のナイフの雨がギルレインの頭上から降り注いでいた。

「……時間差攻撃かよ。面倒臭えなあ」

この期に及んでなお、ギルレインの声色からは焦燥の気配など感じられない。それどころか、ナイフの雨を回避する素振りすら見せなかった。

視界の隅から、三つの黒い球体が高速で飛翔してくる。

球体はナイフの雨に激突し、迫りくる刀身を破壊し尽くしていく。側面からの理不尽な力に薙ぎ払われたナイフの群れは、どれ一つとしてターゲットへと到達することができなかった。

「嘘だろっ！　あ、ありえない……！」

どうにかして水飴の中から脱出した襲撃者は、武器を捨てて教室の外へと走った。

もちろん、ギルレインがそれを見逃してあげるはずがない。

「俺の眠りを妨げておいて、そりゃねえだろうよ」

何の前触れもなく、紅蓮の業火が襲撃者の目の前で噴き上がる。

強烈な火柱は襲撃者の前髪を焦がし、逃走の意志を完全に奪い、消えることのない恐怖を脳裏に刻み込んでいく。

「危なかったな。あと少しでも逃げ足が速かったら、今頃あんたは消し炭だ」

「まあ、争いが特別好きなわけじゃねえけど……」

腰を抜かして尻餅をつく襲撃者に近付くと、ギルレインは彼の肩にそっと手を置いた。

「邪魔するやつは容赦なく潰すぞ？」

「ピギィっ！」

豚のような悲鳴が、襲撃者の口から漏れる。そのまま彼は一瞬だけ痙攣し、白目を剝いて気絶してしまった。

ギルレインの右手の周囲では、電流と思しき蒼白い火花が踊り狂っている。

――これが、〈謳われない者〉が引き起こす超常現象の数々。

特異能力の詳細をひた隠しにしているキャスパーとは対照的に、ギルレインの特異能力に関する情報は至る所で出回っている。にもかかわらず彼の特異能力を具体的に知る者がいないのは、話す内容が証言者によってまるで違うからだった。

今見ただけでも、水飴の生成・黒い球体の操作・発火・電撃など、複数の特異能力をタイムラグもなく自在に使い分けている。こんな芸当ができる人間など、帝国中を探しても他にいないだろう。

当のギルレインは、自らが起こした奇跡などどうでもいいようだった。

「最近さあ、やたらと俺に絡んでくるやつが増えてるんだけど。なんで？」

「あ……あ……」

「……ハイネ兄さんが、反乱軍がいると話していたでしょう」

流石に我慢できなくなったのか、ニーナが呆れ気味に指摘する。

「あー……初耳だわ。何かそれ、眠たい話だな」

「どうやら、睡眠以外には本当に関心がないみたいですね……」

皮肉に答えることすら面倒なのか、ギルレインは大きな欠伸をしながら瓦礫の上に座り込んでしまった。虎の顔が描かれたアイマスクをポケットから取り出したので、まさかこの場で眠ってしまうつもりだろうか。流石に常軌を逸している。

こういうタイプは絶対に詐欺の標的にすべきではないと、ラスティからは教わった。

そもそも、相手の欲望を刺激して甘言を囁くのが詐欺師の仕事なのだ。「何もしたくない」という消極的な欲望もあるにはあるが、そこを狙っても旨味はほとんどない。

とはいえ、今後の計画を考えるとギルレインの立ち位置くらいは知っておく必要がある。

こんな恐ろしい怪物がもし敵に回ったら、厄介どころの騒ぎではないのだ。

「ねえ、眠る前に一つだけ訊いていい？」

「……なに。手短に頼むわ」

「あんたは、どうして自警団の活動に参加してるんだ？　こんな、面倒なだけのボランティア活動に興味があるようには見えないけど」

「別に。断るのも面倒臭かっただけだよ」

「本当にそんな理由？　あんた、何か隠してるだろ」

「知らねーよ。……本当に、俺は何も知らない」

言い方にやや違和感があったが、それを追及することはできなかった。

ギルレインがアイマスクを完全に装着してしまったのもあるが、最も大きな理由は、黒板の上に設置されているスピーカーが不意に震えたからだった。

『緊急放送です。生徒のみんな、落ち着いて聞いてね』

機械を通して声が微妙に変化しており、しかも大量のノイズが混じっているが、放送室にいる人物の正体はすぐにわかった。

この、常に笑いを堪えているような、あらゆる出来事を遊びの一環としか捉えていないような喋り方は——。

「……ハイネ、兄さん？」

ニーナの呟きを掻き消すように、スピーカーから酷い音質の警告が流れてくる。

『何者かが仕掛けた時限爆弾が、一年生の教室棟で発見されました。場所は三階の男子トイレの個室。他にもいくつか仕掛けられている可能性があるので、まだ教室棟に残ってる生徒は速やかに退避するように』

建物内の至る所から、生徒のものと思われる悲鳴が聴こえた。

〈決闘〉という最低限のルールすら無視して生徒を襲撃する反乱軍の存在は、もはや学園中に知れ渡っている。当然、この緊急放送を聞いた生徒は時限爆弾と彼らを脳内で結び付けていることだろう。

流石に眠れる状況ではないと悟ったのか、ギルレインは欠伸を噛み殺しながらアイマスクを外そうとしている。彼が見ていないならこのまま校舎から出ようと考えていたジンだが、一応自警団としての責務を果たさなければならないようだ。

ジンはエマの攻撃で失神しているビリーに近付き、頬を何度か叩いてみた。

「おい、起きろ。起きないと見殺しにするぞ」

何度やっても反応はないので、ジンは頼もしい共犯者に続きを任せることにした。

ニーナは深い呼吸で集中状態に入り、怪物の演技を発動。妖艶かつ不吉な雰囲気を全身に纏いながら、ビリーの耳元で囁いた。

「……早く起きないと、小腸を捩じ切ってしまいますよ」

「ひっ……⁉」

信じられないことに、ビリーは悪夢から帰ってきた直後のような顔で飛び起きてしまった。

紛れもない神業だが、共犯者を褒め称える時間はなさそうだ。

「なあビリー、あんたは反乱軍とやらの一員なんだろ？　ならもちろん知ってるよな？　時限爆弾とやらは全部で何個あって、それぞれどこに仕掛けられてる？」

「お、俺はそんなの知らない……！」

「へえ、大した度胸だな？　〈災禍の女王〉の前でそんな嘘を吐くなんて」

「あはは。自殺するにしても、もっと楽な方法をおすすめしますよ？」

二人の詐欺師による本気の恫喝を食らって、ビリーの忠誠心が崩壊する幻聴がした。もっともそれは、飴細工のように脆いものだったかもしれないけれど。

微塵の躊躇も葛藤もなく、ビリーの震える唇が開いた。

「わ、わかった正直にっ……」

言葉がそこで途切れたのは、詐欺師たちの仕業では断じてなかった。

時限爆弾はまだ作動していないし、寝ぼけ眼のギルレインは何もしていない。そのギルレインに倒されて気絶している三人の男子生徒はもちろん無関係だ。

何の前触れもなく、ビリーは白目を剥いて呻き始める。

「がっ……ぁあああああああああっ！」

何度か見た光景だ。ジンは平静を保ちつつ状況を分析する。

これは、学園長ジルウィル・ウィーザーの特異能力。

「……記憶消去」

そう確信したジンは、瓦礫の散乱する教室を素早く見渡した。

以前、学園の秘密を吐こうとしたサティアの記憶が消去されたときとは事情が違う。学園の上層部と繋がりがあるはずもないビリーは、誰かと〈決闘〉の契約を交わしているのだろう。

何かしらの敗北条件を満たしたから、彼はポイントをすべて吐き出して強制退学になった。

　そして、ビリーが〈決闘〉をしていた相手は恐らく――。

「……ダズ・ホルム。反乱軍とやらのリーダーが、こいつの〈決闘〉の相手だ」

「ええと、どういうことでしょう」

　状況をうまく呑み込めていない顔で、ニーナが訊いてくる。ギルレインが見ているのを警戒して敬語で話してくるのを見る限り、なんとか冷静さは失っていないようだ。

「恐らく反乱軍のメンバーは、忠誠心や信念じゃなくて――何らかの利害関係か、脅されるかどうかしてダズの命令に従ってるはずだ。入学からたった数ヶ月で、そこまで強固な信頼関係を大勢と築ける奴なんてまずいないからな。

　でも、そんな忠誠心皆無の連中だと、少し脅されただけで簡単に情報を吐いてしまうって問題があるよな。……そこでダズは、学園のルールを逆手に取ったアイデアを思い付いたんだ。

　ダズ自身がメンバーと〈決闘〉の契約を結んで、敵に捕まって情報を吐いてしまう前に強制退学に追い込むっていう奇策を」

「……でも、実際にビリーが戦ったのは私たちでしょう。この場にいない人間が、ビリーを敗北させることなんて可能なのでしょうか」

「やり方はいくらでもあるよ。『制限時間内にダズの身体にタッチできなければ負け』とか『ダズより先に屋上に辿り着けなければ負け』とか、〈決闘〉をやる生徒同士が離れた場所にいても成立するルールを誓約書に記載すればいい。もちろん、負けた方はポイントを全て没収されるという条件付きでね。

あとはどこかに一人で隠れているダズが勝利条件を満たすだけで、ビリーの強制退学は確定だ。記憶は消去され、反乱軍の情報が漏れることはない」

「そんな無茶苦茶な契約を結ぶ生徒がいるとは思えませんが」

「今まさに記憶を消されてるビリーを見てもそんな反論ができる？　……まあ、たぶんアレだよ。ダズが部下に引き入れたのは、いずれ必ず退学処分になるような成績下位者だけ。そんな連中に退学になっても構わないと思えるほどの報酬を用意すれば、最後の思い出づくりに協力してくれる可能性は高い」

「つまり、リーダーのダズには充分な資金力があると？」

「たぶんね。そうじゃなきゃ諸々の説明がつかない」

ついでに、〈決闘〉の立会人として必ず派遣されるはずのブリキ人形がここにいない理由も容易に推測できる。秘密裏に繰り返した実験によって、ジェイクに『最後に誓約書に署名した人物の近くに飛んでくる』という仕様があることをジンは把握していたのだ。

それに、一人の生徒が複数人と同時に〈決闘〉をすることができるというのも既知の情報だった。わざわざ叩き起こして確認するまでもなく、ギルレインに返り討ちにされた二人も今頃学園にまつわる記憶を消去されていることだろう。

「……楽しく話してるとこ悪いけど」

久しぶりに口を開いたギルレインは、心底どうでもよさそうに言った。

「そろそろ、時限爆弾が起動するんじゃないの？」

＊

大気を震わす轟音が、学園に混沌を連れてくる。

舞い上がるコンクリートの破片。立ち込める粉塵。悲鳴を上げながら逃げ惑う生徒たち。

教室棟の三階——男子トイレの個室に仕掛けていた時限爆弾は予定通りに起動し、秩序の一切を蹴散らしてしまった。

「……ここから、始まるんだな」

双眼鏡から顔を離しながら、ダズ・ホルムは呟いた。遂行しなければならない任務と、適当に考えた偽名を身体に馴染ませるように。

あの爆弾はあくまで反乱軍の存在を印象付けるためのもの。だからダズは、死人や負傷者が出ないように細心の注意を払った。わざと発見しやすい場所に設置したのもそのためだ。

自分たちの最終目的は学園の転覆などではないのだから、不要なリスクはできるだけ回避するべきだ。

　ダズは再び双眼鏡を覗き込み、粉塵を掻き分けて教室棟から出てきた二つの人影を確認した。失神した反乱軍のメンバーたちを台車に乗せて運びながら、埃まみれのジン・キリハラが何やら話している。隣を歩くニーナ・スティングレイは、凜とした表情で相槌を打っていた。読唇術を使えるわけではないダズには会話の内容などわからないが、何かろくでもないことを話しているのは確かだろう。ダズの直感がそう言っていた。

「いつまで嘘を貫き通せるかな。……俺も、お前らも」

　彼の呟きは人知れず夕闇に溶けていき、すぐにその残滓も見えなくなった。

第四章 道化師の微笑み、玩具箱の中の絶望

Lies, fraud, and psychic ability school

教室棟に仕掛けられていた爆弾が起動してから三〇分後。ジンは一人で学長室に続く廊下を歩いていた。

校内放送でハイネに呼び出されたのは、野次馬たちの注目を全身に浴びながら、気絶した反乱軍（レジスタンス）のメンバーを教官に引き渡しているときだった。当然シャワーを浴びる暇もなかったため、爆発で巻き上がった粉塵（ふんじん）で全身が汚れてしまっている。

それにしても、とジンは思う。

学園中が混乱しているこのタイミングで、自分一人を学長室に呼び出す意図は何なのだろうか。普通なら、自警団全員を集めて情報共有をさせるのがリーダーとしての役割なのに。

相変わらず、ハイネの行動は予測不能すぎる。こうして考察させられていることすら、何かの罠（わな）ではないかと思えてくるほどだ。

――厄介な相手だな、本当に。

とにかく、学長室はもう目と鼻の先だ。この辺りで思考を切り替える必要がある。

あの作戦を実行に移す前に、ハイネに目をつけられることだけは避けなければ。

「あれぇ？　こんなところでどうしたの？」

学長室の扉を開けて出てきたアリーチェ・ピアソンを見て、ジンは思わず目を見開いた。

驚愕(きょうがく)したのは、不意を突かれたのが原因ではない。彼女が襟首を摑(つか)んで引(ひ)き摺(ず)っている、血まみれの男子生徒が視界に入ってしまったからだ。

「どういう状況だよ、それ」

「ああ、この子？　反乱軍(レジスタンス)のメンバーらしくて」育ちのよさを感じさせる、優雅な笑みとともにアリーチェは続ける。「私を後ろから襲って悪戯(いたずら)しようとしてきたから、少し懲らしめてあげたわけ」

「……殺したのか？」

「あはは、怖い発想だね～。私がそんなことすると思う？」

思うも何も、男子生徒が流している血はどう見ても致死量を上回っている。

かつて白かったはずのシャツは白い部分を探す方が難しいほどに血で染め上げられており、男子生徒の顔はぞっとするほど青ざめている。アリーチェの方も大量の返り血を浴びているようで、露出の多い制服だけでなく頬や首元にも血の跡があった。

だが、アリーチェが「殺していない」と言うのなら、それはその通りなのだろう。

信じがたいことに、こんな状態でも男子生徒の呼吸が止まっている様子はなかった。

「それより、おかしな状況なの。学長室に連れて行って尋問しようとしたら、この子の記憶が急に消えちゃってさあ。私とは〈決闘(コンバット)〉なんてしてないのにね」

　その疑問についての答えをジンは持っていたが、わざわざ教えてあげる義理もない。

　何より、血まみれの生徒を見て動揺した精神を落ち着けるのが最優先事項だった。

「そういえば、この子はこれからどうなるんだろうね。犯罪行為に加担したとはいえ、その記憶自体を失っちゃってるわけだし」

「慣例では、強制退学になった生徒は帝国軍の病院に検査入院するらしいよ。そいつを罪に問うかどうかは、その間に警察が決める」

　たとえば〈決闘(コンバット)〉を介さない暴力行為や過去の殺人を仄(ほの)めかす発言をしていたベネット・ロアーは、退学処分が科されたあと軍病院で警察による取り調べを受けたらしい。そのあとに彼がどうなったかは報道すらされていないが、恐らく自由の身にはなれていないはずだ。

　もちろん、学園を離れた生徒たちの行方を仲間に追跡させるような余裕はない。人員的にも、予算的にもだ。だから当然、ジンとしても詳細を把握できているわけではなかった。

「……というか、そいつをこれからどうするつもりなんだ？」

「安心してよ。ちゃんと医務室に連れて行くから。もう遊び飽きちゃったし」

　最後に不穏なことを呟(つぶや)いて、アリーチェは男子生徒を引(ひ)き摺(ず)ったまま歩いていってしまった。

　すれ違いざまに小さく手を振ってきたが、反応してあげる気にもなれない。

学長室の扉の前で、ジンはたっぷり時間をかけて深呼吸をした。

大丈夫、この段階でハイネが極端な手を打ってくるはずがない。ニーナと二人で自警団の仕事をしっかりこなし、ある程度の信頼は獲得できているはずだ。

おざなりなノックとともに扉を開ける。

相変わらず、学長室は奥に机が置かれているだけの殺風景な空間だったが、少しだけ変更点もあるようだ。

「流石に必要だと思って、椅子をいくつか買ってもらったんだ。まあ座りなよ」

ハイネ・スティングレイは机の上に両肘をつきながら、簡素なパイプ椅子を目線だけで示した。広い机を間に挟んでいるとはいえ、ハイネなら一瞬で殺すことも可能な距離にある。

無闇に接近したくはないが、かといって断れる状況でもない。そもそも、この部屋に入った時点で喉元に刃を突き付けられているようなものなのだ。

大人しくパイプ椅子に腰を下ろしながら、ジンは問い掛けた。

「どうして俺だけを呼び出したんです？」

「そう警戒しないでほしいな。ただ、自警団のみんなと一人ずつ面談してるだけだから」

そういえば、さっきすれ違ったアリーチェも一人で学長室に来ていたようだ。

まあ、アリーチェに関しては学園上層部と繋がっているのが濃厚なので、言葉通りに受け取らない方がいいだろう。

「面談と言っても、別に堅苦しいものじゃない。カードゲームでもしながら緩く話そうよ」

デスクの引き出しから、新品の箱に入ったカードが取り出される。

ジャック・クイーン・キングの絵札を含めた五二枚と、道化師(ジョーカー)のカード二枚で構成されている代物で、もちろんジンもいくつか所有している。

他国の文化が推奨されていない帝国内ではあまり見ないが、世界的にはかなりポピュラーだと言えるだろう。カードを使った手品や賭場(とば)で使えるイカサマの技術などを、ジンは幼少期からラスティに叩(たた)き込(こ)まれてきた。

「〈ババ抜き(オールド・メイド)〉ってゲームは知ってるかな」

「もちろん。でも、そんなシンプルなゲームを二人でやって楽しいですか？」

「実を言うと、それくらいしかゲームを知らないんだよね」

基本となる五二枚に道化師(ジョーカー)を一枚だけ加えたカードをプレイヤー全員に配り、同じ数字のペアがあればすべて場に捨ててからゲームが開始される。あとは順番に相手の手札から一枚を抜き取り、ペアができたら捨てるという流れを繰り返す。手札を全て場に捨てることができたプレイヤーが勝者になるという、極めて簡単なルールだ。

道化師(ジョーカー)だけはどのカードともペアを作れないのがこのゲームの肝だ。最後まで道化師(ジョーカー)を持っていたプレイヤーが必然的に敗北するため、たった二人で道化師(ジョーカー)を押し付け合うシンプルな心理戦が繰り広げられることになる。

「さて、始めようか」

下手でも上手でもない手つきでハイネがカードを配り終えると、二人は最初の手札の中からペアになっているカードを捨てていった。ジンが八枚、ハイネが九枚のカードを手札に残した状態で、ようやくゲームが開始される。

ジンの手札にないということは、最初に道化師(ジョーカー)を握ったのはハイネなのだろう。

「じゃあ、俺から」

扇状に広げられた手札から、ジンは一枚のカードを引き抜く。ハートの八。手元にクラブの八があったため、これでペア成立だ。二枚を場に捨てて、ジンの手札は残り七枚となった。

はっきり言って、ジンはこの手のゲームでラスティ以外の人間に負けたことがない。心理戦の技術はもちろん、いざとなればイカサマを使う余地もあるからだ。

とはいえ、馬鹿正直に勝ちにいくこと自体が悪手だ。

ハイネはこのゲームを通してジンの心理傾向を読み解こうとしているかもしれない。何も考えず、純粋にゲームを楽しんでいるだけの子供を演じているべきだろう。

「さっきは大変だったね。怪我(けが)はない？」

ジンの手札からスペードの三を引きながら、ハイネが問い掛けてきた。

「爆発があった場所は遠かったですからね。全然大丈夫ですよ」

「反乱軍のメンバーから襲撃を受けたんでしょ？　何か、わかったことはあったかな」

ジンは手札に来た道化師を見て動揺するフリをしながら、一連の顛末を説明した。

ニーナと二人で教室に残っているとき、ビリーと名乗る男子生徒から襲撃を受けたこと。彼がハイネと自警団による学園の支配に異を唱えていたこと。同じく反乱軍の襲撃を受けていたギルレインと合流したこと。反乱軍のメンバーは容易く倒したが、情報を聞き出す前に彼らの記憶が消去されてしまったこと。恐らく、ダズ・ホルムという反乱軍のリーダーが〈決闘〉の制度を悪用しているということ。

「なるほどね。じゃあダズ・ホルムとやらの手掛かりはなし？」

「唯一の収穫は、反乱軍とそのリーダーが実在するってわかったことですかね」

ペアになった二枚を捨てながら、ハイネは苦笑した。

「なに、アリーチェちゃんの報告を信じてなかったの？」

「あいにく、疑り深い性格なんで。それに、反乱軍の動きには不自然な点が多すぎるんですよ」

ハイネが微笑とともに先を促したので、ジンは続けることにした。

「だって、主張と行動の辻褄が合ってないでしょ。連中はハイネさんが学園の支配を強めていることに反発してるはずなのに、学園に爆弾を仕掛けて大勢の生徒を巻き込もうとするのは矛盾している。歪んだ正義が暴走するうちに目的を見失うのはよくある話ですけど、それにしても展開が急すぎませんか?」

「ダズ・ホルムの正体は敵国の諜報員だよ。学園ごと潰そうとしていても何もおかしくない」

「いや、もしかしたら……ダズは学園側の人間だったりして」

ジンの手札に伸びてきた手が、一瞬だけ止まった。

ハイネはどれを選ぶか迷っている素振りを見せたあと、結局ハートの二を抜き取っていく。

「……陰謀論か。僕は嫌いじゃないけど、反乱軍が帝国軍の関係者ばかりを襲っているのはどう説明する?」

反乱軍に襲われた生徒の親は確かに帝国軍や軍需産業の関係者だが、大した権力もない末端の人間ばかりだという事実がある。今回初めて入学試験免除組が襲われたが、あの貧弱な戦力ではまるで通用しないだろう。本気で潰そうとしていたとは、到底思えない。

とはいえ、ここでハイネを論破する必要はないだろう。

「まあ、ただのジョークですよ」ジンはハイネの瞳を正面から捉えた。「第一、学園が反乱軍を手引きするメリットがあるとは思えませんし」

「はは、よかったよ。本気で言ってるとしたら、きみの知能を疑うところだった」

ハイネは目を細めて笑った。動揺している様子は微塵もない。まるで、世間を知らない学生の世迷言を微笑ましく眺めているような表情だった。

そうこうしているうちに、ゲームは佳境を迎えていた。手札の枚数はジンが二枚、ハイネが

三枚。道化師（ジョーカー）はハイネが持っている。

ジンがデスクの向かい側へ手を伸ばそうとしたとき、ハイネは突然言い放った。

「なんか、飽きてきたね。刺激がないというか」

「え？　……まあそうですね。二人でやって楽しめるようなゲームじゃないし」

「そうだ。これ、〈決闘（コンバット）〉にしてみようか」

「はあ？」

ジンの怪訝（けげん）な表情など見えてもいないのか、ハイネは手札をデスクの上に伏せて何やら準備を始めた。デスクの引き出しから取り出したのは、一枚の白い紙とペン。

「勝利条件は〈ババ抜き（オールド・メイド）〉と同じだとして……賭けるポイントはどうしようか」

「ただの遊びだし、五点くらいですか？」

「それじゃつまんないよね。もういいや、ポイントを全部賭けよう」

「なっ……」

——何を言ってるんだ、こいつは⁉

ジンは脳細胞を総動員させて思考を展開した。

こんな遊びでポイントを全て賭けるなんて馬鹿げている。いや、そもそもハイネは自分が誰と戦っているかわかっているのだろうか？

いくら帝国の最高戦力である〈白の騎士団〉のメンバーだとしても、心理戦とイカサマがモノを言うカードゲームではジンの方が圧倒的に有利だ。もちろんジンがラスティに育てられた生粋の詐欺師であることまでは知られていないだろうが、それにしても不用心すぎる。

それともまさか、ハイネは自分の正体を見抜いているのだろうか？

その上で、一流の詐欺師すら騙すことができるイカサマを準備しているのだろうか？

いや、結論を下すには材料が足りなさすぎる。

ひとまず、ジンは当然の反論をぶつけて時間を稼ぐことにした。

「フェアじゃないですね。生徒の俺はポイントを全部失ったら強制退学になりますけど……教員のあなたは違うでしょう？　同等のリスクを背負えないなら、〈決闘〉は成立しない」

「それは安心してくれていい。学園長の特異能力の上では、僕はきみたち生徒と同じ立場と見做されてるんだ。当然、ポイントを全て失えば学園での記憶を全部失う。まあ確かに、退学処分にはならないかもしれないけど」

「……ええと、マジでやるんですか？　冗談じゃなく？」

「自信ないの？　強者たちを倒してきたきみらしくもない」

ハイネは誓約書にルールと自分の名前を記入し、ジンへと差し出してきた。

これに署名した瞬間、イカレたゲームが正式に成立してしまう。

どれが正解だ？　引き延ばされた時間感覚の中で、ジンは逡巡する。

素直に自信がないと認めて〈決闘〉の成立を回避するか、申し出を受け入れて勝利を目指すか。どちらを選べば、この先の信用詐欺（コン・ゲーム）を有利に進められるのだろう。

突拍子もない提案で相手の平常心を崩し、不自由な二択を突き付ける——これが、ハイネ・スティングレイの常套（じょうとう）手段。

「……一つ、問題がありますね」

ジンはどうにか絞り出した。

「仮に俺が同意したとしても、そんな条件の〈決闘（コンバット）〉は成立しないんです。だって、俺たちが所持してるポイントには途方もない開きがあるから」

「どういうことだろう」

「俺の保有ポイントは一五六点。あなたは最低でも一〇〇〇点は持ってますよね？　実は、所持ポイントに倍以上の開きがあると『ポイントを全部を賭ける』ってルールは成立しない仕様なんですよ」

学生時代はニーナ以上に周囲から恐れられていたはずのこの男に、ポイントを全て賭けた勝負を挑むような間抜けはそういなかったはずだ。

だから、ハイネがこういう細かい仕様を知らなくても無理はない。

ジンは未成立の誓約書を差し戻しつつ、ハイネの手札からカードを抜き取った。ダイヤの一〇とクラブの一〇のペアが成立。これでジンの手札は一枚だけになったので、ハイネのターンになると自動的にジンの勝利が確定する。

ジンはハートの七のカードを机に叩き付けて立ち上がった。

「次こそ真剣勝負ができるように、ポイントをしっかり稼いでおきますね。では失礼します」

どうにか切り抜けることができた。

表情から入念に安堵を消しつつ、ジンは一刻も早く学長室から出ることにした。ハイネが呆気に取られているうちに退散すれば、この局面は強制的に終わる。

だが、ドアノブに手をかけたところでジンの目論見は打ち砕かれた。

「……なるほど、きみは大した嘘つきだ」

舌打ちしそうになるのを堪えつつ、ジンは背中越しに問い掛けた。

「……嘘？」

「こんなイカサマ、よく考えたね。〈マーキング〉って言うんだっけ？　自分がちょうど埃まみれなのを利用して、カードに目印をつけるなんて」

「はは、目印なんてありました？　道化師に埃がつかないように気を付けてたんですけどね」

「道化師じゃないよ。きみが微細な汚れをつけていたのは、ダイヤの一〇だ」

――そこまで見抜かれていたのか。

ジンは思わず拍手を送りそうになった。薄々感じていたが、自分とこの怪物の思考はかなり似通っているらしい。

カードの裏面に僅かに付着した汚れを指差しながら、ハイネは笑った。

「細工を警戒されやすい道化師じゃなく、こんなどうでもいいカードにマーキングを施すなんて策士だね。これならほとんどの相手は警戒しないから、自分の手札にあったクラブの一〇と確実にペアを作ることができる。実際、きみはそうして勝利をもぎ取った」

「汚れはたまたまついただけじゃないですか？」

「はは、それだけ全身が汚れたら言い訳も充分に成立するね。……ああ、これは嫌味なんかじゃない。本気で感心してるんだ。この嘘には、僕に見破られたとしても何の問題もないロジックが組み上がってる。ここまでくると偏執的だとさえ言っていい」

「……買い被りですよ」

これ以上は危険だ。詐欺師として培ってきた経験が、そう言っている。

腹の探り合いが続く前に、ジンは扉を開いた。早くも遅くもない動作で退出し、ハイネに視線で一礼してから廊下側のドアノブに手をかける。

扉が完全に閉まる間際、部屋の中から囁くような声が聴こえた気がした。

「そういう嘘を使って、きみたちは怪物と戦ってきたのかな？」

警報。

脳内で警報が鳴っている。

ハイネはどこまでこちらの手札を読み切っているんだ？

自分が水面下で進めている策は本当に正しいのだろうか？

何もわからない。ジンの研ぎ澄まされた洞察力をもってしても、人の心を持たない怪物の腹の内まで読むことはできなかった。

無明の混沌を突き進むような状況の中で、確かなことは二つだけ。

一つは、ハイネ・スティングレイという怪物がこれまで詐欺にハメてきたどのターゲットよりも厄介だということ。

そしてもう一つ。

これまでで間違いなく最高難度と言える大仕事——それがもたらす極限のスリルを前にして、自分がどうしようもなく高揚しているということだ。

——安心しろよ、異端者。お前は必ず地獄に堕としてやる。

重厚な扉の向こうにいる怪物へと、ジンは不敵な笑みを作ってみせた。

翌朝、ジンとニーナの元に不吉な誘いがもたらされる。

寮の自室に届けられたその手紙は、ハイネの知り合いが主催するパーティへの招待状だった。

◇

このパーティを主催する大富豪は、帝国内に五つの豪邸を保有しているそうだ。そのうちの一つ、ハイベルク校があるアッカスの街の郊外に位置する物件は、月に一度だけある社交パーティのためだけに使用されていた。

見るからに高級そうなスーツを羽織った紳士や、見るからに高級そうなドレスを身に纏った淑女たち。社交パーティが品評会という側面を持つことに自覚的な彼らは、どんな服やアクセサリーを選べば己の財力を誇示できるかばかりを考えているようだった。

軽やかなピアノの演奏に合わせて踊る人々を眺めながら、壁にもたれているニーナは思わず溜め息を漏らしてしまった。

いくつになっても社交界は苦手だ。嘘くさい笑みを纏った人々から漂う虚栄心と、誰一人本音を語ろうとしない空虚な会話の数々を浴びていると、生きる活力を一秒ごとに奪われていく気がするのだ。

まあ、致命的な嘘を吐き続けている自分が言えたことではないけれど。

「どうしたのニーナ、緊張してる？」

ウェイターから受け取ったグラスに口を付けながら、燕尾服を着たジンが呟いた。急遽仲間のガスタに用意させた服らしいが、意外にもよく似合っている。詐欺の仕事でこういうパーティに潜入することはよくあったみたいだから、所作の一つ一つもちゃんと洗練されていた。

「これから何時間も良い子の演技をしなきゃいけないんだよ？　そりゃ緊張もするよ」

「子供の頃から何回も参加してるだろ。いつも通りやればいいじゃん」

「そんな簡単な話じゃ……っていうかジン、それお酒じゃない？」

「まあ、せっかく貰ったし。このくらいじゃ酔わないから平気だよ」

「相変わらず不良だなあ……。一応、それって犯罪だよ」

「詐欺罪よりは全然マシだろ」

反論のしようがないことを言いながら、ジンは赤ワインを飲み干してしまう。何十回とパーティに参加してきたニーナよりも、彼の方がよほど堂々としていた。

近くを通りかかったウェイターにグラスを返したあと、ジンは突然言い放った。

「さて、俺たちも踊るか」

「は？　えっ？」

不意に手を握られて、ニーナは間抜けな声を上げてしまう。

こちらの動揺など気にも留めず、ジンはニーナの手を引いてダンス・フロアの中心へと歩いていく。周囲の大人たちの視線が集まる。自分が手に汗をかいていることに気付いて顔が赤くなる。そこでニーナはようやく、スティングレイ家の令嬢に相応しい凛とした表情を保たなければならないことを思い出した。

お互いに向かい合い、両手を軽く繋いだ状態でダンスが始まった。

冷静に、冷静に。そう自分に言い聞かせながら、ニーナは丁寧にステップを踏んでいく。

「やっぱり、踊りの作法も一通り習ってるんだ」

吐息がかかるほどの近さで囁かれると、また動揺してしまいそうになる。

ニーナは慎重に呼吸をして精神を整えるので精一杯だった。

「な、なんで急に踊ろうなんて」

「せっかくパーティに来てんのに、隅でコソコソしてた方が怪しいだろ」

「確かに、そうかもしれないけど……」

「それに、ある程度は俺の顔を売っておく必要があるしね」

名家の令嬢であるニーナは参加者たちに絡まれて自由が利かなくなるため、実働部隊はジンが務めるのが自然だ。そうなると、確かにジンは「ニーナと一緒に踊っていた少年」という程度の認知度は獲得しておいた方がいいのかもしれない。

不意打ちのようなタイミングでハイネから招待状を貰ったあと、ジンはニーナやエマたちを街のカフェに呼び出して臨時作戦を発表した。

社交パーティには政府や軍の要人も参加する。つまり、帝国が隠している秘密を探る絶好の機会でもあるのだ。エマとその上司が帝国の科学者と接触して、特異能力者を生み出す薬品で

ある〈原初の果実〉に近付いているようだが、〈楽園の建築者〉についてはまだ言葉からの連想以上の情報は何もない。これからの数時間で、自分たちが手掛かりを掴まなければならないのだ。

「ハイネの狙いは知らないけど、これは願ってもないチャンスだよ。ありがたく利用させてもらおう」

あのとき、ジンはテーブルを囲む三人を見渡しながら凶悪に笑っていた。いつもと同じ、自らの失敗などまるで恐れていない表情で。

作戦会議が終わってから数時間経つが、ニーナの内心ではずっと焦燥が渦巻いていた。ジンの方は、相変わらず緊張や不安とは無縁に見えるけれど。

それにしても、ジンの踊りはやけに手慣れている。

的確なリードで次の動きを導いてくれるし、うろ覚えのステップでニーナがリズムを破綻させてしまう前に、即興で帳尻を合わせてくれる。涼しい顔で音楽を乗りこなしているジンに、少しだけ悔しさを覚えてしまった。

「……こんなの、どこで覚えたの？」

「タダ飯とターゲット探しを兼ねて、ラスティと一緒に色んなパーティに参加しまくってた時期があるんだよ。もちろん、毎回身分を偽ってね。その時はまだ一〇歳かそこらだったから、面白がった大人たちが色々教えてくれた。結構様になってるだろ？」

「……運動とか苦手なくせに。生意気だなあ」

「こういう社交ダンスなんて、相手の呼吸とか思考を読んで動きを合わせるだけでしょ。詐欺師の得意分野だよ」

「……へえ。思考を読んでるんだ」

——こっちの気持ちには全然気付いてくれないくせに。

そんな言葉が脳内に浮かんできてしまったので、ニーナは慌てて首を振った。ステップを踏む順番とか、フロアで踊る大人たちの顔や仕草とか、そういうどうでもいい情報だけで脳内を埋めようとする。

実際のところ、自分たちがやろうとしている大仕事にこんな感情は不要なのだろう。いつものように分厚い演技を纏(まと)ってさえいれば、余計な問題など起こさずに済む。

「……いいかニーナ、最終確認だ」

真剣な顔をしたジンが耳元で囁(ささや)く。ニーナも思考回路を詐欺師仕様に切り替えた。

「踊りが終わったら、俺はトイレに行くフリをしてフロアから離れる。そこからは別行動だ。俺が仕事を済ませて戻ってくるまで、ニーナはハイネに張り付いて足止めしててくれ」

「……わかった。ジン、気を付けてね」

「ニーナの方こそ。ハイネは何を仕掛けてくるかわからない」

ジンの瞳の奥に、一瞬だけ感情の揺らぎが見えた。

常に冷静沈着な詐欺師にしては珍しい。

ジンにとって、今回の一件はそれほど特別なものなのだろう。

「じゃあ、健闘を祈る」

芝居がかった口調でそう言うと、ジンは手を振ってフロアの外へと歩き出してしまった。


ジンと別れたあと、ニーナはダンス・フロアの外れにある階段を上って二階を目指した。

二階は吹き抜けとなっていたため、見るからに大物とわかる老人たちとグラス片手に談笑しているハイネの姿が見えていたのだ。

ニーナの姿を見つけるなり、ハイネは会話を中断させて笑いかけてきた。

「ニーナ、そのドレス似合ってるじゃないか」

当然ドレスはスティングレイ家の執事が準備したものなので、ニーナの功績というわけではない。それはハイネもわかっているはずだ。とりあえず謙遜の笑みを返して、ニーナは実兄の白々しい言葉をやり過ごした。

重鎮たちにニーナを簡単に紹介したあと、ハイネがそっと耳打ちをしてきた。

「ジンくんは一緒じゃないのかな？　さっき見かけた気がするけど……」

「彼なりに気を遣ってくれているのでしょう。ハイネ兄さんの知り合いが主催するパーティなら、私も各方面に挨拶回りをしなければいけませんから。社交界に不慣れな学生が粗相を犯してしまうよりは、隅の方で食事に集中していた方が賢明です」

「はは、場違いなんてことはないのに。妹の恋人として、僕がみんなに紹介してあげてもいいくらいだよ」

「……何か勘違いをしてるようですね」

わざとに決まっている。恐らくは大した目的もなく、ニーナの平常心を揺さぶって反応を見たいと考えているだけだろう。

そんな手に乗る気などないニーナは、集中力を総動員して分厚い仮面を作ってみせた。

それからしばらく、ハイネとニーナは〈白の騎士団〉のメンバーとその妹に相応しい振る舞いを続けた。すなわち、次々に声をかけてくる名前も顔も知らない大人たちに愛想笑いを向け、大して実りのない会話で場を繋ぐ作業である。

やはりハイネの人気は凄まじかった。誰もがハイネを帝国のためにその身を捧げる気高き英雄として見ており、内面にある残虐性の欠片にさえ気付いていないらしい。

ただ、何事にも例外というものは存在する。

何人かの人間は、微笑の裏に広がる仄暗い領域にこそ用があるようだった。

「ハイネさん、いつもお世話になっております」

五〇歳はとうに超えているであろう赤毛の中年男が、地面にめり込んでしまいそうなほどの低姿勢でハイネに擦り寄ってきた。

こういう後ろめたそうな態度で近付いてくる人間は、これで三人目だ。揃いも揃って、二回り以上も年下のハイネに媚を売ることへの屈辱感などは特にないようだった。

「あの、例の約束は……」

「問題なく進行してますよ。ちゃんと署名もしたでしょう？」

「そ、それならいいですが……」

安心した様子で去って行った男が見えなくなってから、ニーナはどうでもよさそうな振りをしながら問い掛けた。

「……随分、きな臭いビジネスに関わっているみたいですね」

ハイネは吹き抜け部分に設置された手すりに背中を預け、まだほとんど減っていないワインに口を付ける。

「こういう立場にいると色んな誘いがあってね。いちいち断るのも面倒だから、名前だけ貸してあげてるような案件がいくつかあるんだ。僕が愛用してるって噂を広めるだけで、商品の売上がまるで違うみたいだから笑えるよね」

「それだけ無頓着だと、犯罪に巻き込まれても気付けませんね」

「はは、少しは気を付けることにするよ」

虚しいやり取りだ、とニーナは思う。

お互いが目も合わせずに腹を探り合い、どんな些細な隙も見逃すまいと意識を張り詰めている。別の人生を生きたことなどないニーナであっても、これが正常な家族同士の会話ではないことくらいはわかる。

温度を伴わない会話を通して、ニーナは隣で笑うこの男がどうしようもないほどに他人であることを思い知らされた。

悲しいことに、自分は兄を叩き潰したとしても後悔を覚えることなどないだろう。

「……あれ、下の階が騒がしいね」

ハイネは手すりに肘を乗せて、ダンス・フロアを見下ろしていた。

彼の言う通り、確かにパーティの参加者たちがざわつき始めている。見知った顔がチラッと見えた気もしたが、恐らく気のせいだろう。彼がここにいる理由が思い当たらない。

「酔客同士の口論でしょうか」

「まあ、大したことはなさそうだね」

別働隊のジンたちが邸宅内で暗躍している最中だ。何か問題が起きたと勘違いして、思わず身構えてしまった。

いつもの呼吸法で精神を落ち着けていると、ハイネが薄く微笑んできた。

「……実はニーナ、今回きみを呼んだのには理由があるんだ」

――来た。

ニーナは身を引き締める。この遊び好きの兄が、何の目的もなく自分たちをパーティに招待

「このパーティの主催者は軍事関連企業の代表でね。彼に部屋を一つ借りて、政府関係者数人で会議を行うことになってるんだ。帝国の行く末を占う、極めて重要な会議をね。……ほら、パーティという名目があれば、大物たちが夜な夜な集まっても怪しまれずに済むだろ？」

「……驚きましたが、それがどうかしたのでしょうか」

「その会議に、ニーナも参加してほしい」

「えっ……？」

一瞬だけ呼吸が止まってしまった。この男は、いったい何を言っているのだろう。

ハイネが言っている役人たちは、帝国の権力を構成する重要人物たちに違いない。帝国が抱える秘密も当然知っているはずだ。そんな人間が集まる会議に、ただの学生に過ぎないニーナを招待してもいい道理などはない。

まさか自分たちは、秘密を共有してもいいと思えるほどにハイネの信頼を獲得していたのだろうか？　いつの間に？　そもそもハイネは誰かを信頼するような人間なのだろうか？

渦を巻く疑問を一つ一つ吟味する時間などは与えられない。

ハイネはニーナの肩に手を置いて、底冷えするほど平坦な声で囁いた。

「じゃあ行こうか。みんなが待ってる」

◆

ニーナと別れたあと、ジンはまずダンス・フロアを出て人気のない場所を目指した。

嫌味なほどに長い廊下を歩き、右折や左折を何度か繰り返すと、人気のなさそうな場所に物置き部屋が見つかった。扉に鍵はかかっていない。

中に入って電気を点けてみると、生活備品が置かれているだけのこぢんまりとした空間であることがわかった。そもそも屋敷の使用人しか利用しない場所だろうし、パーティの最中に誰かが来る心配は必要ない。

安全を確認してから、ジンは上着のポケットに忍ばせていた無線機を取り出した。

「……聴こえるか、エマ？」

『ああ。少し電波が悪いようだが』

間髪入れず返答がきたので、ジンは思わず苦笑した。恐ろしく仕事のできる共犯者だ。

「……それで、状況はどんな感じ？」

今回、エマには偵察部隊として動いてもらっていた。

政府関係者についてジンが把握していることは少ない。情報を引き出すため要人に接触するにしても、誰をターゲットにすべきなのかを判断するにはエマの力が必要だ。共和国の課報員である彼女は、パーティに参加している政府関係者たちのことを熟知している。

とはいえパーティに招待されているわけでもないエマが会場に来るわけにもいかないので、近くの建物の屋上から屋敷の周辺を見張ってもらっていた。

『正面玄関からは有名人が続々と入って来ているようだが……裏口から入ってきた連中はもっと凄い。上院議員に、国防省の事務次官に、陸・海・空軍の将官クラス——いや、元帥のラッセル・スミスロウらしき人間もいたな。もちろん、ハイネ以外の〈白の騎士団〉メンバーも何人か確認済みだ』

「……おいおいおいおい」

流石に、そのクラスの人間ならジンでも全員知っている。

冗談を言っているトーンではなかったので、口を挟まずにはいられなかった。

「ただの社交パーティに、そのレベルの大物が勢揃いするわけないだろ。国家の一大事でもあるまいし」

『私だって混乱してる。だが事実だ』

「そんな連中が雁首揃えて平和なお茶会を、なんて展開はありえないよな……」

パーティ会場でそのクラスの有名人の姿は目にしていない。恐らく彼らは裏口から入ったあと、誰とも顔を合わせることなく秘密の部屋に向かったのだ。

そして、権力者たちが夜な夜な集まる秘密の部屋とは会議室だと相場は決まっている。

『だが、どうして首都から二〇〇キロも離れたアッカスでやる必要がある？　国防省の建物内とか、もっと相応しい場所はいくらでもあるだろう』

「……いや」最悪の可能性が脳裏を過る。「ハイベルク校だ」

ジンは忌々しそうに続けた。

「こんな場所に要人が集まるなんて、すぐ近くにあるハイベルク校で何かの計画が動き始める予兆としか思えない。まあ、このパーティは状況の重大さを悟らせないための囮なんだろうね。国防省やハイベルク校の中だと、敵国の諜報員や裏切り者が紛れ込んでる可能性があって逆に危険だから」

「だが、連中はただの教育機関で何をするつもりだ？」

「……恐らく、〈楽園の建築者〉が絡んでる」

それだけで全貌を理解したのか、電波の向こうにいるエマは沈黙してしまった。

まるで気は乗らないが、ジンは確認のために思考の中身をぶちまけることにした。

「俺たちの予測じゃ、〈楽園の建築者〉は帝国が世界の覇権を握るための切り札的存在だ。詳細どころか、兵器名なのか作戦名なのかさえわからないけど……それが発動する舞台がハイベルク校だって可能性は高くなってきた」

『……つまり、こういうことか？　もうすぐ帝国の最終計画が始動する、と』

「ああ、充分にありえる。けど……」

だが、そんな重要な盤面にハイネはなぜ自分とニーナを招待した？

いくら自警団の仕事を真面目にこなしてきたとしても、あんな人の心を持たない怪物が生徒を簡単に信頼するはずがない。

それに、もしこれが罠だとしても不自然だ。

というか、回りくどいにもほどがある。少しでも敵国との繋がりを疑っているのであれば、適当な罪状をでっち上げて自分たちを拘束してしまった方が早いはずだ。ハイネにはそれだけの権力があるのだから。

——まさか、ヒントを与えようとしているのか……？

そんなことをするメリットなどはない、という反論をジンはすぐに呑み込んだ。

違う。ハイネのような真正の異常者は、まともな損得勘定に沿って動くわけではない。

そうした方が面白そうだから。計画が順調に進み過ぎると退屈だから。淡い希望を抱いた相手を叩き潰す方が爽快だから——そんな嘘のような動機で、彼らのような人種は奇策を打つことができる。

かつて、自分を育てた伝説の詐欺師がそうだったように。

「どうにかして、その会議とやらに潜入しよう」

『ばっ……』エマが絶句しているのは電波越しでもわかった。『バカなのか、お前は⁉　軍隊や国防省のトップに、〈白の騎士団〉までいるんだぞ⁉　無謀すぎる！』

「いや、可能だよ。盗聴器を仕掛ければいいだけだ」

最初から、政府関係者らしき人間がいれば上手く接触して盗聴器を仕掛けるつもりでいた。準備は既に整っている。

問題は、誰に仕掛けるかだ。

ハイネ・スティングレイが二階にいたのは確認している。どうにかしてニーナに指示を送り、こっそりと盗聴器を仕込んでもらうか？

……いや、あの警戒心が強そうな怪物にそれはリスクが高すぎる。そもそも、ハイネの近くにずっといるはずのニーナに指示を送る手段もない。

たっぷり一五秒かけて考えたあと、ジンはようやく光明を探り当てた。

「……このパーティの主催者だ。あいつなら確実にフロアにいる」

『確か、ピーター・マーカンディという男だったな。帝国最大級の軍事関連企業の代表取締役で、〈白の騎士団〉や諜報員の標準装備一式を製造している』

「じゃあ、その会議とやらに参加している可能性は充分あるな」

『それはそうだが……ボディガードだってついているだろう？　どうやって盗聴器を仕込む？』

「俺に考えがある。実は、協力してくれそうなやつを一人見つけてね」

『どういうことだ？』

「まあ楽しみにしててよ。とりあえずエマの仕事はここで終わり。もう撤収してくれていい。今から向かわないと、例の科学者との約束に間に合わないでしょ？」

そう、エマにとっての本当の戦いはこれからなのだ。直前まで協力してくれたことに感謝しつつ、ジンは無線機の電源を切った。

物置き部屋を出てから、ジンは真っ先にダンス・フロアを目指した。

あの撒き餌が充分に機能しているなら、向こうから声をかけてくるはずだ。

案の定、彼はフロアに入ってきたジンを見つけるなり血相を変えて駆け寄ってきた。

「てめえええっ！　今までどこに隠れてた！」

「落ち着きなよ、キャスパー。なんでいきなり怒ってんの？」

派手なアクセサリーをジャラジャラ言わせて詰め寄ってきたのは、入学試験免除組の一人としてハイベルク校に君臨するキャスパー・クロフォードだった。赤髪の隙間から覗く瞳の奥には、燃え滾るような激情が灯っている。

ここでニーナと踊っているときに、偶然キャスパーの姿は目にしていた。秘密の会議とやらに帝国軍の上層部が勢揃いしている状況を考えると、軍隊関係者の父親を持つキャスパーが招待されているのは別に不思議ではないだろう。

——とりあえず、必要以上に注目される前にこいつを連れ出さないと。

キャスパーが怒っている理由などまるで思い当たらない、という顔を作ってジンは提案する。

「わかった、あんたの言い分は聞いてやる。あっちの方で話そう」

渋々納得した様子のキャスパーを連れて、ジンはフロアの隅の方へ向かった。

ちょうど、吹き抜けとなっている二階でニーナとともに談笑しているハイネからは見えない位置だ。

「……じゃあ、言い訳があるなら話してみろよ」

「会話が下手すぎるだろ。俺がどんな悪いことをしたわけ？」

「てめえ、ニーナちゃんと楽しそうに踊るなんて万死に値するぞ……！」

やっぱりそこか。

「あのさ、社交パーティなんだからダンスくらいしなきゃニーナが浮いちゃうだろ。周りに知り合いもいなかったっぽいから、俺がペアを引き受けただけ。あんたが参加してるって気付いてたら、真っ先に声をかけてたよ」

「じゃあ、てめえに下心があったわけじゃないんだな？」

「当たり前じゃん」

下心があったとしてキャスパーに何の関係があるのかとも思ったが、ひとまず黙っておくことにした。

普段ならここで解散して二度と顔を見なくて済むようにしたいところだが、そういうわけにもいかない。彼には存分に活躍してもらう必要があった。

「というか、キャスパー。あんたもハイネに招待されたの？」

「あ？　違えよ、俺は親父に連れてこられただけで……」

「へえ、そっか。親父さんは今どこに？」

怪訝そうな顔で、キャスパーは人混みの中にいる中年男を指差した。

父親が例の会議に参加するのなら一番手っ取り早いと思ったが、権力者らしき人間に低姿勢で挨拶している様子を見ると、彼がそこまでの地位にはいないことがわかる。

ならば、当初の予定通り主催者のピーターを狙うだけだ。

「……なんというか、あんたには本当のことを言わなきゃいけない気がしてきたな」

「ああ？　急にどうした」

「さっきニーナと踊った理由だよ。ニーナがパーティに馴染めるようにしたかったのはもちろんだけど、実はもう一つ背景があったんだ。……ほら、あそこにやたらと体格のいい男がいるだろ。ネイビーのスーツを着てる、身体を鍛えることだけが唯一の趣味みたいな厳つい男だ」

キャスパーの視線がピーターの隣にいるボディガードに向けられたのを確認し、ジンは続ける。

「あいつがニーナに接近してきたんだよ。いきなりニーナの手を取って、二人で別室に行こうって誘ってきた」

「何だそれっ、犯罪じゃねえか……！」

「だろ？　あいつの魔の手からニーナを守るためには、フロアの中心で踊って衆人環視を味方に付けるしかなかったんだ」

名前も知らない男に謂れのない罪をなすりつけてしまった形になるので、心の中で謝罪しておく。まあ、帝国の陰謀に関わるピーターに仕えているという時点で、清廉潔白な人間というわけではなさそうだが。

ジンの狙い通り、キャスパーの表情はみるみるうちに憤怒へと染まっていく。

「許せねえ……絶対にぶっ殺してやる」

「まあ落ち着きなよ。こんな場所で暴力沙汰はさすがにヤバい」

「じゃあどうしろってんだよ！　盛大に処刑する以外によぉ……！」

「だから極端な発想はやめろ。あんたの特異能力を使って脅かしてやるくらいで充分だろ」

まだ鼻息が荒いキャスパーに呆れつつも、ジンは続ける。

「あんたの特異能力は、『手で触れた相手に幻覚を見せる』ってやつだっただろ。あの大男にこっそりタッチして発動条件を満たしたら、あとはいつも通りだ」

「一生脳裏から離れないほど恐ろしい映像をお見舞いしてやんよ……！」

「バカ、んなことしたら特異能力者の襲撃だってバレるだろ。刃物を持った相手が迫ってくるとか、そういう現実に起こりそうな緊急事態を演出してやるんだ」

「くそ……。つまんねえけど、しょうがねえか」

気怠い足取りで護衛の男へと歩いていたキャスパーが、突然立ち止まる。

こちらを振り返ることもなく、彼は背中越しに言った。

「疑って悪かったな。お前はニーナちゃんを守ってくれたっていうのに」

「別に。あんたが気にすることじゃない」

さっきのエピソードは一から十まで嘘だったので、本来ならこちらが謝罪する立場だ。

「俺さ、もうすぐハイベルク校を辞めるんだよ。自主退学ってやつだな」

「……それは、どういう理由で？」

「別に俺、〈白の騎士団〉になりたいだなんて思ってねえんだよ。親父との約束もあるし、入学するだけしてみたけど……ああいう競争社会てやつ？　やっぱり性に合わねえんだわ。やらなきゃいけないことだけ済ましたら、さっさと身を引くよ」

「……なるほど。あんたも色々考えてたってわけか」

「俺が女にモテる以外の取り柄がないバカだと思ってただろ？」

「え、そんな取り柄あったっけ？」

ジンの皮肉を笑って受け流し、キャスパーは今度こそ護衛の方へ歩き始めた。

もしかしたらキャスパーは、護衛を懲らしめることがジンの目的ではないことに気付いているのかもしれない。

「じゃあな、ニーナちゃんのことは任せたぞ」

キャスパーが護衛の男へと歩いていく間に、ジンは人混みの中を回り込んで主催者(ピーター)の背後へと迫った。

首尾よく、キャスパーは護衛の男の手の甲にさりげなくタッチすることに成功したようだ。そのまま幻影使いは人混みの中に紛れ、指を鳴らすことで特異能力を発動した。

ターゲットではないジンには何も見えないが、どうやら護衛の男は不審な人物を発見したようだった。銃の入った懐(ふところ)に手を伸ばし、何もない空間を険しい顔で睨(にら)みつけている。

「止まれ。何をする気だ」

独り言にしてはやけに大きな声で、護衛の男が唸(うな)った。

周囲に緊張感が立ちこめる。主催者のピーターは不摂生で肥えた身体(からだ)を縮め、護衛が睨(にら)んでいる方向に目をやった。

「止まれ！　止まれと言っている！」

男の叫びに怯(おび)えの色が混ざる。恐らく、キャスパーが生み出した幻影が刃物を持って突進してきているのだろう。

男は銃を抜くこともままならず、両手で急所を覆って蹲(うずくま)ってしまった。

「やめろっ、うわあああああっ！」

何も起きていないにもかかわらず絶叫し始めた男に、周囲の人間は完全に呆気(あっけ)に取られている。薬物中毒者か何かだと思っているのかもしれない。

　ジンはその隙にピーターの背後に立った。

「お、落ち着きなさい。誰もいないだろう！」ピーターが困ったように言う。

「あ、あれ……？」護衛の男は放心状態だ。

「幻覚でも見えていたのか？　まさか、変な薬はやってないだろうね」

「そ、そんなことは……！」

「私に恥をかかせないでくれたまえ。だいたいね、きみはいつも……」

　護衛の男を叱責し始めたピーターから、ジンはゆっくりと離れていく。

　作戦成功だ。

　護衛の男の奇行に気を取られている隙を突いて、ピーターの上着の胸ポケットに盗聴器を仕込むことができた。胸ポケットなら会議の音声を問題なく拾えるし、手を入れることもないはずなので、偶然盗聴器が発見されるという間抜けな事態を避けることができる。それに、会議が終わったあとに盗聴器を回収する際にも都合がいい。

　ジンは混乱に包まれた人混みから離れ、壁際(かべぎわ)で受信機をこっそりと耳に当てた。どうやら接続は問題ないようだ。護衛へのネチネチとした小言も鮮明に聴こえる。

　礼でも言ってあげたい気分になってフロアを見渡してみたが、キャスパーは既に会場をあとにしようとしていた。

先程も利用した物置き部屋の中に入って、ジンは主催者のピーターが参加する秘密の会議の模様を傍受することにした。

どうやらピーターは既にパーティ会場を離れ、部下の誘導に従って別の部屋へと向かっているようだ。階段を降りる音がしばらく続いたので、恐らく会議室は地下にあるのだろう。盗聴器の電波が届くか不安になったが、どうやら問題はなさそうだ。

会議室には既に何人もの男たちがいたようで、ピーターは彼らと次々に挨拶を交わしている。彼ほどの大富豪がへりくだるような口調で話していることからも、凄まじいレベルの権力者たちが集まっていることがわかった。

『はじめまして。ハイネ・スティングレイと申します』

珍しく向こうから挨拶してきた若い男の声を聴いて、ジンは思わず姿勢を正す。

万が一盗聴器の存在がバレたとしても、そこから自分に辿り着くことはできないはず——そう言い聞かせながら、ハイネの次の言葉を待った。

『ああそうだ、ピーターさんに紹介したい人がいるんですよ』

心臓の鼓動が、一拍分だけ大きく聴こえた。

これは、予兆だ。不吉なことが起きる予兆。科学では説明しきれない、一流の犯罪者だけに搭載された超感覚が、脳内で「逃げろ」と叫んでいる。

ハイネが次に言った台詞で、ジンの全身に怖気が走った。

『ニーナ・スティングレイ。僕の実の妹です』

どうして、こんなことになってしまったのだろう。

会議室の濃密な空気に押し潰されそうになりながら、ニーナは思った。

帝国軍の上層部にいる権力者たちや、護衛としてやってきた〈白の騎士団〉の面々が、値踏みするような視線をニーナに向けている。円卓を囲む彼らが放つ威圧感は凄まじく、酸素濃度が薄くなったような錯覚すら感じた。

少しでも怪しい挙動をすれば命はない、という強迫観念がニーナの思考を支配する。

呼吸や瞬きすら完璧に制御しなければならない。自らの深層心理さえ完璧に騙し、〈災禍の女王〉としての人格を己自身に溶け込ませる必要がある。

「……今日は、長兄のヴィクターくんはいないのかね？」

円卓を囲む誰かが呟いたが、ニーナには声の出処を探る余裕すらなかった。穏やかな笑みを作ったまま硬直していると、隣に座るハイネが肩に手を置いてきた。

「兄は共和国との国境付近で重要な任務があるようです。その代わりと言ってはなんですが、妹のニーナをここに連れて参りました」

ただの学生がこんな会議に参加していい道理などはない。実際、何人かの大人たちは明らかに不快そうな顔をしている。

そんな空気を察したのか、ハイネは芝居がかった口調で呟(つぶや)いた。

「まあまあ、そうピリつかないでくださいよ。彼女をここに連れてきたのは、皆さんにご挨拶が必要かと思ったからです。〈楽園の建築者〉が発動してしまったら、それも叶(かな)わなくなりますからね」

――楽園の建築者。

ずっと求めていた単語が前触れもなく登場して、ニーナは息を呑(の)んだ。より一層気を引き締めて、動揺を悟られないように努める。

だが、過剰な反応を見せたのは大人たちの方だった。誰もがハイネとニーナを交互に見やり、驚愕(きょうがく)とも納得ともつかない中途半端(ちゅうとはんぱ)な表情をしている。

部屋の最奥(さいおう)に座っている超大物――帝国軍元帥のラッセル・スミスロウがしわがれた声で呟(つぶや)いた。

「……つまり彼女が、きみが推薦する人柱なのかね」

「ええ。ニーナ以上の存在はいないと考えています」

「本当にいいのか？　貴様の実妹だろう」

「問題ありませんよ。むしろ、ニーナほどの実力がなければ今回の計画には不適格でしょう」

「……どうかしているな」元帥はなぜか楽しそうに言った。「だが、〈楽園の建築者〉に箔をつけるには確かに適任だろう」

　この男たちは、いったい何について話しているのだろう。

　自分の知らないところで、自分の運命が決定されてしまうような気持ち悪さを感じる。もはや、会話の内容を咀嚼する精神力すら残っていない。

「……では、顔合わせも終わったので妹には退席してもらいますね。少々お待ちください」

　恭しく一礼をして、ハイネはニーナを会議室の外へと連れ出していく。

　背中に手を軽く添えられているだけなのに、全身を鎖で雁字搦めにされているかのようだった。自分はこの男の所有物——飽きたら捨てられるだけの玩具に過ぎないのだと、嫌でも認識させられてしまう。

　——私はいったい、どうなってしまうのだろう。

　極限の恐怖が足元から這い上がってくる。もはやニーナには、自分が演技を保てている自信すらなかった。知らないうちに、希望など全て摘み取られてしまっているのかもしれない。

　部屋から出てすぐ、ハイネは残酷な笑みを浮かべながら頭を撫でてきた。

　捕食者に睨まれた小型動物のように、ニーナは完全に硬直する。ただ、兄の唇の動きを追いかけることしかできない。

「良い子にしててくれて助かったよ、ニーナ。これでみんなも安心したはずだ。はは、どうしたのかな？　青ざめた顔をして。……ああそっか、まだ何も話してなかったね。残念だけど、きみとは近いうちにお別れしなきゃいけなくなったんだ」

目の前の景色が異様に屈折していく。

「まあ端的に言うと、〈楽園の建築者〉が発動したあと、性能を確かめるためにきみと殺し合いをしてもらうことになったんだ。実証試験ってやつだね。

まあ仕方ないよね？〈楽園の建築者〉の恐ろしさを世界中に証明できて、最悪壊れても帝国の不利益にはならない人間となると――きみ以外に適任がいなかったんだから。帝国の未来のために必要な犠牲だと思って、早く受け入れなよ。

……どうせ、これまでもロクな人生じゃなかったんだろう？」

楽園の建築者。殺し合い。実証試験。帝国の未来――犠牲。

酷い混乱状態にあるニーナには断片的な単語しか聞き取れなかったが、自分が生命の危機に瀕していることだけは読み取れた。

しかも、それを手引きしているのは実の兄ときている。

――考えが、甘すぎたんだ。

諜報員のエマからハイネの残虐性はこれでもかというほど聞いていたのに、心のどこかでは「実の妹に対しては慎重になるのではないか」と考えていた。自分ならハイネの陰謀を食い止め、あわよくば改心させることもできるのではないかと。

とんだ希望的観測だ。

いや、子供めいた願望でしかないのかもしれない。

この世界に生まれ落ちたその瞬間から、自分の人生がこの男の掌の上で完結する運命にあったなんて——そんな事実は到底受け入れることができなかった。

「……そんなこと、父が許すはずが」

「もちろん快諾してくれたよ。というか、あの人が僕の意見に反対できるはずがないんだけど」

「いいですか、私は徹底的に戦いますよ。いくらあなたでも、私を怒らせて無傷で済むだなんて……」

「いやいや、全然脅しになってないよ」

躾が行き届いていない他人の子供に向けるような、心底呆れきった表情でハイネは告げた。

「だってきみは、本当は特異能力者なんかじゃないんだから」

——どうして。

どうしてこの人は、そのことを知っている？

これまでの一五年間、家族の誰にも見破られたことのない真実を。嘘と演技を重ね続けて必死に隠し続けてきた急所を。

いったい、どんな手を使って暴いたというのだろう。

「きみは幼い頃から重度の嘘つきだった。特異能力が発現したというのが、スティングレイ家から放逐されないための虚言だってことはすぐに気付いたよ。

ああ、ニーナに落ち度があるわけじゃない。我が妹のことながら、思わず感心するほどの演技力だったからね。ただ、僕には通用しなかったってだけの話だ」

突然ブレーカーが落ちたかのように、視界が漆黒に塗り潰されていく。

絶望の淵に呑み込まれて、ニーナは膝から崩れ落ちてしまう。

「おっと」

残酷な兄は、ニーナがその場に倒れ込むことすら許してはくれない。

彼女の震える身体を抱き留めると、耳元で悪魔の囁きを続けた。

「というか、不思議に思わなかったのかな？　いくらスティングレイ家の人間がどうしようもなく愚昧な連中ばかりだとしても、きみに多少演技の才能があったとしても、子供の嘘に一〇年以上も騙され続けることなんてありえないだろ。

幼少期のきみの周りで頻発した怪現象についてはどう解釈する？　きみの目の前で本棚が独りでに倒れたり、水道管が破裂したのが原因で、きみに強力なサイコキネシスが宿っているのをみんなが確信したわけだけど——まさかそれを全部、ただの偶然だと思っていたのかな？

……だとしたらきみは、救いようのない間抜けってことになるね。まあ、退屈を紛らわしてくれたことには感謝してるけど」

もはや真っ直ぐ(まっすぐ)に立つことすらできないニーナは、全体重をハイネに委ねて言葉の銃弾を受け入れるしかなかった。

「もう理解したかな？　きみの〈災禍の女王(メイルストロム)〉は、僕の演出によって創られたんだ」

最初から、希望など存在していなかったのだ。

致命的な弱点はずっと握られていて、ハイネの気紛れ(きまぐれ)でいつでも地獄の蓋が開く状態だった。

そして今、ハイネは自分を用済みだと判断している。

遊び終わった玩具(おもちゃ)を焼却炉に投げ込むように、あまりにも無造作に、ハイネは実の妹を廃棄処分しようとしている。

「あ、お迎えが来たみたいだね。きみの友達のアリーチェちゃんだよ」

別の冷たい手がニーナの両脇に差し込まれ、冷たくて硬い板のようなものに乗せられていく。

車輪の音が聞こえたので、おそらく台車のようなものなのだろう。紐(ひも)のようなものが全身に巻き付けられていくが、抵抗する気力さえわかなかった。

「じゃあね、ニーナ。あともう少しだけ、僕を楽しませてくれると助かる」

ニーナを乗せた台車が後方に引かれていく。

逃げ出す気力もなければ、逃げ出せると錯覚できるほどの無謀さも持ち合わせていなかった。

自分が徹底的なまでに道具として扱われている事実に、怒りを感じることすらもできない。

からから、からから。

車輪が回転する音が、光の消えた世界に虚しく響き渡る。

それはまるで、罪人の地獄行きを歓迎する不吉な旋律のようだった。

第五章　大いなる敗走、悪魔は高らかに笛を鳴らす

昨晩の社交パーティでの作戦は、清々しいほどの失敗に終わった。

主催者のピーターに盗聴器を仕込むところまでは順調だったが、結局ジンは求めていたような情報を得ることができなかった。会議室自体に電波を遮断する細工がされていたのか、それとも何らかの特異能力の仕業なのかはわからないが、途中からは不愉快なノイズの連なりしか聴こえなくなってしまったのだ。当然、〈原初の果実〉の在り処や、〈楽園の建築者〉が何を指しているのかといった情報は入手できていない。

もちろん、収穫がないのは最初から想定していたことだ。

あくまで共和国の課報員たちが接触している帝国軍の科学者の証言を補強するための保険でしかなかったので、盗聴ができなかったこと自体への落胆はない。数時間後にダンス・フロアに戻ってきたピーターから無事盗聴器を回収することもできたので、ひとまず及第点を与えることはできたはずだ。

だが、ニーナはいつまで待っても戻ってこなかった。

エントランス付近で落ち合うという約束を、彼女が忘れることなどありえない。どう考えても異常事態だ。

最悪の可能性が脳裏を過ったそのとき、屋敷の使用人が白い封筒を手渡してきた。

中に入っていたのは、ハイネ・スティングレイの署名が施された道化師のカード。

余白の部分に、嫌味なほどに丁寧な字で『明日の午後一時、学長室で』と記されている。

――やられた。

ジンは奥歯を食いしばりながらも、心のどこかでハイネに拍手を送ってしまった。

ハイネを地獄に叩き落とすための策略も、自分がこれまで慎重に重ねてきた準備も、肝心のニーナを攫われてしまえば意味がない。どれほど緻密な脚本を書いたところで、それを演じてくれる役者がいなければ喜劇も悲劇も成立し得ないのだ。

ハイネ・スティングレイは、現時点でジンよりも数歩先にいる策略家だった。

相手がどんな策を巡らせていようと、予想外の方向から奇襲を仕掛けることで瞬く間に無力化してしまう。不毛な読み合いには決して乗らず、最初から最後まで自分の盤面の上だけで戦いを完結させる。それはまさしく、ジンがこれまで数多の強敵に対してやってきたことだった。

いや、そんなことはこの際どうでもいい。

――ニーナはどこにいる？　本当に無事なのか？

いくら平静を装おうとしても無駄だった。表情筋はまるで言うことを聞かないし、心臓は焦燥と連動するように早鐘を打っている。視野が極端に狭くなり、何日間も絶食してきたかのような渇きを覚えた。

　水中にでもいるような不明瞭な声で、屋敷の使用人が話しかけてくる。

「あの、顔色が優れないようですが」

「いや、大丈夫……」

「医務室を用意しております。そちらで少し休まれては？」

「だから、大丈夫だって言ってんだろ！」

　周囲の視線が集まっていることに気付き、ジンはようやく我に返る。

　使用人に軽く謝罪して、ジンは足早に屋敷をあとにした。

　自分がここまで狼狽しているのは、数年前のあの日、置手紙も残さずに育ての親が消えてしまった日以来のことだ。

　ラスティはいつも「仕事に私情を持ち込むのは三流の証だ」と言っていた。

　ジンはその教えを忠実に守り続けてきたつもりだったが、まだ詐欺師として完璧には程遠いらしい。冷静さを欠いていることを自覚しているのに、感情を軌道修正することができそうにない。

　それほどまでに、ジンに取ってニーナの存在は大きかったのだ。

　信頼の置ける共犯者、運命共同体として大きな目的に挑む仲間——そんな言葉では片付けられないような結び付きを、ジンは確かに感じていた。

もう、詐欺師としてのプライドなどどうでもいい。

どんな手を使ってでも、ニーナを取り戻さなければならない。

◆ 翌日 ◆

「……絶対、俺はどうかしてる」

学長室に続く廊下を歩きながら、ジンは自嘲気味に呟いた。

パーティが終わってから一睡もできていないのもそうだし、明らかに罠とわかる招待に素直に乗っている現状は常軌を逸していると言っていい。

相手の策を読む時間もなければ、すでに帝国の科学者と合流しているエマやガスタたちに頼ることもできなかった。最低限の自衛として制服に様々な仕込みを施してはいるが、無能力者のジンにとっては丸腰に等しい状況だ。

学長室の扉が近付いてくる。この中にニーナはいるのだろうか。扉を開けたら武装した兵士が勢揃いしていて、問答無用で射殺される展開もありえる。

だが、誘いに乗らなければニーナは……。

「……はっ⁉」

ドアノブに手を伸ばそうとした瞬間、ジンは突然の衝撃を受けて後方に吹き飛ばされてしまった。

壁に叩きつけられることを覚悟した刹那、ジンの身体は空中で停止する。自分を突き飛ばしたものの正体が扉から飛び出してきた異様な長さの腕で、自分が宙に浮いているのはその腕に胸倉を掴まれているからだとは、すぐに気付くことができなかった。

腕は筋肉や血管が露出したグロテスクな形状で、扉の中にあるはずの根本が見えないほどの長さだった。間違いなく、何者かの特異能力だ。

そこまで認識した直後、腕が突然収縮してジンの身体を学長室の中へと引き摺り込んだ。

「ぐっ、あああっ！」

全身を激しく打ちつけながら、ジンは大理石の床を転がっていく。

ようやく回転が終わったとき、まず視界に飛び込んできたのは赤黒い肉塊だった。

毛髪や衣服のようなものが見えるので、辛うじてそれが人体なのだと認識できる。だが手足の関節や背骨の可動域を遥かに超えて綺麗な立方体に折り畳まれた形状は、人間の範疇を大きく逸脱していた。

「安心して？　これでもちゃんと生きているから」

人体で作られた箱を爪先で蹴りながら、自警団メンバーのアリーチェ・ピアソンが言った。

よく見れば、箱からは出血している形跡すらない。信じがたいことだが、彼女が言うからには本当に生命活動が維持されているのだろう。

床に転がったまま目を見開くことしかできないジンの鼻先に、長い髪の先端が当たった。

ジンの顔を覗き込むようにしゃがんだアリーチェは、心から楽しそうに笑っている。まるで、蟻の巣に水を流し込もうと企む残酷な子供のように。

「あれっ、来る部屋を間違えたかな。俺はハイネに呼び出されたはずだけど」

「あはは。この状況でまだ強がれるなんて」

「ニーナをどこにやった？　まさか……」

ジンが動揺を見せたのがよほど嬉しかったのか、アリーチェは猫のように目を細めた。

「安心材料をもう一つ与えてあげよっか、キリハラさん？　あなたにとって幸いなことに、この肉塊の材料は彼女じゃない」

「じゃあ、誰」

「学園に紛れ込んでいた、他国の諜報員だよ」

ジンの疑問に答えたのは、例の広いデスクに座るハイネ・スティングレイだった。組んだ両手の上に顎を乗せ、目尻に皺を寄せて微笑んでいる。

デスクの隣では、手足をロープで椅子に括り付けられたニーナが眠っていた。

ジンがそのことに気付いたのを確認して、ハイネの瞳に残酷な光が煌めいた。全く興味のない話題を続けてくるのは、こちらを焦らして平常心を奪うために違いない。

「まだ覚えてるかな？　自警団が追っていた反乱軍（レジスタンス）のリーダー、ダズ・ホルムが彼だよ。北方大陸の小国出身の諜報員（ちょうほういん）で、偽名を使って紛れ込んでいたらしい」

　ジンはどうにか立ち上がり、制服についた埃（ほこり）を払いながら息を整えた。

　いつもの不敵な微笑を顔面に貼り付け、ハイネに問い掛ける。

「……よく見つけられましたね。真面目に探している様子すらなかったのに」

「いやあ、匿名のタレコミがあってね。ありがたい話だよ」

　ジンの皮肉は難なく躱（かわ）されたが、そんなことで動揺している場合ではない。

「ところで、ニーナはどうして拘束されてるんですかね。両手足を椅子に縛り付けるのが、スティングレイ家伝統の愛情表現ってわけじゃないですよね？」

「ジンくん、きみはどうしてだと思う？」

「さあ、見当がつきませんね」

「いや、心当たりはあるはずだよ」

　ハイネはこちらの内心を見透かすように笑った。

「きみたちは共和国の諜報員（ちょうほういん）と手を組んで、学園を転覆させようとしていたんだろう？」

　──動揺するな。

　即座に脳と表情筋に命令を下したジンの対応力は見事だったが、大した効果はなかったかもしれない。

確信に満ちた口調で語るハイネに、カマをかけているような様子は微塵もなかった。

「あー、なにをおっしゃってるかよく……」

「はは、大した演技力だね。本当に何も知らないんじゃないかと思えてくるよ」

たった三回、空虚な拍手が学長室に響き渡る。

そこまでされると、口先だけで切り抜けることは不可能だと嫌でも気付かされる。

「……で、俺たちをどうするつもりだ？　あんたが酷い誤解をしてるってことはともかく」

「きみの嘘が白々しいことはともかく、安心してくれていい。できるだけ丁重に扱うよ。だって、僕が妹のニーナを酷い目に遭わせるはずがないだろう？」

何一つ信用できない笑顔でそう言うと、ハイネは徐に立ち上がった。

ジンのすぐ近くを横切る際に、笑いを堪えるような声で告げる。

「僕の用事が終わるまで、ここでアリーチェちゃんと一緒に待っててよ」

その場から少しも動けずに、ジンは扉が閉まる音を背中で聴いた。

事実上の監禁――これは、そういう状況だ。

殺風景な部屋に残されたのは、派手な格好をした特異能力者のアリーチェと、彼女が座っているかつて他国の諜報員だった肉の箱、両手足を拘束されたまま眠りに落ちているニーナ、そして申し訳程度の武装をしたジンだけだ。

ジンが拘束されることもなくここにいるのは、ハイネなりの遊びなのだろう。

曲がりなりにも希望の気配があった方が、それを断たれた人間の絶望が深刻になる。

——落ち着いて、状況を整理するんだ。

ニヤニヤとこちらを眺めているアリーチェを意識の端に追いやりつつ、ジンは考えた。

まず、自分たちは絶対に隠し通さなければならない情報を知られてしまった。共和国の諜報員(ちょうほういん)と結託しているという、致命的な情報を。

学園の転覆が目的だという推測は的を外しているが、そんなものは大した問題にはならない。共和国の諜報員とハイネが言及したからには、その正体がエマ・リコリスであることまで把握されていると考えた方がいいだろう。エマは今学園の外で例の科学者と密会しているとはいえ、かなり危機的な情報だ。なぜなら、今のジンにはエマと連絡を取る手段がない。

次にジンが考えたのは、情報の漏出元について。

一連の事実を知っているのはエマとその上司、それからガスタやヒースといった共犯者たちだけだ。人情や信念で繋(つな)がっている彼らの中に裏切り者がいる可能性は少ない。精神を読み取る特異能力者の仕業か、あるいは————。

「アリーチェ、ひとつ聞いていい？」

「うん？　なにか気になったことでもあるのかな？」

三歳児に言い聞かせるような口調に腹が立ったが、戦闘能力では完全武装した兵士と芋虫以上の差があるので、むしろ感謝すべきかもしれない。

挑発的な笑みを取り繕いつつ、ジンは呟(つぶや)いた。

「ニーナに自白剤を投与したのはあんたか？」

一瞬だけ瞳孔が開き、すぐに収縮した。

余裕に満ちた笑みを浮かべるアリーチェはもちろん動揺などしていないだろうが、無意識下で行われる生理反応まで制御することはできなかったようだ。

「やっぱりそうか。正直に答えてくれてありがとう」

「あはは、私は何も喋(しゃべ)ってないよ？」

路上で滑稽な大道芸と出くわしたときのような、大袈裟(おおげさ)な驚き方。とはいえ失態を取り繕っている様子でもない。やはりアリーチェはまるで焦(あせ)っていないようだ。

そんな些細(ささい)な情報を知られたところでどうでもいいと考えているのもそうだろうが、何より自白剤を使ったのはアリーチェ自身ではないということだろう。

つまりハイネは、実の妹から情報を引き出すために——自ら危険な薬物を投与した。

感情を制御することは得意なはずだったが、腹の底から込み上げる怒りを抑えることができそうにない。

——落ち着け。落ち着いて考えろ。考えることだけがお前の取り柄だろ。

自らにそう言い聞かせ、ジンは思考の海に潜っていく。

考えなければならないことは二つ。

一つは、自白剤によってどの情報まで引き出されてしまったのか。

万が一、自分やニーナが特異能力者ではないことがバレてしまっていたら、ハイネを倒すために張り巡らせていた策略が全て無に帰ってしまう。

そしてもう一つは、どうやってこの部屋から脱出するかだ。

ハイネが戻ってくる前にここから逃げなければ、もはや策略も何もない。二人分の人生そのものが終焉（しゅうえん）を迎えることになるだろう。まさしく完全敗北（ゲームオーバー）だ。

ただ問題がある。

見張り役のアリーチェは、あの恐ろしいベネットやカレンと同等以上の怪物なのだ。

「ねえ、ジロジロ見ないでくれる？　今はそういう気分じゃないの」

人間製の椅子に座りながら、アリーチェはやけに露出の多い脚をゆっくりと組み替えた。あいにくジンは、彼女の正体を知っていてもなお欲情できるほどお花畑な性格をしていない。

〈血まみれ天使（ブラッディ・メアリー）〉。

入学試験免除組らしく物騒な名前がつけられたその特異能力は、『肉体の操作』という実にシンプルな言葉で概略できる。

だが、その応用力は驚異的だ。

ジンの情報網に引っかかった噂（うわさ）だけでも、アリーチェは自身の肩口から鋭利な骨を取り出して武器にしたり、手足を蛇のように伸ばして敵を拘束したり、ナイフで貫かれた傷を一瞬で塞いだりと、おとぎ話に出てくる化け物のような怪奇現象を次々に起こしている。

また、何らかの難しい発動条件があるようだが、他人の肉体さえも自在に操作することができるという情報も仕入れていた。かつて〈羊飼いの犬〉のサティアが重傷を負ったように偽装したのも、そこにいる諜報員の男が立方体に変えられてしまったのも、まさしくその能力のせいだろう。

対するこちらの手札は、制服に中途半端なギミックを隠しているだけの無能力者と、完全に拘束され身動きさえ取れない無能力者だけ。

どう考えても、状況は絶望的。

それでも、ジンは不敵な笑みを崩さなかった。

ラスティとともに全国を回っていた頃は、入念な準備を重ねて仕事に挑んだことの方が少なかったはずだ。口先一つでターゲットの心理を操り、強引に成功体験を積み重ねてきたはずだ。

かつて、無茶な要求への不満を口にしたとき、ラスティは珍しくジンを叱責した。

「一人前の詐欺師なら、手札の貧弱さを言い訳にするな。自分の手札を〈最強の役〉だと錯覚させる話術を磨け。相手の手札を〈役なし〉に変えてしまうイカサマを即興で考えろ」

──わかったよ、ラスティ。

ジンは声を出さずに呟いたあと、詐欺師の流儀に従って言葉の弾丸を紡いだ。

「負けたよ、アリーチェ。降参だ」

両手を上げて降伏の意思を表明しつつ、ジンはその場に座り込んだ。

アリーチェの瞳から、自分に対する興味が消え失せたのがわかる。

彼女は人間製の椅子に座ったまま、盛大な溜め息を吐いた。

「なに、私を倒す作戦があるんじゃないの？」

「なんで倒す必要があるんだよ」ジンは困った顔を作った。「あんたと俺は自警団の仲間だろ？　誤解が原因で殺し合うなんて馬鹿げてる」

「誤解」

初めて聞いた外国語を舌先で転がすように、アリーチェが復唱した。

――かかった。

「実際、ハイネさんが置かれてる状況には同情するよ。〈白の騎士団〉としてハイベルク校に派遣され、敵国のスパイを見つけ出す重大な任務を任されるなんて。当然、プレッシャーも並大抵のものじゃないはずだ」

「いったい何が言いたいの？」

「疑心暗鬼になるのも仕方がない、って言ってるんだよ」

アリーチェは頬杖をつき、少しだけ前のめりの姿勢になった。ひとまず興味を惹くことはできたようだ。

「よほどの確信がなければ身内のニーナを裏切り者だと見做すはずがない、って思ってるだろあんた。逆だよ、逆。疑心暗鬼になったやつは、近くにいる人間こそ過剰に疑ってしまうもんなんだ。だってそうだろ？　もし裏切り者だった場合に一番精神的なダメージがデカいのはニーナだ。最初から疑っていれば、万が一のときに心が壊れなくて済む。

　今のハイネさんは、最悪の事態を想像することをやめられない状態なんだよ。だから、妹が少しでも普段と違う言動をしただけで裏切り者だと決めつけてしまったんだ」

　アリーチェは微笑を浮かべたまま、反論の余地を探しているようだった。

　もちろん、こんな論理的説得力ゼロの屁理屈で彼女を丸め込めるなどとは考えていない。この局面におけるジンの狙いは、アリーチェの視線を自分だけに集めることだった。

　拘束されているニーナが、実は目を覚ましていることには早い段階で気付いていた。

　睡眠時にしては呼吸が浅かったのもそうだし、瞼の表面が僅かに震えていたのは眼球が動いている証拠だ。

　つまりニーナは今、自白剤の影響で気を失っている、という演技を発動している。

　それは自分だけが知っているカードだ。活用しない手はない。

「あと、生徒の一斉摘発をする前に不安を潰しておきたかったってのもあると思うよ。だからあんたに監視させて、俺たちをこの部屋に閉じ込めてるんだ」

「……一斉摘発？　あなたは何を言っているの？」

「しらばっくれるなよ。ハイネさんが言ってた用事ってのはそれのことだろ」

アリーチェの瞳に再び興味の光が宿る。

こちらの次の発言を楽しみにし始めている様子を見ると、どうやら図星だったらしい。

「課報員を椅子に転職させるなんてリスキーな行動、今日中に全ての決着をつける覚悟がないと絶対にやらないでしょ。だからあの人は、共和国の課報員とやらが危険を察知して逃げ出す前に一気に決めることにしたんだ。最適なプランは、生徒の一斉摘発をして逃げ場を失くすことだと思うね」

「へえ、随分と想像力がたくましいみたい」

「それはどうも。……てかさ、自白剤で聞き出した情報に信憑性なんてあるの？　薬で意識が混濁してる状態じゃ、ニーナは質問の意味を理解できてすらなかっただろうし」

ハッキリ言って、ジンが話している内容はめちゃくちゃだった。一見筋が通っているようだが、深く考えると論理展開がまるで嚙み合っていないことがわかる。

案の定、アリーチェは呆れたように笑った。

「ねえ、要するにこういうこと？　あなたに、身の潔白を証明する手段はない、と」

――アリーチェがそれに気付くところまで、ジンの想定内だった。

ジンはわざとらしく溜め息を吐いてから立ち上がり、身に纏う空気を意図的に変えた。

「身の潔白？　何か勘違いしてない？　……俺はただ、あんたに逃げ道を提示してあげただけなんだけど」

ジンはアリーチェに背を向け、ニーナが縛られている椅子へと歩いた。ニーナの肩に優しく手を置き、不敵な笑みとともに振り返る。

「まだわかんない？　ニーナが目覚めてしまう前に、俺たちをここから出した方がいいよって言ってんの。俺たちを見逃してもハイネに咎められない理由を色々と提示してあげてるのに、どうして善意に気付いてくれないかなあ」

「……殺されたくなければここから出せ。つまりそう言いたいの？」

「受け取り方は人それぞれだよ」

視線と視線が絡み合い、無機質な部屋の体感温度が上昇していく。

もはや、いつ何が暴発してもおかしくないような状況だった。

激しく乱高下する話題で相手のペースを狂わせ、ガードが空いたところに殺傷能力の高いハッタリを通す――手札が限られているときにのみ使う、ジンの常套手段。

圧倒的に有利な状況だとしても、これをされると敵の判断力は正常に働かなくなってしまう。

「……あなたは一つ、勘違いをしているみたい」

妖艶な笑みとともに立ち上がると、アリーチェは焦らすような仕草で制服の上着を脱ぎ始めた。彼女が放り投げた上着は宙を舞い、立方体にされてしまった課報員の上に落ちる。

アリーチェがそのまま白いブラウスのボタンにも手を伸ばし始めたので、ジンは流石に指摘することにした。

「こんなタイミングで露出狂を発症させるつもり？」

「ええ……。疼いちゃって仕方ないから」

真紅の唇が三日月状に歪むのと同時に、それは起こった。

アリーチェの肩口から、突如として花弁が咲き乱れる。それが噴出した血液であることにジンが気付いたときにはもう、アリーチェは異形へと変貌していた。

「なるほど、〈血まみれ天使〉ね……」

思わず呟きが漏れる。

特異能力による肉体操作で、アリーチェは自身の体内から骨を引き摺り出してしまったのだ。ちょうど鳥類の骨格と同じように、緩やかに湾曲した骨が翼のようなものを形成している。羽の代わりに翼から赤黒い血液を滴らせるその姿は、解釈の仕方によっては堕天使のように見えなくもない。

もちろん人体にあんな形状の骨は格納されていないので、特異能力で骨の組成そのものを操作しているのだろう。見た目の派手さはもちろんだが、アリーチェがやっていることは神の領域にすら踏み込んでいるように思えた。

「ハイネさんからいただいている指示は二つ」

一対の翼を滑らかに動かしながら、アリーチェは言った。

「一つは、あなたたちをここで監視していること。もう一つは、ジン・キリハラと戦闘になった場合は——容赦なく惨殺してあげること」

翼の鋭利な先端が、ジンを貫くため二方向から迫ってくる。

それを予測していたジンは、一歩前に踏み込むことで攻撃を回避。そのまま、制服の裾に隠していたスプレー缶をアリーチェに突き付けた。

人差し指でボタンを押しこむと、無色透明の液体が放射状に散布される。

液体の正体は、唐辛子などに含有されるカプサイシンをベースとした催涙剤だった。いくら強力な特異能力者でも、これを食らえば大きな隙ができる。集中状態を保てなくなり、特異能力が解除される可能性もあるだろう。

だが、アリーチェは刺激性の液体を顔面に浴びても平然としていた。

多少涙目になっているくらいで、戦闘不能には程遠い状態だ。悪戯好きな幼児に向けるような困った表情で、彼女は淡々と告げる。

「毒薬すら無害化できる私に、そんな子供騙しが効くわけないでしょう?」

なら次だ、と制服の懐に伸ばそうとした手が掴まれる。

女性とは思えないほどの力で手首を握られ、出力を改造したスタンガンがあえなく零れ落ちてしまった。

「あはは、今度はスタンガン? つくづく、特異能力で戦う気がないみたい」

「……あいにく、俺のは実戦向きじゃないみたいでね」

「本当は、ただの人間だったりして」

アリーチェに胸倉を摑まれ、ジンの身体は宙に浮かされる。

鋭利な骨でできた翼の先端がジンの喉元を撫で、浅い切り傷を作っていった。

「これでチェックメイト。あなたの運命は私が掌握した」

上気した顔のアリーチェは、恍惚を隠そうともしていない。

「でも、すぐに殺しちゃうのは勿体なさすぎるかな。知ってる？　私は快楽殺人者なんかじゃないの。だからね、私が飽きるまでは愛情を持って飼い続けてあげる」

「……がっ、俺も、諜報員みたいにするつもりか……！」

「ここで喉を搔き切られるのと、どっちがお好み？」

あなたが同意すれば命は助けてあげる、とアリーチェは耳元で囁いた。

――きっと、これが発動条件だ。

ジンはそう確信した。

他者の肉体を自在に操作するには、本人の同意が必要になるのだ。

一見すると厳しすぎる発動条件のように思えるが、そもそもアリーチェは並みの相手なら遊び半分で惨殺してしまえるほどの怪物だ。そこで椅子に変換されている諜報員のように、死の恐怖からアリーチェの誘いに乗ってしまう人間はきっと多い。

「さあ、私の実験動物になりなさい」

全身に怖気が走るのを感じた。

死の恐怖――いや、ジンは死以上に恐ろしい結末を提示されている。

決して死ぬことも救われることもなく、アリーチェの気が済むまで地獄の苦しみを味わい続ける――詐欺師として培ってきた精神力をもってしても、それで発狂せずに済む自信はない。

それでもジンは、不敵な笑みを纏ったままだった。

「……悪いけど、どっちも断るよ」

「そんな贅沢が許されると思う？」

「いや、許すのはあんたじゃない。……ちょっと俺に時間を使い過ぎたな」

胸倉を掴んでいた手が不意に離れ、ジンは尻から床に叩きつけられる。

咳き込みながらアリーチェの視線の先を追うと、そこには完全に拘束から抜け出したニーナ・スティングレイが腕を組んで立っていた。

「……やってくれましたね、アリーチェさん」

正体を知っているジンですらあとずさりしそうになるほどの圧力。

開ききった瞳孔と凶悪に歪んだ口許は、怪物と形容するのもはばかられるほどの残虐性を醸し出していた。

とてつもない集中状態だ。

ジンが今まで見てきた中でも、これは最上級の演技かもしれない。

「この私に薬を盛るなんて、面白いことを考えるものです。いくら私でも臓器は他の人間と同じですから、眠らせて拘束することくらいはできるでしょう。まあ、ご覧の通り……目を覚ました瞬間に拘束なんて無意味になるわけですが」

ニーナは、左手に握り締めていたロープの切れ端を無造作に放り投げた。

「それで？　どう殺されたいかだけお聞きしてもよろしいですか？」

アリーチェは余裕の笑みを絶やしていないが、動揺を隠した痕跡が僅かに見えた。

ニーナの拘束を解くために、ジンがやったことはそれほど多くない。

ニーナの意識が戻っていることに気付いたジンは、問答無用で攻撃されないために強引な論理展開で言葉を紡(つむ)いだ。注意を自分に引き付けたら、演説の流れでさりげなくニーナに近付き、アリーチェに背を向けたまま共犯者に小型のカミソリを手渡した。

あとは、ジンが無謀な戦いを挑んでいる隙にニーナがロープを切断していくだけだ。以前、ジンとエマが付きっきりになって縄抜けの方法を教えた経験がここで役に立った。

もちろん、強大な力を持つ怪物にただの人間が挑んでいるという構図は何も変わっていない。

だが、ニーナには〈災禍の女王(メイルストロム)〉という仮初の力と、二人もの入学試験免除組を倒してきたという実績がある。貧弱な手札を〈最強の役(ファイブカード)〉に見せかけるイカサマ——かつてラスティから学んだ詐欺師の常套(じょうとう)手段を、ニーナはまさに己自身で体現しているのだ。

——それなのに、なぜ。

なぜアリーチェは、ここまで余裕の表情を貫いていられるんだ？

「面白そうだから聞いていたけど、あなたが私を倒すのは難しいんじゃない？」

「物理的におかしなことを言ってますね。恐怖でおかしくなりましたか？」

「あはは。ハイネさんから全部聞いてるよ？」

ニーナの表情が僅かに強張る。

これほどの集中状態に入っている彼女が動揺するのは、尋常な状況ではない。

「……何を、言っているのでしょう」

「しらばっくれても無駄。だって、あなたの正体は……」

——ここが潮時だ。

研ぎ澄まされた危機察知能力によって、ジンはこの先に勝機が転がっていないことを一瞬で理解した。そして一流の詐欺師には、理解と実行の間に時間差など存在しない。

一瞬の躊躇もなく、ジンは上着のポケットに隠していた電子機器に手を伸ばした。

グロテスクな翼を背中から突き出して笑うアリーチェの後方——学長室の扉付近で、凄まじい爆発が巻き起こる。

爆風で飛ばされた粉塵と凄まじい爆音が殺到し、狭い室内は混乱に埋め尽くされた。爆心地から最も近い位置にいたアリーチェは鼓膜でも破れてしまったのか、平衡感覚を失って床に膝をついている。

冷静さを保っているのはジンだけだった。

驚愕の表情で耳を塞いでいるニーナの手を引き、爆発によってできた穴から室外に脱出する。

アリーチェによって学長室に引き摺り込まれる寸前、ジンは扉の真横に高性能爆薬を設置していたのだ。

長々しい演説も、アリーチェとの無謀な戦いも、ニーナによる怪物の演技も、全てはアリーチェを無防備な状態にして爆薬という切り札の効果を最大化するための布石でしかなかった。

「あっ、ありがとうジン！　助けてくれて……！」

足元をふらつかせながらも、ニーナは何とか廊下を走ることができている。ジンは彼女の手を握ったまま、徐々に走る速度を上げた。

「ニーナ、ハイネに正体を知られたんだな⁉」

「う、うん……。どうして気付いたの？」

「あんな安物のロープで拘束してる時点でおかしいんだよ。ニーナがサイコキネシスなんか使えないと確信してる証拠だ！」

当然、見張り役を任されたアリーチェにもその情報は共有されていることだろう。

だから、今回のように強引な方法を使わなければ脱出はできなかった。

いつものようにニーナの演技で誤魔化せると勘違いしていたら、今頃二人とも血まみれで床に転がっていたはずだ。

「ニーナ、俺に続いてくれ！」

階段とは反対方向に続く廊下の突き当たりから数えて、三つ目の大きな窓。予め開錠されていたサッシを開け、ジンは勢いよく飛び降りた。

ただの人間が五階の高さから落ちれば無事で済むはずがない。だが今回、ジンはちょっとした細工を施していた。

二つ下の階の窓から半分程度飛び出すような形で、体育倉庫から拝借した体操用のマットを設置していたのだ。窓から落下したジンの身体は斜めに立てかけられたマットに受け止められ、そのまま三階の窓の中へと転がっていく。少ししてニーナも決死の表情でマットに飛び込み、三階の廊下に着地した。

あとはマットを素早く回収して窓を閉めることで、ジンたちは廊下から忽然と姿を消したことになる。アリーチェは反対側にある階段を下って自分たちを捜すはずなので、かなり時間を稼ぐことができるだろう。

「今から脱出経路を説明する。もし俺とはぐれたらそこから逃げるんだ。一回しか言わないからよく聞いてくれ」

慣れない全身運動のせいで息を切らしながら、ジンは二通りの脱出経路と、そこに仕掛けられたトラップの数々を説明した。

かなりの早口になったが、ニーナの記憶力ならまず問題はない。脚本を一瞬で頭に叩き込むのも、役者にとって大切な才能の一つだ。

ニーナが頷いたのを合図に、二人はジンが用意していた合鍵を使って近くの空き部屋に入る。毎月凄まじいペースで生徒が退学していくハイベルク校には、使う人間がおらず放置されている部屋も多い。変装道具を入れたバッグを隠していても安全だ。

「じゃあニーナ、一分で着替えてくれ」

「……その、あっち向いててよ」

「はいはい」

手駒として使っている教官のルディから横流ししてもらった軍服を手に取って、ジンは窓際に歩く。素早く教官用の軍服に着替え、さらに軍帽を目深に被りつつ、ジンは慎重に窓の外を覗き込んだ。

案の定、大勢の生徒たちが校庭に集められているようだ。

軍服を着た教官たちも勢揃いしており、白い紙のようなものを生徒たちに配っている。演台の上に立って何やら説明している人物がいた。遠い上に後ろ姿しか見えないが、背格好からして恐らくハイネだと思う。

「……あれが、ジンが言ってた一斉摘発なの？」

いつの間にか変装を終えていたニーナが、窓の外を覗き込みながら言った。

髪を束ねて服を着替えただけにもかかわらず、ほとんど別人にしか見えない変装技術。心底驚きつつも、ジンは冷静に答える。

「そうだよ。あれから生徒全員に、『自分はスパイじゃありません』と書かれた紙に署名させるつもりなんだ」

「まったく、ジンはどこからそんな情報を……」

「それについてはあとで話すよ。まずは脱出だ」

窓の外に自分たちを捜すアリーチェの後ろ姿が見えたのを確認して、二人はすぐに教室から出た。

これで最大の難敵を撒くことができた。

生徒が校庭に集合させられていることを見越して、教官に変装するという手口も完璧だ。建物の外に出た二人は、ジンが事前に選定した人目に付かないルートを通って目的地点へと走っていく。まだ追っ手の姿は見えない。

だが、事態はそんなに簡単ではない。

教室棟の壁に隠れて周囲の様子を窺いつつ、ジンは淡々と言った。

「たぶん、追っ手はアリーチェだけじゃない。反乱軍の連中も俺たちを捜してるはずだ」

「ええっ⁉　どういうこと⁉」

「前にもチラッと言っただろ。帝国が植民地を支配するために、国内に対立構造を作り出して民衆を分断してきたって。そのために必要なのは、民衆が憎悪（ヘイト）を向けるべき仮想敵だ」

すっかり詐欺師の思考を身に付けてしまったニーナは、ジンの言おうとしていることをすぐに察したようだ。

「まさか、反乱軍（レジスタンス）はハイネ兄さんが操ってたの？」

「そう。反乱軍（レジスタンス）に学園で暴れ回らせて、生徒たちの憎悪（ヘイト）をそちらに向けさせるためにね。ポイントは反乱軍（レジスタンス）のリーダーが正体不明ってところだ。クラスメイトの中に極悪人が紛れてるかもしれない恐怖で、生徒たちは疑心暗鬼になる。生徒同士の結束は失われていく。信じられるものが何一つない状況で、生徒たちが縋（すが）ることができるのは頼もしい自警団とハイネだけ。そうなれば、ハイネの権力はより絶対的なものになっていくわけだ」

「あ。ってことは、アリーチェが捕まえたダズ・ホルムは偽物（にせもの）？」

「その通り。ハイネからすれば、ダズ・ホルムにはいつまでも健在でいてほしいはずだよ」

一連の推測の根拠を示す必要は、どうやらなさそうだった。

制服を着た男子生徒二人組が、正面から歩いてきている。

「……見なよ、ニーナ。さっそくお出ましだ」

他の生徒は皆校庭に集められているはずなので、自由に動き回っている彼らがハイネの手先であることは間違いないだろう。忙（せわ）しなく首を振りながら歩いているのは、彼らが脱走者を捜しているからだ。

学園の敷地外に出るためには、五〇メートルほど進んだ先にある雑木林に入り、突き当たりの塀を梯子で乗り越える必要がある。だが雑木林に入るには二棟の建物に挟まれたこの道を直進するしかないため、正面から迫る反乱軍は非常に邪魔だ。

「どうする？　あっちから迂回する？」

「さっき窓から覗いたら、その方向にアリーチェがいたのが見えただろ」

「じ、じゃあどうするの？」

「……まあ、正面突破しかないかな」

「えええええっ!?」

　ニーナに作戦を耳打ちすると、彼女はこの世の終わりのような表情になった。

「……それってさ、失敗したら終わりなんじゃ」

「大丈夫だよ。あんたはもう、超一流の詐欺師なんだから」

　観念したように息を吐いて、ニーナは深い集中状態に入った。

　静かに瞑目し、声色・表情・動作の一つ一つを脳内で再構築していく。次に目を開けた時には、彼女は己自身の人格を完全に切り替えてしまっていた。

「貴様ら、そこで何をしている。校庭に集合しろと言ったはずだが？」

　建物の陰から飛び出しながら、ニーナは威厳のある声で言った。

　教官の軍服に身を包み、軍帽を深く被り、おまけに声色まで成熟した大人のそれに変えたのだから、二人の生徒は彼女をニーナ・スティングレイだと認識することはできなかったようだ。

「は、ハイネさんの命令で、脱走者の捜索を……」

あまりにも簡単に情報を吐き出してしまった少年は、見るからに狼狽している。仮にも反乱軍と名のつく組織に所属しているというのに、随分と権力に弱いらしい。

「脱走者？　貴様は何を言っている」

「き、共和国の諜報員と手を組んだ裏切り者がいるって、さっき無線で連絡が来て……」

「ちょっと待ってください」沈黙を貫いていたもう一人が、相方を遮って言った。「あなた、本当に教官ですか？　随分若いような……」

そこが限界だった。

ニーナは疑問を呈してきた少年の首元にスタンガンを押し付けて迅速に無力化。流れるような動作で、呆然とするもう一人の顎に肘撃ちを浴びせた。

「なっ、ちょっ、ぎゃあああああああっ！」

特異能力で反撃する余地すら与えることなく、ニーナはスタンガンで止めを刺すことに成功した。

ジンは心底呆れつつ、建物の陰から顔を出した。

「……嘘だろニーナ、格闘の才能もあるのかよ」

スタンガンを使って敵を無力化する格闘術をニーナに叩き込んだのは、共和国の諜報員であるエマだった。

彼女の理論的な指導は確かにわかりやすかったが、まともに練習する時間など取れなかったはずだ。実際、ジンはかなり早い段階で習得を諦めている。

額の汗を軽く拭いながら、ニーナは白い歯を見せて笑った。

「舞台役者にはアクションスキルも必要だからね。子供の頃からこっそり訓練してたんだ」

「いや、演技の範疇（はんちゅう）なんか完全に超えてる気が……まあいいや。とにかく急ごう」

一度会敵してしまった以上、隠密（おんみつ）行動をする段階はもう終わりだ。反乱軍（レジスタンス）の悲鳴を聞きつけて増援がやってくる可能性がある。

ジンとニーナは失神した反乱軍（レジスタンス）を踏み越え、路地の果てにある雑木林へと走った。

「ジンっ！　アリーチェが追ってきてる！」

「いやいや、それは」

物理的にありえない、なぜならアリーチェは建物の裏側にいたはずだ――そんな反論は口に出す前に潰されてしまった。

アリーチェがいたのは、通路に面した建物の壁面。

異様に長い手足の先端と鋭利な骨でできた翼をコンクリートに突き刺して、怪物は壁面を蜘蛛（くも）のように自在に移動していた。

相変わらずアリーチェは妖艶（ようえん）な笑みを浮かべているが、その美貌すら今は不気味だった。

「……くそっ、あんなの絶対夢に出てくるだろ！」

流石に冷静さを保っていられなくなり、ジンは吐き捨てる。

エマから貰った手榴弾が懐に入っているが、これは最終手段だ。

詐欺師に殺生など似合わないというのもそうだが、そもそもあんな化け物に通用するとは思えない。

爆発する前に弾き返され、自分たちが鉄片でズタズタになる未来など見え透いている。

「ニーナ、もう後ろは気にするな！　走れっ！」

悲鳴を上げる両脚に鞭を打って、二人は雑木林の中に飛び込んだ。

入学して間もない頃から、万が一の場合の脱出経路に定めていた場所だ。当然、落とし穴やワイヤー仕掛けのトラップなどが無数に設置されている。二人は脳内に広げた配置図を頼りに、罠のない場所を迂回しつつ走った。

だが、長い手足や骨の翼を使って樹上を疾走する相手に、地面に仕掛けた罠が通用するはずがない。

「ど、どうするのジン！　もう追い付かれるっ！」

「大丈夫」危機的状況でも、ジンは前だけを見ていた。「トラップは樹の上にもあるんだよ」

ジンが言い終わらないうちに、背後で炸裂音が響いた。

樹上に仕掛けていたワイヤーにアリーチェが触れたのをきっかけに、巧妙に隠されていたトラップが作動。葉や枝の中に隠されていた射出口から重り付きの網が射出され、アリーチェの全身を覆い尽くしていく。バランスを崩した彼女が落下した先には、ダメ押しのため用意していた落とし穴もあった。

負けを認めたような、それでいて状況を楽しんでいるような笑い声が背後から響く。

とはいえジンに達成感などはなかった。投網の罠は、自分たちが無能力者であることがバレていなければ使えない最終手段でしかないのだから。

ジンは大木の窪みに隠してあった梯子を運び出し、上部に有刺鉄線が設置された塀に立てかけた。

肉体はとっくに限界を超えていたが、どうにか叫ぶ。

「ニーナ、遠慮せず飛べ！」

手本を見せるようにジンが、少し遅れてニーナが梯子の最上段から塀の向こうへとジャンプした。

およそ三メートル弱の高さがあったが、二人は全くの無傷。落ち葉や腐葉土を敷き詰めて巧妙に隠したクッションが、落下の衝撃を吸収してくれたのだ。

「ああ、死んじゃうかと思った……」

「でも、楽しかっただろ？」

軍服を泥だらけにしながら放心するニーナに、ジンは手を貸して立ち上がらせる。

二人はいつの間にか笑っていた。極限のスリルに身を投じて、その中から愉悦を拾ってくることができる詐欺師という人種は本当にどうかしている。

堪えきれない笑いとともに森の中を一〇分ほど進むと、二人は整備もロクに行き届いていない林道に辿り着いた。

道端には、不法投棄されているようにしか見えないほどボロボロの自動車が待ち受けていた。過剰な演出のためにフロントガラスに振りかけておいた土埃や枝葉を払い、ジンは運転席に乗り込んでいく。

「……まさか逃走車を用意してたなんて。え、というか運転できるの？」

「当たり前でしょ。そんな高等技術でもないし」

「一五歳が免許なんて取れるんだっけ？」

「免許証にはちゃんと『一八歳』って書いてるよ」

何重に罪を犯しているかもわからない共犯者に呆れつつ、ニーナも助手席に乗り込んだ。

林道をしばらく進んで麓の街に出ると、ジンは人気のない廃工場へと向かった。素早く軍服を脱ぎ捨て、誰の印象にも残らないような平凡な服に着替えると、二人は帽子とサングラスを装備して別の新しい車に乗り換える。

逃亡時には同じ車を使い続けるな、というのはラスティから口を酸っぱくして言われていた鉄則だった。

「学園から脱出できたはいいけど……、これからどうするの？」

「まずはエマたちと合流する」

「ああ、例の科学者と落ち合ってるんだっけ？」

「そう。一応計画は順調に進んでるよ。ハイネから情報を引き出せなかったのは残念だけど」

軽薄な笑みを作ってみせたが、内面で沸騰する悔しさを誤魔化すことができたかどうかはわからない。

帝国が隠している秘密――特異能力者を生み出す源でもある〈原初の果実〉の在り処を研究者から聞き出すことができれば、自分たちの役目は終わりだ。

わざわざハイネという怪物などと戦う必要はない。そんなことをせずとも共和国は膨大な兵力を投入して〈原初の果実〉を奪取し、帝国に対抗しうる特異能力者を作り出すことに成功するだろう。

以前エマの上司が言ったように、自分たちは名もなき英雄として共和国に招かれ、安全で快適な生活を享受することができる。

個人的な因縁や執着を抜きにすれば、これ以上ないほどの結末なのだろう。

――少なくとも、ニーナにとってはそれが一番いい。

ある意味で共犯者への裏切りとも取れる思考が脳裏を過ったが、ジンはそのままにしておいた。

　自分がどんな選択をすべきかなど、流石にわかっている。

「……悪いけど、ニーナ。俺たちはもう学園には帰れないかもしれない」

「そうだよね……。今はハイネ兄さんも警戒してるだろうし」

「いや、それもそうなんだけど」

　ジンは思わず口を噤んだ。

　損得勘定も、まして同調圧力もなく、ただ真っ直ぐな正義感から実の兄の悪行を止めたいと誓った少女。自分が詐欺師としての地獄に誘った少女は、そんな危うい覚悟を心の支えにしているのだ。

　決意に満ちた瞳でこちらを見つめるニーナに、今残酷な提案をすることはできそうにない。

「待ち合わせ場所まではあと一時間くらいかな。今のうちに寝てなよ」

　早口でそう言うと、ジンはようやく車を発進させた。

＊

〈造園業者〉のガスタがその少年と初めて会ったのは、今から八年近くも前のことだった。

　長年の仕事仲間である詐欺師のラスティが、治安の悪い酒場にいきなり連れてきたのだ。

「……嘘だろラスティ、ガキがいたのか」

「あいにく、俺はずっと独り身だよ。こいつは路上で拾った」

犬や猫に使うような表現だったが、実際その少年は野良犬のような風貌をしていた。

まず、目つきが異様に悪い。背丈や顔立ちからしてまだ一〇歳にも満たないはずだが、並みの大人が生涯をかけても経験し得ないような地獄を潜ってきたのが一目でわかった。ペールオレンジの肌や黒髪、やや平坦な顔といった東方からの移民にありがちな容姿も、彼の特異性を際立たせている。

生意気にもバーテンダーに蒸留酒を注文しようとした少年を手で制しつつ、ガスタは問い掛けた。

「お前、名前は何て言うんだ」

「そんなの知らない。物心つく前に両親に棄てられたから」

「そうか」

帝国内に特異能力者が溢れ出してから、こういう境遇の子供は増えた。

ガスタは特別子供が好きというわけでもなかったが、自分の悪事を棚に上げて胸を痛めるのは仕方のない話だ。

少年は周囲を気にするように目線を動かしたあと、耳元で囁いてきた。

「自力で一〇〇万エルを稼いだら、孤児院に入れてくれる約束でこき使われてる。でも実際は、生活費やら手数料やらで八〇%も持っていかれるような奴隷契約なんだ。頼む、助けてよ」

ガスタは思わずラスティと少年を交互に見つめた。

ラスティが伝説の詐欺師として帝国中から憎まれていることは知っていたが、まさか子供相手にも阿漕な商売をしているとは……。

「おい、やめろジン。誰彼構わずカモにしようとするんじゃねえ」

ラスティは苦笑しながら少年の襟首を掴み、ガスタから引き離した。

ジンは悪戯を叱られた少年のような笑みを浮かべていた。先程までの荒みきった雰囲気はどこかに消えてしまっている。

「悪いな、ガスタ」

ラスティは蒸留酒を傾けながら笑った。

「学校教育の代わりに詐欺の技術を叩き込んでたら、隙あらば他人から金銭を捲き上げようとするような悪ガキに育っちまった。こいつにはジン・キリハラって名前があるし、俺は生活費も手数料も徴収していない」

バーテンダーが目の前に酒を置いたとき、ようやくガスタは自分が放心状態にあったことに気付いた。

今のは、悪ガキなどという言葉で片付けていいレベルじゃない。

まず喋り方からしてガキらしさの欠片もないし、表情の作り方から論理の組み立て方までちゃんと形になっていた。

実際、ガスタは「五万エルまでなら恵んでやってもいい」と思ってしまっていたのだ。

「……末恐ろしいガキだな」

「ガキだからって油断したあんたが悪いよ」

幼い顔立ちには見合わない指摘を受けて、ガスタは腹を抱えて笑った。

なぜだかガスタは、出会ってまだ数分も経たないうちにこの小さな詐欺師のことを好きになりかけていた。

「……どうしてかな、お前とは長い付き合いになりそうだよ」

「俺にだって業者を選ぶ権利はある。あんたの腕が良ければ考えとくよ」

「はっ、生意気だな」

そう指摘すると、ラスティはどこか誇らしげに鼻を膨らませていた。

そんな弛緩した表情は、長い付き合いの中で一度も見たことのないものだったように思う。

あの生意気なガキが、帝国に喧嘩を売ろうとするとはな。

共和国の諜報員とともに向かった廃倉庫の前で、ガスタは感慨深い気持ちになった。

実のところ、ラスティが〈白の騎士団〉に捕らえられたという情報を聞いたとき、ガスタは一人残されたジンの身を案じていたのだ。いくら精神的に成熟しているとはいえ、当時のジンはまだ一三歳のガキでしかない。仲間たちとともに作ったラスティの墓の前で、ジンは年相応の悲しみに暮れていたように見えた。

しかし、その頃にはもうジンは一流の詐欺師に成長していた。

人知れず計画を練り上げて特異能力者養成学校の入学試験を潜り抜けたかと思うと、あれよあれよという間に怪物たちを詐術の餌食にして、ついには帝国がひた隠しにしている真実に辿り着いてしまった。

——だが、ここから先は大人が身体を張る番だ。

ガスタは不敵な笑みの裏で覚悟を固め、シャッターの隙間から廃倉庫の中へと入っていく。

ジンたちが合流する前に、仕事を終わらせてしまうことにしよう。

「……こいつが、帝国軍の科学者か」

広大な空間の中に、白髪頭の老人がポツンと座っていた。

粗末なパイプ椅子の上で不安そうな顔をしてはいるが、もちろん脅迫されているわけではない。相応の見返りを条件に、彼は自分の意思で共和国に寝返った裏切り者なのだ。

そのことを知っているのは、自分を含めて八名。

まだここには到着していないジンとニーナ。一向に名乗ろうとしない諜報員の男。今は廃倉庫の外で待機しているが、裏社会専門の探偵で付き合いも長いヒースや、〈造園業者〉の仕事で運命を共にしている三名の部下もここに連れてきている。

いや、先に倉庫に入って科学者を見張っていた少女を含めると九名になるのか。

ジンやニーナと友人関係にある彼女は、確かエマ・リコリスという名前だった。

「まずは、ご協力感謝する」

諜報員の男が右手を差し出してきたので、ガスタは大人しく握手に応じる。

この科学者から〈原初の果実〉の在り処を聞き出し次第、帝国に潜入中の諜報員たちが一気に攻勢をかけることになっていた。

とはいえ人手は限られているようで、廃倉庫にやってきたのはこの男とエマの二人だけ。そのため、安全な場所の確保や周辺の監視、護衛などといった任務はガスタたちが引き受けることになっている。他国の諜報員が地元の犯罪者たちに協力を仰ぐというのは、有史以来、世界中で繰り広げられてきた茶番劇だ。

「さて、ニュート・ターンブルさん。そろそろ情報交換会を始めましょうか」

エマという少女が微笑とともに切り出すと、廃倉庫の空気が引き締まった。ガスタは廃倉庫周辺で監視に当たっているヒースや部下たちに無線で指示を送り、気を引き締めさせる。

ニュートと呼ばれた科学者は、怯えの奥に使命感をチラつかせながら頷く。

どうやら、見返りに釣られてノコノコとついてきた守銭奴というわけではないらしい。

これなら、情報の信憑性も期待できるだろう。

「……まずは、帝国の野望を止める機会を与えてくれた皆さんに感謝します。聞かれたことは何でもお話しさせていただきます」

「こちらこそ、危険を顧みずご協力いただき感謝します」

科学者との対話は基本的にエマが行うらしい。

少女相手の方が警戒せず喋りやすいとの配慮だろうが、こんな重要局面を一人で任された彼女が感じるプレッシャーは並大抵のものではないだろう。

エマの喋り方や立ち振る舞いはジンやニーナと同じように成熟しているが、それは知能の高さのなせる業というよりは、環境の要請によって最適化されたものなのだろう。

――彼女たちは、子供のままでいることを許されなかった。

この残酷な世界を生き抜くために、誰よりも早く大人にならなければいけなかったのだ。

ガスタの複雑な感情などお構いなしに、エマはいきなり本題に入っていく。

「では、まずは〈原初の果実〉というものの正体について。これは我々が予想した通り、特異能力者を人為的に作り出すための薬品――そういう認識でよろしいですか？」

「ええ、間違いありません」

ハンカチで額の汗を拭いながら、科学者は続ける。

「最初の特異能力者が生まれたのは三〇年ほど前――当時交戦中だった共和国による新型爆弾の投下が原因だとされています。ですがそれは、帝国による情報操作に過ぎません。実はその大爆発は、〈原初の果実〉の製造過程で起きた事故だったのです」

まあ共和国の皆さんはご存じですよね、と科学者は小さく笑った。

エマの上司だという諜報員の男は、些細な違和感を見逃さなかった。

「製造過程？　その表現だと、大爆発が起きた時点で〈原初の果実〉の理論は完成していたことになりますが」

「ええ。私が帝国軍の研究チームに加わったのは三二年前ですが、その頃にはもう理論は完成していました。極めて微弱な特異能力ではありましたが、最初の成功例が誕生したのも大爆発より前でしたよ」

あまりにも危険な会話だが、既に決意を固めた科学者の解説は途切れなかった。

「先の大戦が終結した年にはもう、帝国は〈原初の果実〉の安定的な製造に成功していました。まずは帝国軍から選抜された将校やエリートたちに接種し、試行錯誤を繰り返しました。しかし、発現したのは酒宴で披露する芸にもならないような微弱な特異能力ばかり。やがて帝国は、二～四歳の子供に接種した場合のみ、〈原初の果実〉が充分な効果を発揮することを突き止めました」

その過程で繰り返されたのは、途方もない数の人体実験に違いない。

科学者が客観的な表現で語り続けているのは、自らが非道行為に加担した罪悪感に苛まれないための防衛機制なのだろう。

「特異能力が単なる科学技術ではなく解明不能な神の恵みである方が都合がいいと判断した帝国は、政府上層部や研究チームの人員以外には〈原初の果実〉の存在を隠したまま、全国規模で幼児への接種を開始しました。まずは政府高官や財閥の子息に、量産が可能になってからは上流階級の中から無作為に抽出した子供たちに。

もちろん、陰謀論を回避するために社会的地位がそれほど高くない家庭の子供たちにも接種しました。ただその場合は薬液の濃度を下げ、帝国の脅威には到底なり得ないような特異能力が発現するようにコントロールしました」

ある程度は想定していたものの、帝国が特異能力者の誕生を緻密にコントロールしているという事実は全員の肝を冷やした。

苦々しい表情で、エマが口を開く。

「〈原初の果実〉に副作用などはあるのでしょうか？」

もし今後共和国が特異能力者を生産しようと考えるなら、確かに押さえておかなければならない情報だ。

「もちろん、初期は拒否反応を起こして死んでしまう被験者もいたそうです。しかし、〈原初の果実〉が現在の形に確立されてからは重大な副作用は観測されていません。……少なくとも、現時点では」

「現時点では？」

エマが繰り返すと、科学者はまた額の汗を拭った。

「〈原初の果実〉が現在の形になってから、まだ二十数年しか経っていないんですよ。初期に接種した子供たちですら、まだ二〇代後半かそこらです。この先、重大な健康被害が引き起こされる可能性は否定できません」

「なるほど、そうですか……」

ガスタの位置からは、エマがこっそりと拳を握り締めたのが見えた。

恐らくエマは、幼少期に〈原初の果実〉を接種されている友人（ニーナ）の身を案じているのだろう。

それでも彼女は気丈に振る舞うことを放棄しなかった。すぐに思考を切り替え、共和国の利益に基づいた質問を続ける。

「ターンブルさん。我々は、〈原初の果実〉の原本（サンプル）を手に入れたいと考えています。再び世界に戦禍を連れてこようとしている帝国への抑止力として、共和国でも特異能力者を生産するために。保管されている場所を教えていただくことは可能ですか？」

「もちろんです。そのために私はここに来ましたから……」

廃倉庫内の空気が一瞬にして変質する。

ここからが本題だ。

「ハイベルク国立特異能力者養成学校——その敷地内（しきちない）に、〈原初の果実〉は保管されています」

一同は動揺を隠せなかった。

異常な空間ではあるとはいえ、ハイベルク校はあくまでも教育機関だ。そんな場所に、帝国にとって最重要ともいえるアイテムが隠されているというのか。

いや、一応の筋は通っているかもしれない。

帝国がハイベルク校を使ってやろうとしている陰謀——〈楽園の建築者〉という正体不明の単語が、科学者の証言に説得力を与えていた。

「厳密には、ハイベルク校の地下にある秘密の倉庫で厳重に管理されているのです」

「その倉庫への行き方は？」

「何でも、学長室のどこかにある隠し扉が、倉庫に繋がる唯一のルートとのことで。もちろん、隠し扉の正確な位置までは把握していませんが……」

「いや、充分です。すぐに見つけることができるでしょう」

ジンから貰っていた情報によると、学園長のジルウィル・ウィーザーが学長室を使っている形跡はまるでないとのことだった。もぬけの殻となった部屋を捜索するくらい、一流の諜報員たちにとっては児戯に等しい。

だが、科学者はまだ青い顔をしていた。

「……何か問題が？」

怪訝そうにエマが問うと、科学者は声を震わせた。

「倉庫に辿り着くだけなら、あなた方にとっては簡単でしょう。ですが、肝心の鍵が……」

「その鍵はどこにあるんです？」

「鍵を保有しているのは、世界でたった数名。そのほとんどが帝国軍の上層部です。ただ、一人だけ――ハイベルク校の内部にも鍵の管理者はいるのですが……」

「誰なのかご存じですか。その、鍵の管理者というのは」

何かがおかしい。

ガスタは唐突に違和感を嗅ぎ取った。

一流の詐欺師たちから盗んだ洞察力で、違和感の源流をどうにか探り当てようとする。

どうして、ハイベルク校の内部に鍵の管理者などという存在が必要なのだ？

――いや、違う。問題はそんなことではない。

「お答えします。現在、ハイベルク校で鍵を管理しているのは」

そうか。違和感の正体がわかった。

続けてガスタは一瞬で理解する。

自分たちが今、いかに危険な状況に置かれているのかを。

根拠など一つもない。

説明など不能な、一流の犯罪者特有の超自然的感覚によって、ガスタはこれから自分たちに訪れる危機を知覚した。

「〈白の騎士団〉メンバーの一人――ハイネ・スティングレイです」

科学者の証言を各々が噛み締める間も与えず、ガスタは叫んだ。

「全員退避しろっ！　これは罠だ！」

なぜ、これほど重大な情報を抱える科学者を諜報員が寝返らせることができたのか。

なぜ、一介の科学者が鍵の管理者などというセキュリティ上の情報まで把握しているのか。

なぜ、自分たちにとってこれほど都合のいい展開が演出されているのか。

——その答えが、これだ。

突如として風船のように膨らみ始めた科学者の腹部と、彼の苦悶に歪む表情を見て、ガスタは自分の直感の正しさを確信した。

「そ、それは何なんです⁉」驚愕に目を見開き、エマが唾を飛ばす。「答えてください、ターンブルさん！」

「し、知らないっ！　たた助けてくれ……！」

科学者の腹部は凄まじい速度で膨張を続け、今では冗談のような大きさにまで成長している。内臓のいくつかが圧迫の末に潰されたのか、口許からは大量の血液が垂れ流されていた。

——つまり、自分たちはずっと泳がされていたのだ。

やつは——ハイネ・スティングレイは、帝国軍の科学者という存在を撒き餌に利用した。共和国の諜報員と、その協力者たちを一網打尽にするために。

「どうしたお前ら、何をボケっとしてる！　最初に教えたルートから逃げるんだよ！」

「あ、あなたはどうする！　一緒に……」

青ざめた顔で、エマ・リコリスが手を伸ばしてくる。

しかしガスタはそれを無視して、代わりにポケットに入れていた煙草を取り出した。震える手でライターを操作し、どうにか先端に火を点ける。

既に、ガスタは全てを悟っていた。

大いなる目的を達成するために、自分がどんな行動を取るべきかを。

「……いいか。恐らくハイネ・スティングレイはすぐ近くまで来ている。ここに留まっていれば、全員まとめて惨殺されるのがオチだ」

膨れ上がった腹はついに裂け、内部から木製のデッサン人形が姿を現した。

剣と盾で武装した顔のない怪物は、窮屈そうに肉の裂け目を内側から押し広げ、全身を血で染めながらゆっくりと這い出てくる。

以前ジンから、ハイネが特別な灰のようなものから人形を作り出せることを聞いていた。水か食べ物に灰を混入させれば、科学者の体内にスパイを潜ませることも可能なのだ。哀れな運び屋は、そんな背景も知らずに絶命してしまっている。

エマの上司――恐らくは諜報員として数々の地獄を潜ってきた男が、神妙に言った。

「……まさか、ここで囮になるつもりか」

「理解が早くて助かるよ。あとは行動が伴えば完璧だ」

「あなたのような民間人に、そんな役回りをさせるわけには」

「ただの薄汚い犯罪者と、世界の命運を握る凄腕の諜報員。どっちが生き残った方がマシかくらい、小学生のガキにだってわかるはずだ」

「だ、だが……」

納得がいかない様子の男を無視して、ガスタは硬直するエマに視線を向ける。

彼女は全身の震えを抑えるのが精一杯という有様で、年相応の弱さを抱える少女にしか見えなかった。

「俺の知り合いに、物心つく前に両親から棄てられたガキがいてね」

上半身から滑り落ちるように着地したデッサン人形に、ガスタは懐から取り出した拳銃を向ける。

「変人の詐欺師に育てられて、しかも学校にも行けなかったから、当然ながら同年代の友達なんて皆無だったわけだ。

あのバカはもう一人前のフリをして粋がっているが、俺からすればまだ一五歳のガキでしかねえ。ガキにはガキらしく、気の置けねえ友達と騒ぎながら夢を語り合う時間ってもんが必要なんだよ。……そしてそれは、仕事仲間の俺じゃあ提供してやれない」

わかったな、と言ってエマの頭を撫でてやる。

それだけで彼女は全てを察してくれたようだ。まだ不満そうな上司の手を引き、壁面に隠していた扉を開けて廃倉庫の外へと逃げ去っていった。

諜報員たちの姿が完全に見えなくなったのと、ガスタの背後にあった扉が開かれたのはほぼ同時だった。

ゆっくりと立ち上がる血まみれの人形に拳銃を向けつつ、ガスタは半身になって闖入者を見た。

細身の軍服を身に纏った優男。

白金色の髪の隙間から覗く藍色の瞳が、蛇のように歪んでいる。捕食者の笑み。残酷な想像を膨らませながら、ハイネはこちらを値踏みしているのだ。

「……あれ？　どうして一人しかいないんだろう」

「当てが外れたな。ハイネ・スティングレイ」

「というか、あなたは誰です？　共和国の諜報員には見えませんね」

「ただのしがない造園業者だよ」

人形に向けていた銃口を素早く翻し、ガスタはハイネの脳天に照準を合わせた。

初めて人を殺すことに、躊躇などはない。純粋な生存本能にのみ従って、ガスタは引き金にかけた人差し指に力を込める。

――だが、放たれた銃弾は空中で制止していた。

いや、ガスタの脇を抜けて飛び出した人形が盾となって銃弾を受け止めたのだ。

顔のない人形がじりじりと近付いてきて、ガスタはどうしようもない恐怖を覚える。

「さて、困りましたね」

笑いを堪えるような声で、ハイネは言った。

「ビッグイベントを他の教官に任せてまで共和国の課報員を狩りに来たのに、出迎えてくれたのはこんな薄汚いおじさんだったなんて——都合が悪すぎる」

奇妙な表現にガスタが違和感を覚えたのを察したのか、ハイネは小さく笑った。

「いやね、一応法律では〈白の騎士団〉がテロリストでもスパイでもない一般人を殺すことは禁止されてまして。帝国を裏切った挙句に処刑されてしまったそこの肉塊はともかく、あなたを殺したあとは入念な処理をしなきゃいけない。

わかりますか？　ここに民間人の死体なんてあってはいけないいんですよ」

「じゃあどうする？　見逃してくれるのか？」

必死の強がりを見透かしたように、ハイネが唇を舐めた。

体内の水分が全て蒸発したのかと錯覚するほどの渇き。これが本当の恐怖なのか。

自分の運命は、もはやこの悪魔に掌握されている。

哀れな獲物にできるのは、できるだけ楽に死ねるように祈ることだけ。

「まあ安心してくださいよ。こんなこともあろうかと、僕の〈玩具の征服者〉には第二段階を用意しているんです。……はは、そんな初耳みたいな顔しないでください。人形を操るだけの能力で、〈白の騎士団〉になんかなれるわけがないでしょう？」

銃弾を受け止めた人形の表面から、黒い霧のようなものが湧き立ち始める。

人形は一瞬にして黒い霧に覆い尽くされたかと思うと、パキパキと音を立てながら変形を始めた。霧の内部で何が行われているのかもわからずに、ガスタは後退するしかない。

やがて人形の周囲を漂っていた黒い霧が濃縮され、質量を獲得し、黒曜石のような質感を帯び始めた。

――これは、鏡だ。

ただ、黒光りする表面にガスタは映し出されていない。左右が反転した廃倉庫の景色は見えるのに、人形の正面にいるはずの自分だけが存在を抹消されている。

これはいったい、どういうことだろう。

「〈玩具の征服者（コンキスタドール）〉の第二段階――〈鏡面に潜むもの（テスカトル）〉です。これを見て生き延びた人間は一人もいないほど強力なんですが、ちょっと発動条件が厳しすぎましてね。

一つ目の条件は、こうして発動条件を事細かに説明してあげること。

そしてもう一つは――相手が最も恐怖している対象を、完璧に理解することが必要なんです」

漆黒の鏡面が一瞬だけ揺らめき、なぜかそこにハイネの顔が映し出された。

鏡の中の捕食者は、冷たい殺意を纏（まと）った瞳でじっとこちらを見つめている。

「おや？　どうしてあなたは、初対面の僕をこんなに恐れているんでしょう」

ふざけるな、と思った。

何が厳しすぎる発動条件だ。

圧倒的な戦力差があれば戦闘中に発動条件を説明するなど簡単だし、そもそも、最も恐怖している対象を知るために相手の心を覗(のぞ)く必要など微塵(みじん)もない。

特務機関〈白の騎士団〉のメンバーにして、帝国に仇(あだ)なす存在を虐殺してきた真性の怪物。

そんな存在を前にして、極限の恐怖を抱かない人間など存在するはずがないのだ。

黒い鏡面は、やがて鎧(よろい)のように人形の全身を覆った。

鏡の一つ一つに映し出されたハイネの顔は、どれも凶悪な笑みを形作っている。両腕の先端は鋭利な刃(やいば)となっていて、その側面にもハイネの顔が映し出されていた。

全身から汗が噴き出す。

呼吸をすることも忘れ、ただ恐怖で全身を氷漬けにされてしまう。

「〈鏡面に潜むもの(テスカトル)〉は同時に一体しか出せない代わりに、パワーやスピードなんかの基本性能が恐ろしく上昇します。まあ、近接戦闘ならたぶん地上の生物で最強だと思いますよ。もちろん、身体強化系の特異能力者なんかも含めてね。

……ただまあ、あなたにそんな性能を見せるのは勿体(もったい)ないかな。できるだけ時間をかけず、しかも痕跡も残さず民間人を消してしまうには、もっとスマートなやり方がありますし」

「い、いったい俺はどうなるんだ」

「極限まで膨れ上がった恐怖は——やがて盛大に爆発するんですよ」

両腕を大きく広げて、人形が近付いてくる。黒い鎧の表面に映った数十もの捕食者の嘲笑も同時に。

異形の怪物による抱擁を、ガスタはほとんど無抵抗で受け入れた。

「言ってしまえば〈自爆機能〉かな。とはいえ威力が尋常じゃないので、人体なんて分子レベルで粉々になってしまうでしょうね。しかも不思議なことに、あなた以外の物体は破壊の影響をほとんど受けないんです。だから僕もこうして、最前列で安全に眺めていることができる」

あまりにも都合がよすぎる能力だ。

この力を使って、ハイネは罪なき人々を消し去ってきたのだ。極限の恐怖に全身を雁字搦めにされた人間を嘲笑いながら、趣味の一環のような気軽さで。

肉片はおろか、破壊の痕跡すら残らないのであればそれを確かめる術もない。

本当に、自分はこれから消滅させられてしまう。

「最後に言い残すことはありますか？　名もなき売国奴さん」

人形の内部で、熱を持った何かが蠢く気配がする。

死を覚悟した途端、ガスタの全身から不意に震えが消えた。

走馬灯などは視なかった。視界にあるのはただ、人形を覆い尽くす漆黒の鏡面と、そこに映るハイネの歪んだ笑みだけだ。

——これでいい。

ガスタは乾いた声で笑った。

誰かを守るために命を懸けるなんて、薄汚い悪党には出来すぎた最期じゃないか。

ガスタは人形の表面に唾を吐き棄て、その向こうにいる殺戮者に言ってやった。

「いいか、近いうちにお前は必ず破滅する。俺の頼れる仕事仲間が、お前のくだらない策略ごと全部喰らい尽くしちまうからだ。……せいぜい覚悟しておけ」

「面白いジョークですね。ではさようなら」

ハイネが指を鳴らしたのを合図に、人形の内部でエネルギーが急速に膨れ上がる。

凄まじい熱を自覚したときにはもう、ガスタの肉体は崩壊を始めていた。

痛みを感じる暇すらない。自分の状態を認識することもままならない。

全てを、純白の光が埋め尽くしていく。

全てが、爆音とともに零に還っていく。

眩い光。耳鳴り。

唐突な静寂。

空白。無。

…………。

……。

第六章 敗北者たちの夜、北の空に星は浮かばない

Lies, fraud, and psychic ability school

　廃倉庫の方向から聴こえた爆音が、ニーナの鼓膜に容赦なく叩きつけられる。

　ジンの運転する車で、仲間と約束していた合流地点に向かっている最中のことだった。廃倉庫は約一キロ以上先──今走行している丘から辛うじて見えるくらいの距離にあるので、これがただの銃声などではないことは確かだ。

　間違いなく、爆発物の類。

　ジンは車を急停止させ、ダッシュボードに入れてあった双眼鏡を手に取って車外に出た。ニーナも慌ててそれに続く。

　廃倉庫には既にエマやガスタたちがいるはずなので、彼女としても気が気ではなかった。

「……どういうことだよ」

　遠くの倉庫をレンズ越しに見下ろしながら、ジンは苦々しく呟いた。

　怪訝な顔をしたジンから双眼鏡を受け取って、ニーナも倉庫の様子を確認する。

「あ、あれ……？　何も起きてない……？」

念のため周囲の建物も見渡してみたが、爆炎や煙の類はどこにも見当たらなかった。

——とにかく、誰かに状況を確かめないと。

ニーナが一度車に戻ろうとしたとき、ジンがいきなり腕を摑んできた。

「ニーナ、無線はやめた方がいい」

「……どうして？」

「ハイネがあそこにいる可能性がある。あいつの本命はこっちだったんだ」

ジンの頰を光の粒が滑り、顎先を伝って地面に落ちていった。

まさか、冷や汗？　この冷静沈着な詐欺師が？

「でも、ハイネ兄さんは今学園で一斉摘発をしてて……」

「そんなの、誰か代理を立てればいいだけの話だろ！」

「で、でも……！」

「凄まじい爆発音が発生したのに、何かが破壊された痕跡はない。だが、一緒に歩いていたはずの人間だけが忽然と姿を消していた——ハイネに関する情報を集めてると、たまにそんな意味不明な目撃証言が見つかったんだよ。まさか、本当の話だとは思わなかった……！」

「それって……」

ニーナが知っている〈玩具の征服者〉は、灰の中から生み出した木製の人形を自在に操り、大人数を一人で制圧する特異能力だったはずだ。

一人で複数の特異能力を持っている人間など、聞いたこともない。

「……きっと、誰にも明かしていない裏の手なんだよ。それが廃倉庫で使われた」

ニーナに説明することで、ジンはどうにか冷静さを保っているようだった。

あの廃倉庫にいたのはエマだけではない。エマの上司も、ジンと深い関係にある〈造園業者〉のガスタや、その仲間たちもいる。

そこまで考えて、ニーナの内面にも時間差で恐怖が訪れた。

怖い。怖い。怖い。

何が起きているのかわからないことが怖い。

遠くから眺めているしかない自分の無力さが怖い。

あの兄なら、どんな残酷なことでもできてしまう事実が怖い。

大切な人たちを失ってしまう可能性が、どうしようもなく怖い。

「……ニーナ、いったん落ち着こう」

両肩を優しく摑んできたジンの手も僅かに震えていた。

自分と同じ恐怖を、今まさにジンも感じているのだ。その上で、自分たちが次に取るべき行動について考えている。

考え続けることで、余計な感情を頭の隅に追いやっている。

「……ジン！　ここにいたか！」

急停止した車の窓から頭を出して、男が叫んでいた。

裏社会専門の探偵・ヒース。彼もまた、有償でジンに協力してくれている仕事仲間だ。

窮屈な車内に押し込められるように、作業服を着た三人の男が後部座席に乗っている。彼らもどこかで見た顔だ。〈造園業者〉のガスタの部下たちで、何度も自分たちに協力してくれた。

「……ガスタさんは？」

気付いた時には、ジンが運転席のヒースに詰め寄っていた。

「答えてくれヒースさん。あの人はいったい……」

「『全員退避しろ。これは罠だ』」

「え？」

「……それが、俺が無線で聞いた最期の言葉だ」

「どういうことだよ。もっとはっきり……」

「あの人は、俺たちや諜報員を逃がすために……囮になったんだ」

ジンは発作的にヒースの胸倉を掴んだが、続く言葉は出てこなかった。

頭脳明晰な彼が気付かないはずがない。

ガスタの指示通りに逃げるのが、ヒースたちにとって最善の策だったことを。

ガスタと一緒に残っていても、全員が犬死にしただけであることを。

無抵抗に胸倉を掴まれたまま、ヒースが涙を流していることを。

ジンが手を離すと、ヒースは車の窓を上げながら言った。

「これから、近くの隠れ家で諜報員たちと合流する。詳しくはそこでだ」

早口で住所を伝えたあと、ヒースはすぐに車を発進させてしまった。


郊外にある寂れたアパートの一室に、敗走者たちが集う。

先に到着していたエマの姿を見て安堵しかけたニーナだったが、沈鬱な表情で壁に背を預けている彼女に声をかけることはできなかった。民間人を犠牲にしたことに責任を感じているのか、エマの上司だという諜報員の男も唇を噛み締めている。

他の者たちはもっと酷い有様だった。

粗末なソファとテーブルを囲むガスタの部下たちは一様に取り乱しており、両手で顔を覆って泣き喚いている者さえいる。狼狽する若い男を必死に宥めているヒースもまた、目の周りを赤く腫らしていた。

——これが、大切な人を失うということ。

ほんの数回、それもジンを介して会話したことがあるだけのニーナにとっても、ガスタの死は到底受け入れられるものではなかった。まして、苦楽を共にしてきた仕事仲間や部下たちの心境など、ニーナには想像することさえできない。

「……ジン」

思わず口に出していた。

ジンは気丈な態度を保っていたものの、少し前にベランダに出て行ったきり戻ってこない。

そうだ。最も苦しんでいるのはジンなのではないだろうか。

彼はガスタのことを有償で協力してくれる仕事仲間、という風に表現していたが、傍からは親子のような関係に見えることもあった。

育ての親のラスティを失ったジンのことを、誰よりも気に掛けていたのはガスタだったのではないだろうか。

大切な人が途方もない悲しみの中にいるとき、自分には何ができるのだろうか。

考えなど一つもまとまらないまま、ニーナの足はベランダへと向かう。

だが、その途中で探偵のヒースに腕を掴まれてしまった。

「……ニーナちゃん。今はそっとしておいてあげよう」

「あ、ごめ……」

「それより、ほら」

ヒースにハンカチを渡されて、ようやくニーナは自分が涙を流していることに気付いた。

そのまま崩れ落ちてしまいそうになるが、ニーナはどうにか踏み止まった。両足に力を込め、独特の呼吸法で精神を整え、気丈な女という演技を身に纏う。

世界を騙そうと息巻いている詐欺師が、悲しみに打ちひしがれていいわけがない。

ジンだって、ベランダから戻ってくる頃にはもういつもの不敵な笑みを浮かべているはずだ。

――そうでなければ、自分たちにすべてを託して死んでいったガスタに顔向けができない。

各々が悲嘆や悔恨に暮れる時間がしばらく流れたあと、エマの上司が号令をかけて全員がテーブルの周りに集まった。

少し遅れてベランダから戻ってきたジンが、まるで何事もなかったような表情でニーナの隣に割り込んでくる。

「……まずは、我々を救ってくれたガスタ・マーチャント氏に哀悼を捧げます」

エマの上司がそう告げると、全員が各々の作法で祈りを捧げた。諜報員の二人やジンは祈るべき神を持たないのか、ただ屹然と正面を見つめている。

こんな短時間で、ガスタの死に折り合いをつけることなどできるはずがない。そんなことは全員がわかっている。

だが、たとえ形式的にでも祈りを捧げなければ誰も前に進むことができないのだ。

「……相変わらず名前も教えてくれないけど、諜報員さん」

最初に切り出したのはジンだった。

「たぶんあんたなら、ガスタさんがどうやって殺されたか知ってるよね？」

「恥ずべきことだが、私は彼に全てを任せて逃げたんだ。残念だが何も……」

「ガスタさんに盗聴器を仕掛けてたんだろ？　状況は把握してるはずだ」

「バカな、何の根拠が」

「ノイズだよ」

　ジンは鋭い眼光を男に向けた。

「廃倉庫が近付いてきたタイミングで、俺はガスタさんに無線で連絡したんだ。そのときにやたらとノイズが入ってたのは、盗聴電波の影響で間違いない」

　嘘だ。ジンはガスタに無線で連絡などしていない。

　ニーナはジンの手口に気付いていた。状況から見て諜報員が盗聴器を仕掛けていたのは間違いないという推測から逆算して、根拠を口先ででっちあげている。

　男も正常な精神状態ではないらしく、動揺を隠すことはできなかった。

「……すまない。もちろん彼のことは信頼していたが、民間人と組む以上二重スパイの疑いを排除するわけにはいかなかったんだ」

「別に責めてないよ。俺があんたの立場でもそうする」

　ジンは淡々と続けた。

「で、何が聴こえた？　俺よりも〈白の騎士団〉の連中に詳しいあんたなら、導き出せる答えってやつがあったんじゃない？　あいつの特異能力の全貌を知れば、きっと……」

「……それを聞いてどうなる、ジン・キリハラ」

　静観を決め込んでいたはずのエマが、ジンに鋭い視線を向けた。

「お前は詐欺師としては確かに一流だが、今回ばかりは相手が悪すぎる。ハイネは正真正銘の怪物なんだ。どんな策を弄したところで〈玩具の征服者〉を攻略することはできないし、何より肝心の騙し合いでさえ……私たちは奴に出し抜かれてしまった」

改めて指摘されると、また恐怖が湧き上がってくる。

ハイネは共和国の諜報員を炙り出すために、帝国軍の研究者を撒き餌として使った。

特異能力を発動するための灰を服用させた上で、研究者の行動や心理を巧妙に操って裏切り者に仕立て上げた。その背後でどんな策略が動いていたのかを把握する術はないが、用心深い諜報員たちを騙し通すことは決して簡単ではなかったはずだ。

今思えば、自分たちを学長室に監禁したのは策を確実に通すための保険だったのだろう。

自分たちはどうにか学園から脱出することができたが、当然ながら逃走以外のことに意識を割ける状況ではなかった。それではハイネが学園にいないことに気付けるはずがないし、ましてそれを仲間に伝えることなど絶対に不可能だ。

全貌さえ見えない策略を水面下で張り巡らせ、必殺の一撃を通す。

――それはまさに、ジンが強敵たちを倒してきたときと同じやり方だった。

「そもそも、お前たちはもう学園に戻ることさえできない立場だ。無能力者であることが暴かれ、裏切り者として追われている人間が、どうやってハイネを騙すことができる？　わかっているとは思うが、これまでとは状況が違いすぎるんだ」

「じゃあどうするの？」

ジンは挑発的な笑みを浮かべた。

「〈原初の果実〉の鍵を持っているのはハイネなんだろ？　どの道、あいつに接触しなきゃ何も始まらない」

「……もう、騙し合いでどうにかなる状況ではないと言ったんだ」

「おい、これ以上は……」

エマの上司が慌てて制したが、もう遅い。

ジンは共和国の狙いを完全に察してしまった。

「まさか、実力行使でもするつもりかよ」

図星だったのか、諜報員は二人とも苦い顔をした。

実力行使――それはれっきとした戦闘行為だ。

間違いなく、帝国と共和国は戦争になだれ込むことになる。

超大国同士の全面戦争が起きれば、世界中の至る所で燻っている火種も連鎖的に燃え上がってしまうだろう。その果ては世界大戦だ。何百万という人間が犠牲になる。

いや、今は三〇年前とは状況がまるで違う。

共和国の軍事技術は目覚ましい発展を遂げ、帝国は特異能力者という怪物を数百人単位で保有している。やがて大義すらも行方不明となり、世界中が余すところなく地獄に変わるまで殺し合いが続くことになるだろう。

ニーナは身体の震えを隠せなくなった。

これまで関わってきた人たちの顔が脳裏に浮かび、抽象的な戦火のイメージがそれを掻き消していく。

「……大丈夫。そうはさせない」

ニーナの背中に手を置いてそう呟いたあと、ジンは堂々と言い放った。

「あんたらだって全面戦争は避けたいはずだ。それに、単純な武力でハイネから〈原初の果実〉を奪い取るのも非現実的だよ。国境を跨いで兵隊を招集できるはずもないし、残り少ない諜報員だけで実行するなんて自殺行為だ」

「だが、早く動かないと……！」

エマは悲痛な声を漏らした。

「ハイネは〈楽園の建築者〉とやらをもうすぐ始動させるつもりなんだろう？　お前から聞いた情報だ！」

社交パーティの裏で行われていた会議で、ハイネは〈楽園の建築者〉の実証試験について話していた。その性能をアピールするために、ニーナと殺し合いをさせるということも。

「だからこそ、今戦闘なんか仕掛けちゃ駄目なんだよ」

ジンは一向に譲る気配がない。

「ハイネが遊び半分で〈原初の果実〉の鍵を握っている状況は、ハッキリ言って最後のチャンスなんだ。もし諜報員が大勢で襲撃してくるような展開になったら、帝国は間違いなく守りを固めてくる。〈白の騎士団〉のメンバーが他にも大量に湧いてくるかもしれない」

「なら、どうしろと言うんだっ！　他に手なんて……」

「俺が学園に戻る。もうそれしかない」

一同の驚愕に満ちた視線を浴びても、ジンの決意は揺らがなかった。

「ハイネにとって俺は、取るに足らない小蠅みたいな存在でしかない。要するに、向こうは心の底から油断しきってるんだよ。詐欺にかけるには絶好のタイミングだ」

「だが策はあるのか？　こちらの手の内がバレている状況で、あんな怪物を……」

「それは朝までに考える。だから教えてよ。ハイネが、ガスタさんをどう殺したのかを。あいつが隠している特異能力の詳細を」

「ふざけるなっ！　前に言った通り、ニーナを連れてさっさと共和国に亡命しろ！」

「戦争が始まったら、共和国も安全じゃなくなるはずだけど？」

口先でジンに勝てる人間などいるはずがない。

エマは奥歯を噛み締めながらジンを睨むことしかできなかった。

膠着状態となったそのとき、視界の端で何かが動いたのをニーナは見た。

今の今まで静観していたヒースがジンに詰め寄り、凄まじい形相で胸倉を摑んだのだ。常に飄々としている男が突然見せた怒気に、全員が硬直してしまう。

「てめえ、いい加減にしろよ」

胸倉を摑んだまま、ヒースはジンを近くの壁に叩きつける。

小さく呻き声を上げた少年を、ヒースは鼻先が触れ合いそうな距離で怒鳴りつけた。

「知ってるだろ、ガスタさんはお前のことを本当のガキみたいに思ってたんだ！　あの人が命を張ってまで俺たちを逃がしたのは、お前の自殺の手伝いをさせるためなのか⁉　ああ⁉　だいたいな、俺はお前がハイベルク校に潜入すること自体反対してたんだ。それでもお前なら、ヤバくなったら手を引いてくれると思って……ああクソっ、とんだ買い被りだった！」

ヒースが手を離すと、ジンは咳き込みながらその場に座り込んだ。

壁に背を預け、両足を投げだしたまま、詐欺師は乾いた声で笑う。

「……ヒースさん、あんたは何か勘違いしてるよ」

「なんだと？」

「あんたが思ってるほど、俺たちは、い、い、まともじゃない、い」

不思議なことに、ニーナにはジンが言おうとしていることがわかってしまった。

共犯関係を続けるうちに身に付けてしまった、詐欺師の思考のせいだ。

極限のスリルを歓迎し、不可能と思える仕事にこそ情熱を注ぐ異常な犯罪者。それこそが、自分を孤独の底から救い出してくれたジン・キリハラという存在なのだ。

「ガスタさんなら、今頃地獄で『ハイネのクソ野郎を叩き潰してくれ』って中指を立ててるよ。そういう人なんだ。

あの人は——俺たちに勝機を残すために、命をかけてハイネの切り札を暴いてくれた。その覚悟を無駄にしてゲームから降りるなんて、俺にはできないね」

身を切るような覚悟が、ジンの昏い瞳に宿っていた。

一人でベランダにいた十数分間で、ジンはとっくに決意を固めていたのだ。

「まあ安心してよ。死ぬつもりは毛頭ないから」

「……その自信はどこから来てるんだよ、ジン」

「今までにも命の危機なんていくらでもあったけど、幸いなことに俺はまだ地獄に堕ちてない。それが根拠だよ」

ジンは平然と言い放った。

呆れ返った顔で五秒ほど硬直したあと、ヒースは頭を振って荷物をまとめ始めた。

もはや心神喪失状態にあるガスタの部下たちを連れて、アパートの出口へと向かう。

「くそっ、ついていけるか。俺たちは降りるぞ！」

「気を付けてね、ヒースさん。追っ手がいるかもしれない」

「……イカレた詐欺師なんかに忠告されたくねえよ」

そう言い捨てて、ヒースは扉の向こうに消えてしまった。

誰も追いかけようとしないのは当然だ。

どう考えても、彼の決断こそが圧倒的に正しいのだから。

「再度言っておくが、我々も彼と同じ意見だ」

少しして、エマの上司が真摯な口調で告げた。

「君たちはもう手を引いた方がいい」

「ついさっきまで、作戦会議が始まりそうな空気だったじゃん」

「亡命の手筈を説明するつもりだったんだ。当然、盗聴した情報をきみに教える気もない」

盛大に溜め息を吐くと、彼はエマを連れて玄関へと歩き始める。

「いいか、我々には用事ができた。……隠しても仕方ないから言うが、近くに潜伏している仲間を集めてハイベルク校襲撃作戦の中身をすり合わせる必要があるんだ」

「深夜二時、ここにお前たちを迎えに来る」エマが続きを引き取った。「食料も着替えも備蓄してるし、水しか出ないがシャワーも一応ある。あと半日潜伏するだけなら、何の不自由もないはずだ」

去り際に、エマはニーナに目線を向けてきた。

「……だからそれまでに、このバカを説得しておいてくれ」

罪悪感を覚えながら、ニーナは曖昧に頷いた。

目の前には最高難度の大仕事。信念、義憤、意地——そういう、揺るぎない感情もある。

その中に、今度は仲間の仇という大義まで加わった。

ジンを説得なんてできるはずがない。

いや、自分はきっと説得しようとすら考えていないのだ。

一緒に世界を騙し通すと約束した以上、ジンとニーナは運命共同体だ。決意に燃えている共犯者を置いて、一人だけ逃げるような選択肢などあっていいはずがない。

とはいえ、今のところ作戦らしきものが何も見えていないのも事実だった。

無謀と勇気は本質的に違うものだ。ジンが勝算のない戦いに挑むようなら、その時は縛り付けてでも止めようとニーナは決意する。

諜報員たちが隠れ家を去ったあと、ニーナは出し抜けに聞いてみた。

「……そういえば、ハイネ兄さんの切り札を聞き出せてないよ。どうするの？」

回答の代わりに、ジンはポケットの中から紙切れのようなものを取り出した。乱暴に破られたメモの切れ端だ。

「相変わらず優しいね、ヒースさんは」

ジンが苦笑したのを見て、ニーナにも紙切れの正体がわかった。

さっき胸倉を掴んだ際に、ヒースがこっそりと忍び込ませていたのだ。

考えてみれば、ヒースも幼い頃からジンを見守っていた仲間の一人なのだ。あれほど強い言葉で諭してはいたが、ジンが絶対に折れないことを最初から悟っていたのかもしれない。

だから彼は、せめてもの贈り物を用意したのだ。

「……何が書いてあるの？」

「これは……盗聴電波を傍受して聞いた内容、かな」

メモを見せてもらうと、そこには断片的な情報が縦横無尽に走り書きされていた。

ハイネの特異能力に隠された第二段階――〈鏡面に潜むもの(テスカトル)〉。

ハイネ自身が語った発動条件と、殺戮と証拠隠滅を同時に実現する恐るべき性能。

凄(すさ)まじい爆音とともに、盗聴器ごとガスタの身体(からだ)が粉々になったという結末。

ハイネの話を信じるなら、ガスタの肉体はもはや跡形も残っていないという。恐らく苦痛は感じなかったはずだが、それが彼や残された者たちにとっての救いになるとは思えなかった。

しばらく無言でメモを凝視したあと、ジンは意図的に明るい声を出した。

「……はは。やっぱ流石(さすが)だわ、あの人」

もう既に気持ちの切り替えは完了したというジンの演技に、ニーナも乗っかることにする。

「盗聴器の電波を盗み聞きするなんて……本当に可能なの？」

「共和国の諜報員(ちょうほういん)が使ってる周波数帯(バンド)さえわかれば可能だよ。まあ、そんな情報を把握してる時点でヒースさんは化け物なんだけど」

「いい仲間に恵まれてるね、ジン」

「……ああ。本当に」

それからジンは急に黙り込み、ソファに寝転んで天井を見上げながら何かをブツブツ言ったり、狭い部屋をでたらめに歩き回ったりを繰り返した。ガスタが命を懸けて手に入れた情報を元に、今まさにハイネを叩き潰す詐欺を紡ぎ出そうとしているのだ。

怪物が仕掛けた嘘と奇襲によって、ジンが水面下で企てていた策略は全て無に帰した。新たに計画を修正しなければならない時点で、自分たちが追い詰められているのは明らかだ。

なのに、どうしてだろう。

実に信じられないことだが、ニーナは彼がどんな作戦を伝えてくれるのかを楽しみにしてしまっている。不安も焦燥もなく、詐欺師の口が再び開かれる瞬間を心待ちにしている。

――真に精巧な嘘は、一種の芸術のようなものなんだ。

いつかジンに言われた金言を、ニーナは改めて実感した。

神か悪魔のような力を持つ怪物と対峙するために必要なのは、武力でも特異能力でもなく、極限まで研ぎ澄まされた芸術だけなのかもしれない。

そろそろ食事にしよう、とジンが言ったのは陽が沈んでしばらく経ってからのことだった。

壁に掛けられている時計を見ると、もう午後九時になっている。諜報員や仕事仲間たちが出て行ってから、ジンは一〇時間近くも熟考を重ねていたことになる。

その時間を、ニーナは精神統一と役作りに充てていた。

幼少期から脳内に刻み込まれてきたハイネへの恐怖心を一つ一つ丁寧に削除し、別の人格を上書きしていく。作業は困難を極めたが、これならジンがどんな役割を自分に要求したとしても即座に対応できるだろう。

「……今気付いたけど、私、めちゃくちゃお腹減ってる」

「それはよかった。諜報員どもの備蓄を食い尽くしてやろうぜ」

そう言いながら、ジンはキッチンに備え付けられた棚の中から取り出した大量の缶詰をテーブルの上に並べていった。

ジンから渡された塩漬け肉の缶詰を、ニーナは隅々まで観察する。

「これ、蓋が缶に溶接されちゃってるよ。不良品じゃない？」

「嘘だろ、缶詰食べたことないの？」

「……ない」

「ったく、これだからお嬢様は」

ジンはニーナから渡された缶詰の蓋にナイフを突き立てると、円を描くように蓋を切断していった。あっという間に金属製の蓋を取り払うと、ジンは塩漬け肉にフォークを刺して手渡してくれた。

妙に柔らかく赤黒い肉の塊を、ニーナは恐る恐る口に運ぶ。

「あれ、おいしい……？」

「なんで疑問形なんだよ」

「だって、今まで全然食べたことない味だったから」

「まあ、金持ちはこんな身体に悪そうなもん食べないよなあ」

塩分とかヤバいしと苦笑しつつ、ジンは慣れた手つきで別の缶詰を開ける。そこには見たこともない固形食料が入っており、ジンは特に美味しそうにするでもなく少しずつ齧っていた。

きっと彼は、こんな食事をずっと繰り返してきたのだ。

育ての親のラスティや仕事仲間たちと文句でも言い合いながら、潜伏先の宿や路地裏で、おかしな味付けの保存食をひたすら口に運ぶ。

料理のクオリティはスティングレイ家が雇う一流のシェフが作ったものには遠く及ばないが、そこには確かに温もりがあったのだと思う。不必要なほどに長いテーブルで息の詰まる食卓を囲んでいたニーナからすると、それは羨望の対象ですらある。

――ずっと、こんな日々が続けばいいのに。

ジンと一緒に各地を巡って、行く先々で大きな仕事に挑んで、また隠れ家に戻ってきて粗末な祝勝会をする――なんて、スリルと喜びに満ちた日々なのだろう。

あまりにも甘い考えだと、ニーナは内心で吐き棄てる。

これが最後の晩餐になる可能性は、きっと高いのだろう。

いくらジンでも、全てを失うリスクもなくハイネと戦う手段など思いつくはずがない。

「はは、なんで泣いてんの」

ジンに指摘されて初めて、頬を水滴が伝っていることに気付く。

目の前で共犯者が覚悟を決めているというのに、自分だけが泣いていいわけがない。

ニーナは慌てて涙を拭った。

「め、目にゴミが入っただけだから！」

「へえ、室内なのに？」

「それは、その……」

「……ありがとうな、ニーナ」

不意打ちのようにそう言われて、ニーナはどんな顔をすればいいかわからなくなる。

素直という言葉とは距離を置いて生きているジンが、突然感謝を伝えてくるなんて。

「ここまで来ることができたのはニーナのおかげだ。だってさ、正直舐めてたんだよ。ただでさえヤバすぎる特異能力を持った連中が、あれほど高度な嘘つきばかりだとは思わなかった。ニーナがいなかったら、俺は殺されてるか撤退してるかのどっちかだろうな」

「私も同じだよ。ジンがいなかったら、今頃……」

「はは、俺たちはいい相棒になれたみたいだ」

ジンが差し出してきた右手を、ニーナは迷わず握り返した。

以前、初めて同盟を組んだときにも自分たちはこうして握手を交わした。雨が上がったばかりの中庭で。胸の中に渦巻く期待と不安とともに。

——その頃はまだ、ジンに対してこんな感情は抱いていなかったはずだ。

ここで言うべき話ではないと判断し、ニーナは右手に伝わる体温の中に、想(おも)いをこっそりと封じ込めた。

「これからも頼りにしてる。食べ終わったら最後の作戦を伝えるよ」

ぶっきらぼうにそう言うと、ジンは水を注(つ)いだグラスを渡してきた。

両手で受け取ると、ニーナは僅かに波紋が立つ水面を眺めた。水面に映り込んだ蛍光灯がゆらゆらと踊り、ニーナに忠告を投げかけてくる。

平和な時間はもう終わり。

これを飲んだらもう、ハイネを倒すために気持ちを切り替えなければならない。

覚悟を決めてグラスに口を付けようとしたそのとき、ニーナの脳裏に電流が走った。

根拠など何もない。これは本当にただの直感だ。

だが、事実としてニーナは一端の詐欺師になってしまった。共犯者としてともに戦ってきた日々で、ニーナはジンの思考を少しずつ読めるようになっていたのだ。

だから——ジンが本心を喋(しゃべ)っていないことくらい、わかる。

「……嘘(うそ)だ」

「え、何が？」

「ついさっき、あなたが言ったことだよ」

ジンは心外だとでも言わんばかりに肩を竦めた。

「あのさ、何でも疑うなよ。俺があんたに嘘を吐いたことなんてある？」

「えっ、一日に一〇回のペースであるんだけど……」

またはぐらかされていることに気付き、ニーナは咳払いをする。

正面に座るジンをキッと睨みつけ、有無を言わさぬ口調で問い詰めた。

「……まさか、私だけ逃がそうとしてない？」

ジンは瞳孔を僅かに収縮させ、それを取り繕うかのように微笑を浮かべた。

──図星だ。

他ならぬジンに叩き込まれた洞察力と心理分析技術で、ニーナは共犯者の隠していることを瞬時に暴いてしまった。

「睡眠薬か何かを、このグラスに入れたよね？」

「……言いがかりだなあ。証拠でもあるわけ？」

「言っとくけどジン、中途半端な嘘は通用しないから」

もう一度、今度ははっきりとジンの瞳孔が収縮した。

それで肯定の合図は成立していたが、ジンはわざわざ白状する。

「ほんと、やりにくいなあ……。いつの間に心を読めるようになったんだよ」

「一流の詐欺師に鍛えてもらったからね」

「いやいや、たった数ヶ月で辿り着ける領域じゃないからな」

唇を尖らせながらも、ジンは観念したように溜め息を吐いた。

「ニーナの指摘通りだよ。深夜になったら、エマがここに来て熟睡中のニーナを運び出すことになってたんだ。

亡命を斡旋する業者が、国境の町で待機してくれててね。料金はかさむけど、腕は確かで信頼もできる。眠ったまま木箱の中で一時間くらい過ごしてたら、あとはトラックが共和国までニーナを運んでくれる」

「……そんなの、駄目だよ」

「安心しなよ。国境の警備員は借金持ちで、それを知った業者が大金を払って買収済み。トラックの荷台には食料を載せた木箱も大量に積んでるから、万が一検査されても安心。流石に、木箱を一つ一つチェックするような暇人は存在しないだろうしね」

「違うよ、そんなのどうでもいい」

「ああ、木箱の中にはちゃんとクッションも積んでるよ。乗り心地が悪すぎて途中で目覚めてしまう心配も……」

「ふざけないでっ！」

大きな声を出してしまったことを後悔する。

だが、ここで止まるわけにはいかなかった。

「あなたはそうやってっ、すぐに私を仲間外れにしようと……！」

「仲間外れになんかしてないだろ。俺はただ……」

「そんなに信用できない？　私だって一緒に戦ってるのに！」

「……さっき俺が考えた作戦は、あまりにもリスクが高いんだよ。こっちの正体がバレた状態で仕掛けなきゃいけないんだから当然だけど。いざとなれば身体能力を強化して逃げられるエマならともかく、〈災禍の女王〉が見破られたニーナじゃ危険すぎる」

「でもそれは、ジンだって同じでしょ？」

こちらに顔を見せないように俯きながら、ジンは声を震わせた。

「……わかってくれ、ニーナ。もうこれ以上、大切な人に死んで欲しくないんだよ」

ジンのこんな姿を見るのは初めてだった。

常に冷静沈着で、倫理観がトチ狂っていて、どんな危険を前にしても不敵に笑っているような一流の詐欺師が、不安に押し潰されそうになっている。

重苦しい沈黙が、狭い部屋を覆い尽くしていく。

しばらくしてジンは顔を上げ、「あとは俺たちだけでやる」と呟いた。

あまりにも悲壮な決意。

生半可な覚悟では、反論など許されないほどに。

「……待って」

立ち上がろうとしたジンの手を、ニーナは握り締めていた。

この手を離したら、ジンが遠いところに行ってしまう気がする。

比喩でもなんでもなく、ニーナが生きる世界とは物理的に遠いところへ。

一切の取り返しがつかない、昏(くら)く冷たい一方通行の世界へと。

あまりにもリスクが高い作戦だと、ジンは言った。いざとなればエマは逃げることができるとも。

――つまりジンは、自分が生き残ることをまるで計算に入れていない。

「……ここで私だけを逃がしたら、一生恨むから」

ニーナは右手に込める力をさらに強めた。

「兄がやろうとしていることから目を背けて生きるなんて、私には絶対にできない。それに、あなたがいない世界なんて何の意味もない」

これまで遠慮して口に出さずにいたあれこれが、急に馬鹿らしく思えてきた。

「私もあなたのことを大切に思っている。……たぶん、ただの友達や共犯者として以上に。だから、もしあなたの行く先が地獄でも――私も一緒についていく」

「駄目だ、そんなの」

「私の知ってるジン・キリハラは、そんなに心配性な人だったっけ？」

　ニーナはいつかの詐欺師のように、口の端を凶悪に歪めた。

「安心して。私は死ぬつもりも、あなたを死なせるつもりもない。……実は、とっておきの詐欺を考えてみたんだ」

　反論する間も与えずに、ニーナはこの数時間で必死に紡ぎ上げた計画をジンに語った。

　作戦にはニーナ自身が自覚しているレベルで粗が目立ったが、ジンはソファに座り直し、集中して聞いてくれた。細部までは詰められていないかもしれないが、これならハイネの思考の隙間を突くことができるという自信がある。

　ただ脚本を完璧に演じるだけが役者の仕事ではない。

　一流の役者は、舞台監督や脚本家以上に作品に対する理解を深め、時には意見をぶつけ合いながら物語をともに作り上げていくことができる。

　ニーナがやったことはまさにそれだ。いつの間にかこんな境地に立つことができた自分を、彼女はこっそりと誇らしく感じた。

　作戦の概要を語り終えたあとも、しばらくジンは顎に手を置いて考え込んでいた。

　稀代の策略家は、このアイデアにどんな評価を下すのだろう。

　ニーナは添削済みの答案用紙が返ってくるのを待つ生徒のような気持ちで、じっとジンを見つめていた。

「……でかしたニーナ、大手柄だ」

「えっ」

「俺の計画と組み合わせれば……いや、もっとアレンジできるか？」

ジンは独り言のように呟くと、手の中で偽造コインを弄び始めた。

思考の海を潜水する。

今よりももっと深いところへ。誰も追いつけないほど遠いところへ。

ハイネを倒すために、ジンが水面下で展開していた仕込み。

ガスタの死と引き換えに入手した、ハイネの切り札に関する情報。

ジンが紡ぎ出した、あまりにもリスクが高すぎる策略。

そこにニーナのアイデアが加わり、混ぜ合わされ、捏ね回され、ジンの脳内で確かな形が作り上げられていく。そこに微調整が施され、細部の細部まで洗練されていく。

――今まさに、至高の芸術が生み出されようとしている。

「……よし」

ジンは親指で飛ばした偽造コインを勢いよく掴み取り、自信に満ちた笑みを浮かべた。

「これなら、あの怪物を地獄に叩き堕とせる」

*

深夜二時に到着したエマは、約束とは違う展開に困惑しているようだった。

当初の予定では、睡眠薬で眠ったニーナを車に運び、国境の町まで連れて行ったあと、ジンとニーナを木箱に詰めて亡命斡旋業者に受け渡すつもりだった。それから仲間の諜報員たちと合流し、たった一日の準備期間を経て全員でハイベルク校を目指すことになっていた。そこを死地と定め、命を賭した戦いに身を投じることになっていたのだ。

それが、今はどうだ。

盤面から逃がすつもりでいたニーナは凛とした表情で立っているし、ジンはいつものように飄々とした態度で皮肉めいた笑みを浮かべている。

とてもではないが、二人はこれから逃亡する人間の顔をしていない。

かといって――死にに行くつもりもまるでなさそうだった。

「……まさかお前たち、何か摑んだのか」

肯定の代わりに小さく笑ったあと、ジンは共犯者とともに紡いだ策略を語り始めた。

エマは大いに驚き、同時に呆れながらそれを聞いた。

荒唐無稽にも思える策だが、こんな絶望的な状況を覆すにはそれしかないと思った。

もちろんジンの口車に乗せられているだけという可能性もあったが、無謀な戦いで命を棄てに行くよりは幾分マシだ。

「……だが、相当な準備が必要になる。猶予はあと数時間しかないぞ。本当に大丈夫か？」

「まあ、これから街に出て調達するしかないだろうね」

「こんな時間に開いている店があるか？」

「商品の代金と、窓ガラスやら扉やらの補修費用は共和国持ちでよろしく」

「な、まさか、強盗をっ……！」

「安心しなよ。帝国に喧嘩を売るよりは安い罪だ」

ジンが身も蓋もないことを言ったので、これ以上反論することもできなかった。

隠れ家の近くに停めていた車に三人で乗り込む直前、ジンが唐突に言った。

「海の上で遭難した船乗りは、何を心の支えにすると思う？」

まるで真意が読めない台詞だ。当然のごとく、エマとニーナは困惑する。

一向に答えが出ないのを確認して、ジンが告げる。

「北極星だよ。北の空に浮かぶ、一年を通してほとんど動かない星。船乗りたちはそれを基点にして方角を知り、自分たちが向かうべき方向を決めてたんだ」

「豆知識の初級編だな。今更、それにどんな教訓がある？」

エマが悪意をもって冷やかすと、ジンは背後にある北の空を親指で指した。

「自分たちの針路を決めてくれる、揺るぎない確かなもの――人間にはそれが必要だ」

「格好つけているところ悪いが、今日は曇りだ。星なんて一つも出ていないぞ」

「それでいいんだよ。詐欺師に、北極星なんて都合のいいものはない」

「じゃあ、私たちは……何を心の支えにすればいいの？」

ニーナが不安そうに問い掛ける。

自分まで詐欺師扱いされていることに憤慨しそうになったが、エマも大人しくジンの回答を待つことにした。

わざとらしいほどに間を置いたあと、ジンは静かに語り始める。

「詐欺師は、自分で摑み取ったもの以外は信じちゃいけない。磨き上げた技術、洞察眼、信念、使命、あるいは執着心、そして信頼できる仲間――そういう、決して揺らぐことのない確かなものだけが必要なんだ。……まあ、どれも俺たちが既に持っているものだよな？」

ジンは共犯者たちを一人ずつ見渡した。

自信と覚悟に満ちた瞳で。

今はここにいない誰かに、最高の仲間たちを自慢するかのように。

「敵は確かに強大だけど……ここには完璧な脚本と、それを演じる一流の役者と、恐ろしく優秀な裏方がいる。ハッキリ言って俺たちは無敵だよ。俺たちが手を組めば――世界すら騙し通

せる」

言いようのない高揚感が、腹の底から湧き上がってくる。

えげつない手口だ、とエマは内心で毒づいた。

自身満々な顔でこんな恥ずかしいことを言われれば、嫌でもその気になってしまう。

自分たちが本当に世界を騙し通せると、心の底から信じてしまう。

「お前は極悪人だ、ジン・キリハラ。本当に、詐欺師という人種は……」

正直にそう吐き棄てると、隣でニーナが噴き出した。

何がそんなに面白いのかわからない。詐欺師の思考は、本当に読めない。

「今更すぎるよ、エマ。ジンが悪い人だなんて」

言葉とは裏腹に、ニーナの瞳には安らぎにも似た色があった。

ニーナの笑いが収まるのを待って、ジンは不敵に言い放つ。

「……さあ、あとは舞台の幕が上がるのを待つだけだ」

第七章　致死量の絶望、真実の仮面は剝ぎ取られる

Lies, fraud, and psychic ability school

真鍮製の鍵が、鈍色の輝きを放ちながら宙を踊る。

重力に従って落ちてきたそれを摑み取り、ハイネ・スティングレイは空虚に笑った。

こんな、手の中に納まるようなサイズの、扉を開閉するという機能以外は何も持たない無機物が、世界の命運を握っているというのは笑い話だ。それを自分のような人間が持っているという事実に至っては、ジョークにしても救いようがない。

万が一この鍵が奪われれば、帝国が隠し通してきた最大の噓——特異能力者を生み出すために必要な薬品の原本〈原初の果実〉が他国に流出してしまう。昨日取り逃がした共和国の諜報員たちは、間違いなくこれを狙ってくるだろう。

悪い癖だ、と自分でも思う。

わざわざ希望の光を提示し、ハイリスク・ハイリターンのゲームへと敵を誘うのは。

おまけに、今回自分が得られる見返りなどほとんどない。強いて言えば、極限のスリルがもたらす生の実感を味わえることくらいか。

だが、退屈を憎悪するハイネにとって、それは全てに勝る行動理由になり得た。

「……失礼します」

約束した時間ぴったりに学長室に入ってきたのは、一組の男女だった。

ハイネが主宰する自警団のメンバーであるアリーチェ・ピアソン。

そして、学園を騒がせている反乱軍のリーダー——ダズ・ホルムも姿を見せた。

表向きは敵対しているはずの両者が平和に肩を並べている状況に、思わず失笑しそうになる。

「まずは、集まってくれてありがとう」

笑いを堪えつつ、ハイネはデスクの上に三枚の写真を並べた。

「きみたちには、ネズミの駆除をお願いしたいと思ってるんだ」

授業風景を隠し撮りしたと思しき写真には、それぞれジン・キリハラ、ニーナ・スティング
レイ、エマ・リコリスの三名が写っている。

「実の妹をネズミと呼ばなければいけないなんて。心中お察しします」

白々しく言ったアリーチェに、ハイネは笑みを返す。

「まあ仕方ないよ。ニーナは共和国の諜報員なんかと手を組んでいる国賊なんだから」

「先程駆除とおっしゃいましたが、本当に殺してしまっても？」

「一応、ニーナとジンは生け捕りにしてほしい。でも諜報員の方は好きにしていいよ。そうだ、
きみのペットにするなんていいんじゃないかな？　ちょうど、この前捕らえた彼は壊れてしま

ったみたいだし」

「承知しました」

真紅の唇が歪んだのを見てから、ハイネはもう一人の少年に顔を向けた。

「きみは何か聞きたいことはあるかな？　ダズくん——まあ、わざわざこの場で偽名を使う必要もないんだけどね」

ダズと呼ばれた少年は指輪や腕輪で過剰に装飾された右手で前髪を掻き上げた。手の隙間から鋭い瞳を覗かせながら笑うのは、彼なりの賛同の合図らしい。

「しかし、彼らも驚くだろうね。まさかきみが僕側の人間だったなんて」

学園の支配を強めるために反乱軍を利用するというアイデアは、実を言うとハイネが最初から考えていたものではなかった。帝国軍関係者でもあるダズの父親が、ハイネに個人的なお願いをしてきたことがきっかけだったのだ。

ひと月ほど前に参加したくだらないパーティの最中、ダズの父親は菓子の箱に隠した大金を差し出しながら「息子をよろしくお願いします」と頼み込んできた。

恐らく、どんな手段を使ってでも息子を〈白の騎士団〉に入れたいと思っての行動なのだろう。思わず失笑しそうになったが、結局ハイネは賄賂を受け取り、紙の切れ端を使った簡単な契約書にサインしてやることにした。

当然〈白の騎士団〉に入れるかどうかは本人の実力次第だし、あんな紙切れに書かれた契約書が法的な効力を発揮するはずがない。そもそもハイネは金で動くようなタイプではないのだ。

それでも申し出を受けたのは、ただ単に面白そうだと思ったからにすぎない。

決して自分に逆らわず、意のままに動かすことができる兵隊――そんな便利な存在を、コストを一切かけずに手に入れることができるのは幸運だ。

実際、ダズはハイネの思うままに動いてくれた。

指示通りに反乱軍（レジスタンス）のメンバーを集め、指示通りに学園中で暴れ回ってくれた。誰が反乱軍（レジスタンス）のメンバーなのかわからない恐怖で生徒たちを疑心暗鬼に陥らせ、自警団やハイネへの信頼を強めるための丁度いい仮想敵になってくれた。

その結果として、ハイネは全生徒への一斉摘発をする大義名分を手に入れたのだ。

あのとき生徒の多くに記入させた「私はスパイではありません」という誓約書が、実は〈楽園の建築者〉を発動するためのトリガーであったことなど誰にも知られないままに。

「ダズくん、それからアリーチェちゃんも。いつも本当に感謝しているよ。もし今回の任務をクリアできたら、きみたちを〈白の騎士団〉に推薦することも考えている」

ある部分までは本心だった。

その証拠に、一斉摘発の際に彼らには誓約書への記入をさせていない。これなら、〈白の騎士団〉になる可能性が物理的に消滅することはないだろう。

そろそろ解散を命じようと考えていると、アリーチェが遠慮気味に手を挙げた。

「……ところで、ハイネさん。一ついいですか？」

「うん。何か気になることでも？」

「あの人――ギルレインはここに参加しないんですか？　昨日の晩から、ずっと寮の自室で眠っているみたいですけど」

「ああ、彼はあれでいいんだよ。だって……」

言い終わらないうちに、学長室の扉が慌ただしくノックされた。

入室を促すと、ダズの部下だという反乱軍(レジスタンス)のメンバーの少女が入ってきた。

額に汗を滲(にじ)ませながら、彼女は叫び散らす。

「侵入者です！　黒ずくめの者たちが三人、学園の敷地内(しきちない)で目撃されました！」

このタイミングで訪れる侵入者。それも三人。

これが意味するところは、誰にでもすぐ理解できる。

ハイネは椅子から立ち上がり、二人の怪物を交互に眺めて言い放った。

「……さあ、ネズミが出たようだ。さっそく害獣駆除を始めようか」

＊

二〇メートルほど先を進む懐中電灯の光が遠ざかってから、三人は建物の陰から飛び出した。

十数分前——太陽が完全に沈んだ頃を見計らってハイベルク校の敷地内に入ってから、誰にも見つからないよう慎重に目的地点を目指している。

正体を悟られないよう全員が同じ黒いコートに身を包み仮面まで被っているが、気休めにもならないだろう。裏切り者の正体など、とっくに共有されているはずだ。

「……しかし、やたらと兵隊の数が多いな」

次の物陰まで来てからエマがそう漏らすと、ジンが息を整えながら答えた。

「ハイネは反乱軍を増員してるのかもね。まあ、あいつの意のままに動く兵隊のどこが反乱軍なのかってことはさておき」

分断とそれに続く支配のための仮想敵として利用するだけでは飽き足らず、ハイネは反乱軍に自分たちの捜索までさせている。

何も考えていない兵隊が増えるのは、ジンたちにとっても嬉しい話ではなかった。

「まあ、どれだけ敵が増えようと問題ないよ。俺たちの狙いはハイネ一人だ」

ジンは自信満々に言い放った。エマも作戦の全貌は聞いているが、本当に上手くいくのだろうか。

仮面越しでも怪訝な表情が伝わったらしく、ジンが目敏く聞いてきた。

「あれ、まだ不安なの？」

「……当然だ。結局のところ、この作戦が成功するかどうかは博打でしかないんだろう？」

「あいつがどっちを選ぶかの、単純な二択だよ。勝率五〇％なら、全然悪い賭けじゃない」

「それは、そうかもしれないが……」

「大丈夫だよ。あいつは必ず俺たちの思い通りに動く」

成功を微塵も疑っていない声に、エマは頼もしさと不安を同時に抱いた。

これだから、詐欺師という人種は怖い。

自分が全てを失う可能性すら平気で盤面に持ち込み、何食わぬ顔でカードを切ることができる。とてもではないが諜報員にはできない思考だ。

「もう諦めなよ、エマ。どうせ、この作戦以外に勝ち目なんてないし」

異常な思考回路をしているのはこの少女も同じだった。

普段は誰よりも臆病で慎重な性格をしているくせに、勝負どころになるとニーナはジン以上の胆力を発揮する。

——仕方ない。一度は死んでいたはずの身だ。

エマは完全に開き直った。そもそも、ハイベルク校襲撃の準備を進めていた上司に一方的な通信だけを寄越してジンたちについてきた自分が、一番どうかしているのかもしれない。上からの指令を無視して独断で動くなど、どう考えても諜報員失格だ。

外灯の光も届かない物陰で、三人の想いは完全に一致した。

全ては、暴虐の限りを尽くす帝国を止めるために。

ハイネ・スティングレイという怪物を叩(たた)き潰(つぶ)すために。

命を懸けて自分たちを救い、未来への希望を託してくれた、全ての名もなき戦士たちの想(おも)いに報いるために。

「いたぞ！　ネズミどもだ！」

遠くで追跡者が声を上げた時も、三人の中に動揺を示した者はいなかった。

あらゆる場面を想定して組み上げた手順に従って、三人は散り散りに走り出す。

ジンとニーナは、別々のルートを通ってハイネの待つ学長室へ。

そしてエマは、今しがた自分たちを発見した反乱軍(レジスタンス)たちへと突進した。

凄(すさ)まじい速度で疾走しながら、エマはコートのポケットから取り出した飴(あめ)を口内に放り込む。

甘味料によるコーティングが即座に溶け出し、有効成分が神経の隅々まで行き渡っていく。

身体能力を劇的に強化する、〈獰猛な甘味料(ブルーベリーナイツ)〉。

もちろんこれは特異能力などではない。共和国の先端技術にも限界があるため、ドーピングによる身体能力の強化幅も限定的だ。

だが、ロクな対策もなく向かってくる特異能力者たちを蹴散らすには充分だった。

エマは低空姿勢で突進することで的を狭くし、三人の特異能力者が放つ炎や鉄片の矢を躱(かわ)していく。一瞬で間合いを詰めると、呆気(あっけ)に取られた彼らの顎先、側頭部、鳩尾(みぞおち)を正確に狙って掌底や蹴りを浴びせた。

この間、僅か一秒。

正確な意味で、エマは一瞬のうちに敵を無力化させることに成功した。

だが、安堵を覚えるにはまだ早かった。最後の一人が地面に倒れ込むのとちょうど同時に、頭上から迫りくる殺意を察知したのだ。

ほとんど直感で、エマは後方へ大きく跳んだ。

近くの建物の屋上から急降下攻撃を仕掛けてきたアリーチェが、真紅の唇を歪めている。

「……へえ。これを避けるんだ」

「狙いが直線的過ぎる。格闘の経験には乏しいようだな」

エマは腰に巻いたホルスターから二振りのナイフを引き抜く。

「ところで、いつから私は恐怖映画の世界に迷い込んだんだ？」

もはや、アリーチェの姿は人間の形状を留めていなかった。

必要最低限しか布地に覆われていない上半身の至る所から、無数の鋭利な骨が放射状に突き出していた。それぞれが人間の体長を上回る長さで、鋭利な先端を地面に突き刺して進む姿はまさに蜘蛛の脚を彷彿とさせる。下半身はさらにひどい有様だ。ミニスカートから生えているのはまともな人間の脚ではなく、コンパスを思わせる二本の鋭利な骨の槍だった。

全身が凶器と化した怪物の顔はなおも美しく、それがかえって歪な印象を周囲に振り撒いている。

「ハイネさんから、あなたの処遇は私に一任されてるの」

「なるほど、私をどうするつもりなんだ？」

「あなたを使ってやりたい実験がたくさんあってね」

背筋が凍るほど恍惚とした声で、怪物は続けた。

「人はどれくらいまでなら血液や臓器を失っても生きられるのか。水も食料もなしで何日間放置できるのか。知りたいことは他にもたくさんある。……ああ安心して？　本当に殺すような真似は絶対しないから。だってそれじゃ可哀想でしょう？　命は大切に扱わないとね」

「残念だが、共和国の科学者は大昔にお前の疑問すべてに結論を出している」

「……ああそう？　じゃあ別の遊びを考えなきゃ」

倫理観が機能していない人間特有の、空虚な笑み。

こんな表情ができる人間は危険だ。もし見逃せば、この女は間違いなく共和国の脅威になる。

それに、どんな手段を使ってでもアリーチェ・ピアソンを止めるのが今回エマに任された仕事だった。ジンとニーナ――あの二人の共犯者のためにも、退くことは許されない。

エマは全身に殺意と使命感を充填し、妖艶に笑う怪物へと突進した。

◆

エマが隠し持っていた手榴弾が爆発する音が、遠くで聴こえる。

頼れる共犯者が追っ手の注意を引き付けてくれているのを確認して、ジンは数日前に開けておいた窓から目的の建物に侵入した。ここの五階にある学長室に、〈原初の果実〉が保管される倉庫へ続く隠し扉があるらしい。

そして恐らく、そこにはハイネ・スティングレイが待ち構えている。

「……よかった、無事だったんだね」

声がした方を振り向く。

黒いコートに仮面という、自分とまったく同じ格好をしたニーナが教室の隅に立っていた。

エマから貰った仮面には暗視レンズが嵌め込まれており、明かりの点いていない教室でも問題なく視野が確保できた。

暗視レンズを通して知覚する緑色の世界を、ニーナとともに進む。

階段をいくつか駆け上り、学長室に続く廊下に辿り着くと二人は仮面の暗視機能をオフにした。廊下の明かりが点いている以上、こんな機能はもう必要ない。

そして廊下の明かりが点いているということは――何者かが、学長室にいることの証明だ。

ジンは腕に嵌めた時計を確認する。

そろそろ頃合いだ。

「ニーナ、覚悟はいい？」

「もちろん。一緒にあの人を詐欺にハメてやろうよ」

「……よし。盛大にブチかまそう」

二人はコートから電極銃を取り出し、最終決戦の地へと続く廊下を歩いた。

一歩ごとに自分が地獄へと近付いている感覚がする。全ての策略が上手くいく保証などどこにもない。

それでも、彼らが途中で歩みを止めることはありえなかった。

二人は仮面越しに見つめ合い、正面に突き出した掌を重ね合わせる。お互いの輪郭すら曖昧な状況でも、たったそれだけで感情が細部まで伝わった。

大丈夫。俺たちならやれる。

あの恐ろしい怪物を詐欺にハメて、大いなる勝利を掴み取ることができる。

これ以上の思考を打ち切って、先日の爆発でドアと壁が吹き飛んだ学長室へと歩く。何の捻りもなく、ただ愚直に、二人は正面から敵地へと踏み込んだ。

「……よし」

思わず呟いたのはニーナだった。

それを諌めるつもりはジンにはない。事実として、二人の仕込みは完全に成功していた。

――殺風景な学長室の床には、三人ほどの生徒が転がっていた。

恐らく彼らは反乱軍のメンバーなのだろう。侵入者狩りに向かったアリーチェやダズの代わりに、ハイネの護衛を務めていた者たちだ。きっと、なぜ自分たちが意識を失って床に転がっているのかにすら気付いていないだろう。

肝心のハイネは、最奥に設置されたデスクにいるはずだ。

ハイネがいつも座っていた回転式の椅子は、こちらに背を向けた状態でゆらゆらと揺れている。椅子の背からは軍服の肩口のようなものが僅かにはみ出していた。

そこで眠り込んでいる相手がハイネなら、それでゲームクリアだ。

ジンは警戒心を極限まで研ぎ澄まし、電極銃の引き金に指をかけたまま距離を詰めていく。

心臓が早鐘を打っている。全身の鳥肌が止まらない。

これは恐怖か、それとも高揚か。

ジンは無機質なデスクを回り込み、慎重に椅子を覗き込んだ。

『……なるほど。これがきみの策だったんだね』

突如として聴こえた声には、微妙なノイズがかかっていた。

そこでジンは、椅子に座っているのがハイネと同じ軍服を着せられた人形であることを知る。木製の人形が伸ばしてきた腕から逃れ、ジンは慌てて後方に跳んだ。

人形の腹に置かれていたスピーカーが床に落下する。その衝撃で一瞬だけ声は途切れたが、スピーカーはすぐに稼働し始めた。

『いや、本当に凄いね。復讐や義憤に燃えているはずのきみたちが、まさかこんな姑息な手段を採用するなんて。ああ、これは褒めてるんだよ？　天井裏の空調ダクトに仕掛けをして、室内を催眠ガスで満たそうなんて――そんな反則技、普通は思いついても実行しない。

だってそれじゃ、きみたちは僕の絶望する顔を見れないじゃないか。復讐を達成してスカッとすることよりも、より確実性が高くて退屈な結末をきみたちは望んだんだ。……まったく、本当に性格が悪いね』

椅子から立ち上がった人形は、鋭利な剣を振り上げながら近付いてくる。

電極銃を命中させたところで何の意味もない相手だ。大人しく、黒光りする玩具をコートに仕舞った。

「……どうして、俺たちの策に気付いた」

どうにか絞り出すと、床に転がるスピーカーの表面が震えた。

『だって、怪しい点が多すぎるでしょ』

まずそう言って切り捨てたあと、ハイネはいつもの笑いを堪えるような口調で続けた。

『まず、きみたちが侵入したことを反乱軍なんかがすぐに発見できたことからして変だよね。ジンくん、きみはそんなに迂闊な人間じゃない。まして、物心ついたときから隠密行動を訓練してきた諜報員までついているのにね。

だから僕はこう考えた――きみたちは、わざと発見されたんじゃないか？』

「そんなことをする理由なんて思い浮かばないけど」

『そうかな？　少なくとも、報告を聞いた瞬間は僕も騙されてしまったよ。きみたちが、たった今学園に侵入したんだってね』

どうやら、ハイネは本当にこちらの策を読み切っていたようだ。

直感などではなく、明確な論理に基づいた思考によって。

『つまりこれは時系列の誤認を狙ったトリックだ。きみたちは反乱軍に発見される遥か前に学園に侵入して、そこで一通り用事を済ませてから――あえて姿を晒した。

じゃあ、きみたちが事前に仕掛けていた策とは何だろう。

まあそれも、報告を聞いた時点で気付いたんだけどね。正体なんてとっくにバレているのにそんな仮面を被る理由なんて、普通は存在しないわけだし。……要するに、きみたちは顔を隠したかったわけじゃない。僕を倒すために、仮面そのものが必要だったんだ』

ハイネはわざわざ明言しなかったが、ジンたちが被っている仮面がガスマスクの役割を果たしていることを指摘しているのだろう。

考えてみれば当然の話かもしれない。

〈白の騎士団〉の一員として共和国の諜報員を何人も拷問死させてきた怪物なら、彼らの最新技術など絶対に知っているはずだ。

「……ハイネ。あんたは今、どこに」

言い終わる前に、全身を電流が駆け抜けていくのを感じた。

遊び好きな加虐主義者という性質からして、ハイネが自分たちの様子を観察できる場所にいるのは間違いない。だが自分たちが通ってきた廊下には誰もいなかった。壁に覗き穴が開いている可能性も少ないだろう。

つまり奴がいるのは——窓の外だ。

「ニーナ！　早く逃げろ！」

二人は慌てて学長室の外へ足を向けようとするが、もう遅かった。

視界に大きな影が映った次の瞬間には、窓ガラスが盛大に突き破られたのだ。

二体のデッサン人形に抱えられながら乱入してきたハイネに、粉々に砕け散ったガラスの破片が彩りを加えている。全てが緩慢に見える世界で、その光景はまるで不吉な神話の一幕のようにも見えた。

デッサン人形の手足は刃のように研ぎ澄まされている。あれをコンクリートに突き立てれば、窓ガラスのすぐ上の壁面で聞き耳を立てることも容易だっただろう。

「やあ二人とも、久しぶりに会ったね」

挨拶を返す代わりに、ジンは目の前に閃光手榴弾（スタングレネード）を投擲（とうてき）した。

共和国で最近開発された非殺傷兵器で、強烈な音と光を放って敵を行動不能にする代物だ。

もちろん、仮面の遮光機能で目を保護し、部屋に入る直前に耳栓をしていたジンたちに影響はない。

起動から投擲（とうてき）までの秒数はしっかり計算してある。

ハイネの眼前に到達する頃には、内部の炸薬（さくやく）に着火して――。

「――はは、手荒い挨拶だね」

ジンの動体視力でも、起きている事象を辛（かろ）うじて認識できた。

デッサン人形の腕が凄（すさ）まじい速度で動き、先端の刃が閃光手榴弾（スタングレネード）のボディを貫く。そのまま人形は腕を振り、割れた窓の外へと放り投げてしまった。

少しだけ遅れて窓の外で爆発が起こり、強烈な音と光が室内に殺到してくる。

だがハイネは爆発に背中を向けているので網膜に閃光（せんこう）を浴びることはない。両手で耳を塞ぎ、鼓膜までしっかり守っていた。

一連の対応には一切の澱（よど）みがない。

こちらの思考が読まれていたとしか思えないほどだ。

「こんなことを教えたつもりはないんだけどね、ニーナ」

何事もなかったかのように、ハイネは淡々と呟（つぶや）いた。

「共和国産の高機能マスクを付けてる時点で、共和国が最近開発した閃光手榴弾（スタングレネード）の使用くらい連想できるに決まってるじゃないか。駄目だよ、もっと頭を使わなきゃ」

二人は既に学長室の後方まで退（ひ）いている。壁面に開いた大穴からすぐにでも逃走できる状況だが、金縛りにでも遭ったように足が動かなかった。

この怪物に、背を向けて逃げることがどれほど危険なのか——そんな致命的な事実を、二人とも心から理解してしまっているからだ。

動けない二人を満足そうに眺めたあと、ハイネは軍服のポケットから真鍮製（しんちゅうせい）の鍵を取り出した。

「ほら、きみたちが求めるものはここにあるよ」

学園に隠された秘密の倉庫の鍵。〈原初の果実〉を奪取するために必要な切り札。

こんな小さな物体が、今まさに世界の命運を握っている。

「実を言うと、きみたちの正体は一部の人間しか知らないんだ。知っているのは——僕と自警団のメンバー、それから反乱軍（レジスタンス）のダズ・ホルムくんくらいかな？　その全員を殺せば、きみたちは目的を達成した上でこれまで通りの生活に戻ることができる」

ハイネの常套（じょうとう）手段だ。ジンは舌打ちしそうになる。

わざと希望を与えた相手を圧倒的な力で踏み潰し、より深い絶望を味わわせる。

恐らく、ジンたちの正体を上層部には伝えていないというのも事実なのだろう。

きっと、そこに合理的な理由などはない。

ハイネはただ、自分がしくじれば全てが終わるというスリルを心から楽しんでいるだけだ。

「……あんた、帝国の未来なんて本当にどうでもいいんだな」

「まあ、僕には別に愛国心なんてないからね。でも職業意識なら多少はあるよ。きみたちはともかく、共和国からきた諜報員には一切の希望を与えないつもりだ」

ハイネがエマ・リコリスのことを言っているのは明らかだった。

動揺を隠せている自信はない。

「いくら幼少期から英才教育を受けてきたエージェントでも、今回は相手が悪いよね。入学試験免除組が人智を軽く超えているのは、きみたちも知ってるはずだ」

「どうかな。アリーチェの特異能力には致命的な弱点が……」

「はは、一対一で戦うなんて言ったっけ？　入学試験免除組は他にもいるじゃないか」

ついでのように「ギルレインくんはまだ呑気に寝てるけど」と付け加えたハイネは、蛇のような目でこちらの反応を観察していた。

一年生の入学試験免除組は、全部で六人。

ここにいるニーナと、すでに退学処分となったベネット・ロアーとカレン・アシュビー。ギルレインが本当に寝ているのなら、あとは簡単な消去法だ。

「やっと気付いた？　反乱軍（レジスタンス）のリーダーの正体は――キャスパーくんだよ」

身動きが取れない二人を尻目に、ハイネは芝居がかった動作で窓際（まどぎわ）まで歩いた。

「偶然だけど、この部屋からも様子が見えるね。アリーチェちゃんやキャスパーくん……ああ、反乱軍（レジスタンス）のメンバーも勢揃（せいぞろ）いだ。あれだけの人数に囲まれたら、もはや戦闘どころかリンチになっちゃうね」

ジンの位置からは窓の外など見えないが、凄（すさ）まじい戦闘音だけは漏れ聞こえてくる。

普通に考えて、ただ身体能力に優れているだけのエマが生き残る可能性は皆無に近いだろう。

「あ、ちなみに僕はキャスパーくんの特異能力も把握しているよ。身体（からだ）に触れるという発動条件を満たさせていない以上、僕が幻覚を見せられている可能性もないね。というか、彼の特異能力じゃ聴覚までは騙（だま）せないんだったっけ」

先日のパーティでたまたま出くわしたとき、キャスパーは近いうちに自主退学すると話していた。

今思えばそれも合理的な判断なのだろう。反乱軍（レジスタンス）は情報漏洩（ろうえい）防止のために、リーダーのキャスパーと〈決闘（コンバット）〉を成立させた上でメンバーを暴れさせ、捕まったら即座に記憶を消去するというシステムを構築していた。

　だが、当然それにも穴がある。

　月末に全生徒の所持ポイントが貼り出された際に、キャスパーのポイントだけが不自然に膨れ上がっていることが明らかになってしまうのだ。つまり、リーダーのダズ・ホルムの正体が自分であるとバレてしまう前に、キャスパーは学園を去るつもりでいたということだ。

　そして、キャスパーの父親は〈白の騎士団〉とも仕事をしたことのある軍隊関係者。

　息子の将来に便宜を図るような裏工作があって、キャスパー自身もそれに協力していたと考えるのが妥当だろう。

「……学園を辞めたあと、キャスパーはどうなる」

「戦闘能力の低さはともかく……彼の能力は大衆洗脳（プロパガンダ）に役立つからね。父親との約束通り、〈白の騎士団〉に入れてやってもいいかな」

　ただでさえ強大な力を持つ怪物たちが、僅かな弱点を覆い隠すために嘘（うそ）や策略を織り交ぜてくるのを、ジンは何度も見てきた。

　だが、ハイネの視点は他とはまるで違う。

　そもそもハイネの特異能力は、明確な弱点もなければ厳しい発動条件もない、ただシンプルに強力無比な代物なのだ。勝利など最初から決まっている。

　その上で、ハイネは相手の希望を徹底的に叩き潰すことを全力で楽しんでいるのだ。

より上質な絶望を敵に叩き込むために、相手の策略を見抜き、周囲の人間を操り、誰にも予想できない一手を通す。

気付いた時には、どんな人間も怪物の玩具箱に入れられてしまっている。

「……二人とも、状況は理解できたかな?」

割れた窓から、生温い風が学長室に吹き込んでくる。

揺らめく白金色の髪の隙間から、ハイネの瞳が凶悪な輝きを放っていた。

「まあ、頑張って僕を楽しませてみなよ」

*

一目散に学長室から飛び出ると、哀れなネズミたちは二手に分かれて逃走し始めた。

「どっちを先に遊び殺そうかな」

白金色の長い髪を揺らしながら走る実の妹か、策略家気取りの生意気な少年か。どちらを先に殺せば、より上質な絶望を演出することができるだろう。

結局、ハイネが選んだのはジン・キリハラの方だった。

流石のハイネも実の家族を殺した経験はなく、その行為が己の内面にどんな影響を及ぼすのかということに興味があった。

　そして、メインディッシュは最後に取っておいた方が楽しいに決まっている。

　ハイネはひとまず二体の人形に指示を出してニーナを追跡させつつ、もう一体を第二段階に進化させることにした。

　ターゲットが最も恐怖する対象を具体的にイメージする――たったそれだけの条件で、〈鏡面に潜むもの〉は発動する。

　周囲に現れた黒い霧が人形の全身を覆い、黒曜石の鏡のような質感を持った鎧が形成される。その鏡面の一つ一つに、ジン・キリハラが最も恐れている映像が投影されていた。

「さあ、彼を捕まえてきなさい」

　そう命令すると、鏡面の鎧を纏った人形は凄まじい力で床を蹴った。

　地上の生物には不可能な速度で廊下を駆け抜け、階段を降り、必死に逃げ惑うジンを追い詰めていく。人形には生体感知機能が備わっているので見失うこともない。ハイネは欠伸交じりに歩き、ゆっくりとその後を追いかけるだけでよかった。

　一階の空き教室の窓から出て中庭を五メートルほど進んだ辺りで、ターゲットはさっそく捕獲されていていた。

　得体の知れない黒い人形の抱擁から逃れようと、ジン・キリハラは全身の力を振り絞って抵抗している。その気になれば人形に命じて全身の骨を砕くこともできるというのに、実に健気な話だ。校舎から漏れる微かな灯りだけが頼りの昏い中庭は、薄汚いネズミの最期には相応しい舞台と言えるだろう。

「クソっ、離せ……！」

「それは無理な相談だよ」

ハイネは意識的に穏やかな笑みを作りつつ、囚われの売国奴へと緩慢に歩く。

今、この男の表情を見られないのはあまりに勿体ない。ハイネは仮面を強引に剝ぎ取り、恐怖に氷漬けにされたジンの顔を夜気に曝した。

乱れた黒髪の隙間から覗く闇色の瞳には、一切の光が灯っていない。この暗さでも、ペールオレンジの肌が酷く青ざめていることが辛うじてわかる。

人相さえも少し変わってしまうほどに恐怖でやつれているジンからは、勝負師としての自信が完全に剝がれ落ちてしまっていた。

これ以上の屈辱を回避するため、ジンは慌てて顔を伏せた。

だが今の一瞬でハイネは完全に満足した。これほど脆い部分を晒してしまった時点で、勝負師としてのジン・キリハラは死んだのだ。

「ところで、感想を聞かせてほしいな。きみが最も恐れているものが、人形の表面に映ってるわけだけど」

ジンは顔を伏せたまま首を振った。

まるで、残酷な世界そのものを拒絶するかのように。

「ラスティ・イエローキッド＝ウェイル。帝国中で幅を利かせていた〈伝説の詐欺師〉が、きみの育ての親なんだろう？」

極めて緩慢に、舞台役者のように大袈裟な抑揚を利かせながら、ハイネは続ける。

「鏡面に映っている怪物が、彼の成れの果ての姿だよ。はは、面影がなさすぎてびっくりしたかな？　まあ三日三晩も僕たちの拷問を受け続ければ、原形を留めなくなるのも仕方ないよね。ちなみに、その状態になってから彼が死ぬまでに四日はかかったわけだけど。

……そう苛立つなよ。僕たちだって努力したんだから。どうすればもっと効率的に、もっと長い期間、帝国に喧嘩を売った極悪人に苦痛を与え続けられるのかを必死に考えた。両手足の指を全て切断し、臓器を素手で掻き回し、眼球を抉り、刑務官たちが飽きるまで殴打を繰り返してもなお、僕たちは最先端の治療を施して彼を生かし続けた。

あまりに可哀想なんで、最後は牢獄に放った鳥たちに喰わせてトドメを刺してやったよ。まあそれでも、絶命するまで三日くらいかかっちゃったけどね」

喉が擦り切れるほどの慟哭が、俯いた少年の口から溢れ出した。

叫び声には嗚咽が混じっている。

泣いているのだ。〈白の騎士団〉に喧嘩を売った詐欺師が、悔しさと悲しみに押し潰されて精神を崩壊させている。

ハイネの興奮は絶頂を迎えようとしていたが、どうにか堪えた。

まだだ。人間の絶望にはまだ先がある。ジンを殺すのは、絶望の底から滲み出す地獄を存分に味わわせてからでいい。

まずは、小指の先から切り落とすことにしよう。

ハイネは残酷な想像に口許を歪めながら、人形に指示を送る。


『ったくよー。人使いが荒いぜ』

背後から聴こえた声で、ハイネの思考は中断された。

機械を通したと思われる、僅かにノイズのかかった少年の声。

ハイネは、この声の正体を知っていた。

『〈決闘〉の条件は誓約書に記入された通りでいいな？　もう始めていーのか？』

「……ああ、よろしく頼むよジェイク」

黒い人形に捕らえられているジンが、よく通る声で言った。

ハイネは声のした方向を振り向く。

芝生の上で浮遊しているのは、二足歩行の猫を模したブリキ人形——〈決闘〉の立会人を務めているジェイクだった。

学園長の特異能力によって生み出されたこの機械生物は、実のところ人間と会話をする以外の能力を持たない。映像記録機能もなければ、まして超常的な力で人間を攻撃してくることもない。大した危険はないはずだ。

——いや、問題はそんなことじゃない。

ハイネは思わず唇を噛（か）んだ。

ここにジェイクがいるということは——自分とジン・キリハラとの間に、今まさに〈決闘（コンバット）〉が成立してしまっていることを意味するのだ。

異常事態など無視して殺してしまえばいい、と人形に指示を出そうとしたところでハイネは思（おも）い留（とど）まった。

——もしジンが、『人体への直接攻撃は禁止』というルールを設定していたとしたら？

〈決闘（コンバット）〉は、お互いが記名した誓約書に書かれているルールが全て。個別に設定した反則行為に重いペナルティを科すことも可能だ。禁止行為を犯した者からポイントを全て没収することさえも。

「……はは、やられたよ。これは流石（さすが）に盲点だった」

学園長の特異能力は誰に対しても平等だ。ハイネがルール違反を犯した時点で所持ポイントがゼロになり、学園にまつわる記憶を全て失ってしまう。もっと言えば、記憶が消去されている間自分は意識を失い、**完全に無防備な状態**になる。

もちろん、この〈決闘（コンバット）〉がどんなルールで実施されているのかはわからない。

一つだけ言えるのは——肝心のルールがわからない以上、自分はこの少年に対して何もできないということだけだ。

ハイネは殺意を一旦収め、思考を高速回転させた。

誓約書が効力を持つには、〈決闘(コンバット)〉の当事者双方の記名が絶対条件となる。

ジン自身の名前はいつでも書けるとして、どうやって自分に名前を書かせたのだろうか。

数秒考えて、ハイネはすぐに結論を見つけ出した。

「……そうか。僕は知らないうちに誓約書に記名させられてたんだね。きっとその犯人は、キャスパーくんの父親だ。いつかのパーティで、何かの紙に署名した気がするよ」

「理解が早すぎて気味が悪いな」

「気味が悪いのはそっちだよ。まさか、僕が学園に赴任する前から詐欺(ペテン)を仕掛けていたなんて」

「教官の中に知り合いがいてね。そういう人事情報は全部筒抜けなんだ」

暗闇の中でも、ジンの口許(くちもと)が凶悪に歪(ゆが)んでいるのがわかった。

拷問の末に死ぬその瞬間まで不敵な笑みを絶やさなかった、あの得体の知れない詐欺師のように。

「さあ、形勢逆転だ。選択を間違えた瞬間に——あんたは破滅する」

＊

四方八方を囲む特異能力者たちを見て、エマは戦慄を覚えた。

眼前には身体中（からだじゅう）から鋭利な骨を突き出して笑う異形の怪物。周囲の者たちはそれぞれ特異能力を発動し、一斉攻撃を浴びせようと企（たくら）んでいる。

濃密な悪夢をそのまま具現化したような光景を従えて、怪物（アリーチェ）が言った。

「何か遺言はある？　哀れなネズミさん」

本当に恐ろしい、とエマは内心で毒づいた。

――この男の特異能力が、まさかこれほど強力な代物だったとは。

勝利を確信した表情でアリーチェが睨（にら）んでいる方向に、エマの姿はない。

反乱軍（レジスタンス）の面々――計一一人の特異能力者たちが囲んでいるのもエマではなく、異形の怪物と化したアリーチェだったのだ。

そんな絶望的な状況でアリーチェが笑っていられるのは、キャスパー・クロフォードの映像投影能力によって現実とはまるで違う光景を見せられているからだ。

アリーチェの網膜に映っている映像をエマが把握することはできないが、恐らくは彼女の嗜（し）虐心（ぎゃくしん）や支配欲を巧妙に刺激する演出が施されているのだろう。幻影の世界でのエマはきっと腰を抜かし、涙や涎で顔を汚しながら命乞いをしているはずだ。

怪物に幻影を見せている張本人が、軽薄に笑った。

「そろそろ楽にしてあげなよ、アリーチェちゃん」

「そうね。もう飽きてきたし」

最後まで嘘に気付けぬまま、反乱軍たちが一斉に特異能力を発動する。

それを合図にして、アリーチェは右手を上げた。

電流の渦が、高速飛翔する鉄柱が、蛇の舌のように伸びる火炎が、無防備なアリーチェの全身へと殺到していく。

「……え？」

己自身に迫る熱や風圧で、ようやくアリーチェも異変に気付いたようだった。

だが反応が致命的に遅れた上、現実とリンクしていない視界の中では正確に攻撃を躱すことなど不可能。

ほとんど抵抗することもできぬまま、アリーチェは暴力の渦に呑み込まれてしまった。華奢な手足が捥がれ、鮮血が舞い、骨が砕け皮膚が焼かれ臓腑が掻き回され血液が沸騰していく。

数々の地獄を目にしてきたエマですら顔をしかめるほどの、圧倒的な暴力。

常人なら、現時点で八回は即死しているはずだ。

「……極悪人め」

エマの指摘に、キャスパーは苦い顔で答えた。

「酷いなあ。これで足を洗うから許してよ」

いくら人を殺せるほどの特異能力を持っていても、それを実際に最大出力で敵に向けて放てる異常者などそれほど多くはない。どの国の軍隊も、新兵を殺戮マシーンに洗脳するには最低でも半年以上の英才教育を必要とするはずなのだ。一〇代半ばで何の使命感もない反乱軍にアリーチェへの徹底攻撃を強制させるなど、本来なら不可能に近い所業だ。

だからキャスパーは、反乱軍のメンバー全員に対しても特異能力による幻覚を見せた。

ただでさえ怪物じみているアリーチェの映像に演出を施し、より恐ろしく、より危険で、より人間からかけ離れた姿に仕立て上げたのだ。

反乱軍の面々にとってこの戦いは人間同士の殺し合いではなく、恐ろしい怪物を駆除するゲームのように映っていることだろう。

「民間人に殺しをさせる作戦は看過できないが……どうやら杞憂だったようだ」

信じがたいことに、アリーチェ・ピアソンは未だに絶命していなかった。

全身をズタズタにされ、明らかに致死量とわかるほどの出血をしていてもなお、煙の舞う地面を這って逃げようとしている。想像の域を出ないが、恐らくは〈血まみれ天使〉による肉体操作で主要な臓器を瞬間的に硬質化させ、あらゆる傷口を瞬時に塞ぎ、足りない血液を体内で生成して生命維持を図ったのだろう。

だが、特異能力の連続使用で失った体力の方は取り戻せないらしい。

エマが至近距離で拳銃を向けていても、アリーチェはそれに気付く素振りすら見せず地面を這っているだけ。

銃口を後頭部に突きつけると、ようやくアリーチェは停止した。

「あ、はは……なんだ、そこにいたの」

「……何か遺言は？」

「こ、殺さない方が、あなたにとって有益だと思う。わた、私の特異能力を使えば、きっと共和国にとってもっ……」

哀れな怪物が最後まで言い切る前に、エマは引き金を引いた。一瞬の痙攣のあと、恐ろしい怪物は完全に沈黙する。

そこで緊張の糸が切れて、エマは力なく地面に倒れ込んだ。

身体中の筋線維が悲鳴を上げている。傷だって浅くはないだろう。反乱軍のメンバーには作戦の詳細を伝えていないため、唯一事情を知っているキャスパーが到着するまでは孤立無援でアリーチェや反乱軍たちと戦わなければならなかったのだ。

我ながら、よく耐え忍んだものだと思う。

「……で、本当に殺しちゃったの？」

仰向けに寝転んだエマを、キャスパーが見下ろしていた。

どうやらまた恐ろしい幻影を見せたらしく、反乱軍（レジスタンス）のメンバーは絶叫しながら四方八方に逃げ惑っていた。

首尾よく人払いが完了したことを把握して、エマは告げる。

「いや、頭部にゴム弾を撃ち込んで気絶させただけだ。これから拘束して、外にいる仲間に引き渡す」

「……あーよかった、安心したよ」

「死人は何も生み出さないからな。この女の望み通り、死ぬまで利用させてもらうさ」

少し前のエマなら、間違いなく殺していたことだろう。非殺傷性のゴム弾など、購入を検討することすらなかったはずだ。

これも、あの二人組の詐欺師と過ごした日々の影響なのかもしれない。

悪意の使い方がより合理的になったと捉えれば、諜報員（ちょうほういん）としても決して悪くはない話だ。

「……感謝する。お前に助けられるのは、これで二度目ということになるか」

「え、まさか俺に惚（ほ）れてくれたってこと？　やった！」

「知能の低下は特異能力の副作用なのか？」

もはや呆（あき）れるしかないエマだったが、この作戦はキャスパーがいなければ成立しなかったのも事実だ。

隠れ家で作戦の概要を聞いたとき、最初はジンの言っていることが理解できなかった。

反乱軍(レジスタンス)を裏で操っているのはハイネで、ダズ・ホルムと呼ばれていたリーダーの正体はキャスパーで、軍隊関係者である彼の父親はハイネと不正献金で繋(つな)がっている——そしてその全てが、ジンが一ヶ月以上前から仕組んでいた策略だったなんて。

しかも一連の策略は、ただ一つの目的——ハイネ・スティングレイに〈決闘(コンバット)〉の誓約書に記名させるためだけに実行されたというのだから狂っている。

当然すぐに信じることなどできず、エマは溜(た)め息交(いきま)じりで反論した。

「つまり、キャスパーの父親を使って誓約書にサインさせたのか？　ハイネが赴任してくる前に……。だが、一介の軍隊関係者がお前の詐欺(ペテン)に協力する理由が……」

「ルーカス・クロフォード——キャスパーの父親は、それはもう美味(おい)しい獲物でね。それなりの地位にいるのにやたら金にがめつくて、その上自信過剰で無警戒ときてる。だから数年前、俺とラスティで信用詐欺にハメてやったんだ。

で、あいつは今、家族に言えない負債を大量に抱え込んでいる。当然、そんな素行不良が軍にバレたら速攻で首を切られるだろうね。まあそれから紆余曲折(うよきょくせつ)があって、あいつの豪邸の所有権は俺が半分くらい持ってたりするわけだ」

「……何があったか詳しく聞きたいところだが、要するにこういうことか？　その男は、お前の命令に決して逆らうことができない」

「そういうこと。まあ債権を持ってるのはラスティが作ったダミー会社だから、法的な拘束力なんてまるでないんだけど。でもまあ、ちょっとしたお願いをたった一度実行してもらうくらいの関係性は築けたってことかな」

「お前はまだ一五歳の子供だぞ。なぜ怪しまれなかった？」

「あ、もちろんルーカスと直接やり取りしたのは金で雇った別の人間だよ。俺が、カモの前にノコノコ顔を出すわけないじゃん」

ハイネが赴任する情報を摑んだジンはまず、様々な逸話からハイネの心理を読み解き、彼が最も求めているものが学園の支配を強めるための仮想敵だと当たりをつけた。あとはルーカスに指示して、多額の献金とともに『ハイネの私兵として動く反乱軍（レジスタンス）をつくる』というプランを提案させた。そして、息子への便宜を図ってもらうという裏取引のため、紙切れに記名してもらうように頼み込ませたのだ。

まさかハイネも、ジンと出会う前に署名した紙切れが〈決闘（コンバット）〉の誓約書だとは気付けなかっただろう。ジンが教官から人事情報を入手できることを知らなければ、まず無理だ。

あとは第三者を経由してそれを受け取ったジンが、余白に〈決闘（コンバット）〉のルールを記入。そして、ついさっき学長室から逃げている際にこちらの名前を記して〈決闘（コンバット）〉を成立させた。

しかもジンは、策略に保険をかけることを忘れなかった。

当然、〈決闘（コンバット）〉で行動を制限できるのはハイネだけだ。〈決闘（コンバット）〉のルールの外側にいるアリーチェをどうにかしなければ、為（な）す術（すべ）もなく殺されることになる。

だからこそジンは、先日のパーティで会った際にキャスパーにも一連の計画を伝えた。足止め役のエマが窮地に陥った際に、手を貸してもらうよう頼んだのだ。

今頃になって、背筋に悪寒が走る。

部外者のキャスパーを作戦に組み入れるのは大きな危険を伴う決断だったはずだ。もし彼がハイネに告げ口でもしていれば、一瞬で全てが終わってしまっていたのだ。

「ほんと、あのバカの作戦は綱渡りだよね。よく俺を信じる気になったもんだよ」

「……ああ。私もそう思う」

「まあでも、ここからが本当の勝負なんだっけ」

束の間の安堵を掻き消すように、不安の波が押し寄せてきた。

確かに、ジンの考えた策略は順調に進んでいる。

だがそれは、ハイネとの〈決闘〉を成立させるところまでだ。

単純な暴力ではなく心理戦が結末を決める展開に持ち込めたまではいいが、まだこちらの勝利が確定したわけではない。

「……くそ」

エマは苦々しく吐き棄てた。

こうなった以上、自分にできることはあまり多くない。せいぜい、気絶したアリーチェを慎重に拘束しつつ、信じてもいない神に祈りを捧げることくらいだ。

ハイネが、自分たちの狙い通りの選択をしてくれることを。

ジンとニーナが、世界の命運を握る心理戦を制してくれることを。

「……ここからが最終局面だ。頼んだぞ、二人とも」

第八章　不自由な二択、詐欺師は高らかに真実を騙る――

Lies, fraud, and psychic ability school

余裕に満ちた笑みを崩さずに、ハイネは考察する。

強化されたデッサン人形――〈鏡面に潜むもの（テスカトル）〉はジンを後ろから羽交い締めにしている。何らかのトリックを駆使して拘束から逃れることができたとしても、ターゲットの肉体を分子ごと崩壊させる自爆攻撃がある。しかも効果範囲は半径約二〇メートルだ。ジンの身体能力で回避することは不可能。爆発はターゲット以外に影響を及ぼさない仕様なので、ジンが道連れを狙って距離を詰めてきたとしても静観していられる。

もはや、ジンにできることは何もない。あとはハイネ自身がどの結論を選び取るかだけだ。

ジンを殺すか、それとも見逃すか――。

もちろん、依然として圧倒的に有利なのはハイネの方だ。

もし敵への直接攻撃が〈決闘（コンバット）〉の敗北条件になっていたとしても、生きたまま粉々になるのはジンだけだ。学園に赴任してからのたった数週間の記憶が消去されることと、その場で一時間弱ほど気を失ってしまうリスクさえ許容できれば、いつでもジンを殺すことができる。

だが、それは最終手段。

他の何よりも楽しみにしてきたメインディッシュ——実の妹を楽しく遊び殺す機会を、みすみす手放してしまうことになってしまう。

「ジェイク、申し訳ないけど〈決闘（コンバット）〉のルールを忘れちゃったんだ。もう一度おさらいしてもらってもいいかな？」

『ルールの再確認はできねー決まりだぜ。誓約書にも明記されてるだろうが』

「……なるほど。抜かりはないってわけか」

ブリキ人形に拒絶される様子が滑稽に映ったのか、ジンはくぐもった声で笑った。

「頼むよ、誓約書にサインしたのはあんた自身だろ？」

ハイネは満面の笑みを返してみせた。

誰もがまず思いつくような対策を潰されたところで、別に動揺することはない。

鍛錬を重ねた結果〈鏡面に潜むもの（テスカトル）〉の効果持続時間は一時間以上にまで伸ばしているので、考える時間はいくらでもある。

——いや、それ自体がジンの罠なのだとしたら？

ハイネの脳内を直感が駆け抜けた。

ジンは膠着（こうちゃく）状態を作ることに成功したが、このままでは勝負が付くことは絶対にない。かといって、ポイントの奪い合いという〈決闘（コンバット）〉の基本概念からして、引き分けが前提となるルールなど存在し得ないのだ。

つまりジンは、何らかの勝利条件を満たすために膠着状態を作っている。

こちらが何一つ焦る必要のないほど有利な状況をあえて演出し、判断を遅らせることで。

つまり——時間を稼ぐことそのものが、ジンの目的なのだ。

「……もしかしてきみは、この前の〈実技試験〉を参考にしたのかな？」

闇の中に立っているジンの表情はうまく読めないが、ハイネは確信を持って続けた。

「〈コップス・アンド・ローバーズ〉は、僕から一定時間逃げるだけの極めてシンプルなゲームだったよね。……この〈決闘〉も、それに近いルールだったりして」

「さてね。あんたはどう思う？」

ジンの声に怯えの気配はない。

動揺を隠しているのだとしたら大したものだ。

「直接攻撃禁止というルールは僕の思い込みなのかもね。きみほどの異常者なら、『一定時間ハイネに殺されなければ勝ち』くらいのルールは平然と実行しそうだ。きみが人形に捕まっても〈決闘〉がまだ終わってないところを見ると、この考えは案外正しいんじゃないかな？」

「そう思うなら確かめてみなよ。時間も迫ってるし」

この手のルールの場合、制限時間は最低でも五分は必要となる仕様をハイネは知っていた。

まさか制限時間をそれ以上に引き延ばしているはずがないので、あと二分半程度で何らかの決断をしなければならないことになる。

「……ホント、参ったよ」

ハイネは正直な感想を述べた。

「このまま手をこまねいていれば時間切れになるかもしれない。でもそれはただの思い込みで、焦ってきみを殺せば敗北条件を満たしてしまうことになるのかも。はは、裏の裏を読んでいけばキリがないね。

誰も予想できないくらい複雑な勝利条件をきみが設定している可能性だってある。もはや、コイントスか何かでどうするか決めた方がいいとすら思えるよ」

逡巡するように言いながらも、ハイネの考えはほとんど固まっていた。

たとえ〈決闘〉の敗北条件を満たしてしまったとしても、ここでジンを殺した方が絶対にいい。気絶した自分をニーナや共和国の諜報員が拘束しようとするだろうが、その場合には例の奥の手を使えばいいだけの話だ。

すでに結論は決まっていたが、ハイネは一つの演出としてポケットからコインを取り出した。名前もうろ覚えな偉人の横顔が描かれたそれを、親指で弾く。外灯の光を反射しながら回転するコインの向こうに、哀れな詐欺師の姿が見えた。

相変わらず表情は読めないが、それにしても動揺している素振りがない。

確かに一流だ、とハイネは素直に称賛した。

かつて殺した伝説の詐欺師の姿と、目の前の少年が重なる。帝国の未来など心底どうでもいいが、ここで彼を殺せば結果的に国家を救うことになるのかもしれない。

コインはゆるやかに回転しながら、ハイネが差し出した手の甲の上に落ちてくる。

それをもう片方の手で受け止めようとした刹那――ハイネの脳裏に電流が走った。

――違う、これも罠だ。

今の今までその可能性を少しも考えなかった事実に、ハイネは生まれて初めて恐怖を感じた。

この詐欺師は自分の心理を操作し、思考を限定させ、間違った推理に誘導していたのだ。

本当に、この男はなんてことを考えるんだ。

「……なるほど、きみじゃなかったのか」

コインは手の甲にぶつかり、間抜けな軌跡を描きながら地面へと落下していく。

それを拾う代わりに、ハイネは革靴の底で踏み躙った。

「やられたよ。ジン・キリハラ」

ハイネは最大限の憎悪と賛辞を込めて呟くと、〈鏡面に潜むもの〉の自爆能力を発動させた。

凄まじい轟音が響き、粉塵が巻き上げられ、宵闇の濃度が急速に増していく。これでジン・キリハラという存在は、完全に、不可逆的に、この世界から抹消された。

――そして案の定、自分はまだ敗北宣言を受けていない。

それが、ハイネの推理を裏付ける何よりの証拠だった。

喜ぶ間もなく、ハイネは新たに二体の人形を呼び出した。人形たちはハイネの身体(からだ)を抱え、人体を遥(はる)かに上回る速度で疾走する。

ハイネの推理は、途中までは正しかった。

ジンの狙いは膠着(こうちゃく)状態を作ることで、一定時間逃げ切ることが〈決闘(コンバット)〉の勝利条件なのは間違いない。

だが、ハイネが〈決闘(コンバット)〉をしている相手はジンではなかった。

そもそも、自分とジンとの間に〈決闘(コンバット)〉が成立していること自体がおかしいのだ。

敗北するとポイントを全て失い強制退学となる——そのルールは、所持ポイントが倍以上かけ離れている者同士では成立しないことをどこかで聞いた。入学試験免除組と同じ一〇〇〇点を与えられてゲームに参加したハイネと、たかだか二〇〇点程度しか持っていないジンとの間でそんなルールを取り決めたとしても、学園長の能力によって弾(はじ)かれてしまうのだ。

だとすると、導かれる答えは一つ。

『敗北＝強制退学』のルールが成立するのは、自分と同程度のポイントを所持している入学試験免除組だけ。

——つまり、いま自分と〈決闘(コンバット)〉をしているのはニーナ・スティングレイだ。

あの詐欺師は、自分自身を犠牲にしてでもハイネを止めるという、狂気の沙汰としか言いようのない作戦を実行したのだ。

「……もう時間がない、か」

人形に高速で運ばれながら、ハイネは思わず笑った。

最短であと二分弱。それまでにニーナを捕まえられなければ〈決闘（コンバット）〉に敗れてしまう事実が、ハイネの多幸感を煽（あお）る。塵（ちり）になってもなお自分を楽しませてくれる詐欺師に、もはや感謝してもしきれないほどだった。

すでに人形たちにニーナを追尾させていたが、まだ手ごたえはない。

第二段階の〈鏡面に潜むもの（テスカトル）〉ほどではないにしろ、あの人形たちも人間の限界速度くらい大幅に上回っているはずだ。仲間の死を覚悟した上で、ニーナはよほど巧妙に逃げているに違いない。

連続使用は寿命を削るため億劫（おっくう）だが、生体感知機能を持つ〈鏡面に潜むもの（テスカトル）〉を呼び出すしかないようだ。

実の妹が最も恐怖しているもの――それを想像するのは、決して難しい作業ではなかった。今まで消してきた有象無象どもと同じだ。

ニーナが恐れているのは、他でもないハイネ自身に違いない。これまで遊び感覚で彼女の精神に刻み込んできた恐怖の数々が、その結論を導き出している。

人形の周囲を覆い尽くした霧は黒曜石の鎧（よろい）となり、無数の鏡面にハイネの微笑を映し出した。

あまりに滑稽な光景に笑いそうになるが、どうにか堪（こら）える。

自分自身の危機すらも楽しんでしまうのは、ハイネの悪い癖だ。

今はただ、妹に身の程というものをわからせることに集中すべきだろう。

物陰に隠れるニーナを発見したのは、〈鏡面に潜むもの（テスカトル）〉を呼び出してから四六秒後のことだった。

黒い人形はハイネを抱えて校舎棟の屋上に到着すると、生体感知機能を使ってターゲットの位置を捕捉した。ハイネにもぎりぎり視認できる距離だ。黒いコートと仮面をつけた逃亡者の怯（おび）えが、笑えるほどに伝わってくる。

「さあニーナ、兄さんが遊び殺してやるよ」

ハイネがそう呟（つぶや）いたのを合図に、〈鏡面に潜むもの（テスカトル）〉が屋上の床を蹴った。

コンクリートにヒビが入るほどの運動エネルギーが発生し、人形はハイネを抱えたまま砲弾のように飛翔（ひしょう）。

そうしてハイネは、一秒も経（た）たないうちにニーナの眼前へと降り立った。

「はは、さすがに驚きすぎじゃない？」

ハイネはまず、両手を広げながら微笑を浮かべてみせた。

たったこれだけで、いかなる敵も金縛りに遭ったように動けなくなることをハイネは知っている。これまで殺してきたどの相手にも例外はない。

「制限時間があるからね。きみと遊べるのはあと一分だけなんだ」

完全に腰を抜かしてしまったニーナは、ほとんど腕の力だけでハイネから遠ざかろうとする。あまりにも健気な姿に、失笑を堪えきれなくなる。

「どうして逃げる？　大切なジンを失った以上、きみにはもう生きる理由がないじゃないか」

地面を這っていたニーナの動きが、完全に停止した。

己に迫る危機さえ忘れて、衝撃に打ちひしがれてしまっているのだろう。

「そう驚くなよ、予想できた結末だろう？　ジンは僕との賭けに負けた。僕の人形の力で、痕跡さえ残さずに世界から消滅したんだ。そしてニーナも、あとほんの数十秒以内に彼の後を追うことになる。……でも、それってそんなに悲しいことかな？

きみは、これからも僕の大切な駒であり続けるんだ。スティングレイ家の令嬢が共和国の諜報員に誘拐されたことにして、戦争を起こす大義名分を作るんだよ。なに、絶対にバレることはない。遺伝子の欠片さえ残らないのに、きみの死をどこの誰が証明できる？」

痕跡さえ残さずに、一人の人間を世界から消し去る——それが戦闘面だけでなく、政治的にも恐ろしく有用な特異能力であることをハイネは自覚していた。

苦し紛れに、ニーナは地面に転がっていた石を放り投げてくる。石は人形の頭部に激突したが、この程度では鏡の鎧に僅かな傷をつけることすらできない。

ハイネははっきりと失望を覚えた。

——結局、こんなものなのか。

実の妹を手にかけるという体験が、もっと大きな感情を自分にもたらしてくれることを期待していた。強烈な達成感、あるいは耐え難い罪悪感が去来して、これまでとは違う自分に生まれ変わることができるかもしれないと。その結果自分が壊れることになったとしても、それはそれで面白い展開だと楽しみにしていた。

それがどうだ。

ハイネの内面には、何一つ波紋が立っていない。

これでは、今まで殺してきた有象無象の人間たちと同じだ。一日後には名前どころか殺した方法さえ忘れてしまうような、遊び相手にすらならなかった連中と何も変わらない。

どうしようもない退屈を覚え、ハイネは欠伸を噛み殺す。

もういい。早く終わらせよう。

共和国との戦争が始まれば、もっと楽しい遊びなどいくらでもやってくる。

「……さよなら、ニーナ」

そう言い捨てて、ハイネは〈鏡面に潜むもの〉に指示を送った。

人形は凄まじい速度で疾走すると、頭を守るように蹲るニーナに覆い被さった。

鎧となった鏡面の一つ一つに、ハイネの歪んだ笑顔が映っている。ニーナは、世界で最も恐れる存在に抱かれながら塵と化すのだ。

大した感慨もなく、ハイネは指を鳴らした。

それに呼応して人形の内部に膨大な熱量が発生。凄まじい轟音を撒き散らしながら、〈鏡面に潜むもの〉は自爆する。

爆炎も爆風も爆熱も、すぐ近くで見物しているハイネには何の影響も及ぼさなかった。自分自身に恐怖を覚える人間などいるはずがないのだから当然だ。ターゲットが身につけているものは別として、周囲の建物や地形にも大きな影響を与えないのも便利な点だった。

これほど都合のいい特異能力を、よりにもよって自分に与えるとは——神様とやらは随分性格が悪い。

爆風で巻き上がった粉塵が、夜風によって取り払われていく。

当然ながら、爆心地にはもはや何も存在していない。〈鏡面に潜むもの〉の超常的な力によって、ニーナは世界から存在ごと削除されてしまったのだ。

ハイネは溜め息を吐き、特異能力を完全に解除した。

敵は無能力者二人だったにもかかわらず、体力を使い過ぎた。一晩に〈鏡面に潜むもの〉を二体も呼び出すなど初めての経験だ。

ハイネは軍服のネクタイを剝ぎ取り、宿舎に向かって歩き始めた。

帝国軍の本部と連絡を取り、〈白の騎士団〉を何人か派遣してもらおう。彼らの到着を見届けたら、あとは朝までゆっくりと休息を取ることに決めた。

そういえば諜報員のエマ・リコリスはまだ殺せていない気がするが、あえて追わないという選択もアリだろう。自分を心から憎む人間を残しておいた方が、今後の楽しみが増える。

ハイネは、空虚な内面を誤魔化すように微笑みを浮かべる。

――そこで不意に、背後から少年の声が聴こえた。

「あんたは終わりだよ、異端者。騙し甲斐もなかったな」

――バカな。ありえない。

振り返るまでの一瞬のうちに、ハイネは思考を高速回転させる。

間違いなく殺した。ジンの肉体は跡形もなく消滅したはずだ。そもそも、こんな短い時間でここまで駆けつける機動力が無能力者にあるはずもない。それに、たった今目の前でニーナを殺されたこいつが、なぜ余裕に満ちた声を出すことができる？

どういうことだ？　まるで理解できない。

――自分はいったい、いつから騙されていた？

ようやく振り返ったハイネは、すぐにその答えを知ることになる。

仮面、白金色のカツラ、体型を誤魔化すための詰め物を剝ぎ取りながら、ジン・キリハラが不敵に笑っていた。

「まさか、入れ替わり……？」

「ご名答」

「僕が〈決闘〉をしている相手は……きみに変装したニーナだったのか」

「クイズだけは得意みたいだね」

ハイネの〈鏡面に潜むもの〉は、ターゲットが最も恐れる対象を把握していなければ充分に機能しない。強化された人形を呼び出すまでは可能だが、そこの認識を誤っていれば自爆によって分子ごと消し飛ばすのは不可能なのだ。ジンが最も恐れていたものは、ラスティ・イエローキッド＝ウェイルの死に様。だから鏡面にハイネ自身の姿を映したところで、確かに何の意味もない。その逆もしかりで、ラスティの姿を人形に投影させたところで、ハイネを何よりも恐れているニーナを爆死させることはできないのだ。

もちろん理屈は通っている。だが――――。

「……ありえない。僕がさっきまで戦っていたのは、間違いなくきみだった」

ここから数百メートルも離れた中庭で。

光もロクに届かない暗さだったとはいえ、確かに仮面を剥ぎ取って顔を確認したはずだ。それに、あれは間違いなくジンの声だった。今目の前で不敵に笑う詐欺師と、全く同じ声をしていたはずだ――。

「あんたは、妹のことを知らなさすぎる」

ジンはどこからか拳銃を取り出しながら告げた。

「あんたはずっと、ニーナが強運だけで生き延びてきた弱者だと思い込んでたんだ。確かにニーナは特異能力者じゃないけど……そんなのはあいつの強さの本質じゃない。

――ニーナ・スティングレイは、世界すら騙す演技の天才なんだよ」

◆

「演技……演技だって？　嘘だろ、あれが？」

「わかるよ。俺も最初は信じられなかった」

ジンは引き金にかけた指に意識を集中しつつ、同情的に目を細めた。

「だけどニーナが〈メソッド演技〉で別人に成りすませるのも、何種類もの声を自在に使い分けられるのも、紛れもない事実なんだ。詐欺の技術を覚えてからは観察力にも磨きがかかったから、長い間一緒に過ごしてる俺に化けることなんて簡単なんだよ」

一流の詐欺師としての観察力と、天性の演技力。

これが組み合わさると、どんな怪物をも食らい尽くす悪魔が誕生する。

共犯関係を結んでからの数ヶ月で、ニーナは〈変声〉という特技を何度も見せてくれた。

ケイト・ランバートという架空の生徒に成りすましたとき。ジンをからかうために野太い男の声を出してきたとき。

　その特技を、ハイネを倒すための切り札として使えないかと提案したのはニーナだった。

　霧のような絶望に覆われていた隠れ家で、脳裏に光明が射(さ)すのを感じたのを覚えている。

　元々ジンが用意していたのは、学園を支配する仮想敵として使える反乱軍(レジスタンス)の結成をエサに、ハイネに〈決闘(コンバット)〉の誓約書に記名させるところまで。そのとき考えていたルールは、ジンとハイネの二人で行う単純な鬼ごっこだった。入念な準備を整えれば、制限時間いっぱいまで逃げることは可能だと想定していたのだ。

　だが、ハイネの〈玩具の征服者(コンキスタドール)〉に第二段階があると知ってから全てが一変した。

　異常な移動速度の前では無能力者など簡単に捕まってしまうだろうし、分子ごと消滅させてしまう自爆能力に巻き込まれたらひとたまりもない。そもそも、ガスタという作戦の要を失った時点で、学園中にトラップを仕掛けることも不可能になったのだ。

　そこにきて、ニーナの提案はジンに天啓をもたらした。

　これなら、恐怖の対象を正確に把握する必要がある〈鏡面に潜むもの(テスカトル)〉の自爆攻撃を無効化することができる、と。

　仮面を被(かぶ)った上で変声の技術を使えば、ハイネは変装したニーナをジン・キリハラだと誤認するだろう。ハイネはターゲットを勘違いしたまま人形を自爆させるが、もちろんニーナは無傷のまま。〈決闘(コンバット)〉の制限時間に追われるハイネには、成果を入念に確認する余裕などないことも織り込み済みだった。

あとはニーナに変装したジンをハイネが追いかけているうちに、自爆をやり過ごしたニーナがまんまと〈決闘（コンバット）〉の勝利条件を満たすというのが、この作戦の筋書きだ。

とはいえ、作戦にはいくつか粗があった。

仮面という明らかに怪しいアイテムがある以上、ハイネが入れ替わりの可能性を疑うことは目に見えていたのだ。

だからジンは、作戦にアレンジを加えた。

仮面を被る正当な理由を作り出すためだけに、学長室を催眠ガスで満たすという大仕掛け（おおじかけ）を実行したのだ。

ニーナとエマに作戦を伝えてからは慌ただしかった。とっくに閉まった店々に侵入して変装道具を拝借したり、諜報員（ちょうほういん）が標準装備している催眠ガススプレーをかき集めて即席の装置を作り、気配を消して学長室に続くダクトに仕掛けたり。これだけでも凄（すさ）まじい大仕事だ。

もちろん、ハイネがニーナの仮面を剥いでくる可能性も考慮しなければならない。ハイネの性格からして、殺す相手の表情を確かめたいと思うのは間違いないのだ。

だからニーナは特殊なメイクとカラーコンタクトで肌や目の色をジンに限りなく近付け、表情の作り方や立ち振る舞いまでも完璧に偽装した。おまけに、声や口調はジンとほとんど同じときている。

外灯のない暗い場所で、あれが変装したニーナであると見抜ける人間などいないだろう。

「……本当に、どうかしているよ」

己の敗北さえも楽しむように、ハイネは笑った。

「だって、全ては僕の決断次第じゃないか。自爆じゃなく、人形でズタズタにする殺し方を選べば、きみたちには為す術もなかった」

「共和国に罪を被せて宣戦布告に漕ぎ着けるには、ニーナが誘拐されたことにするのが一番手っ取り早い。雑に殺して血痕や肉片を残してしまうなんてリスクを、〈白の騎士団〉のあんたが負うはずがないんだよ」

「順番についてはどうする？　僕がきみではなくニーナを先に殺そうとしていたら、こんな作戦は成立しなかったはずだ」

「メインディッシュは最後まで取っておく――それがあんたの哲学だろ？」

「……驚くよ。そこまで思考を読まれていたとは」

ハイネはようやく、自分の最大の敗因に気付いたようだ。

支配の対象だと思っていたニーナに、自分がずっと騙され続けていたことに。

得体の知れない兄に怯える情けない姿が、彼女自身をも騙す〈メソッド演技〉によるものだということに。彼女の怪物じみた洞察眼によって、自らの思考が丸裸にされていたことに。

――彼女が、ハイネへの恐怖をすでに克服していたということに。

結局のところハイネは、いつまでも自分が捕食者のつもりでいた。ニーナによる巧みな心理誘導のせいで、ネズミが牙を剝く可能性を最後の最後まで甘く見積もっていたのだ。

「なーんか余裕ぶってるけど、大丈夫なの？」

ジンはコートのポケットに入れていた懐中時計を、ハイネの足元に投げた。

「もうすぐタイム・オーバーだけど」

もうすぐ、などという表現は我ながら意地が悪い。

懐中時計が地面に落ちるよりも先に〈決闘〉は終了を迎えた。学園長の特異能力が自動的に発動し、ハイネの脳内から学園にまつわる記憶が消去されていく。

どんな怪物でも、絶対的なルールには逆らえない。

激痛に悶えて蹲ったハイネに、ジンは黒光りする拳銃を向けた。

「もちろん知ってるよ。たった数週間の記憶を失ったところで、あんたが何も痛くないことくらい。強制退学になったとしても、別にあんたの地位が揺らぐわけじゃないし」

「は、は……僕を隙だら、けにする……それが目的、なんだろ？」

「そういうこと。それと悪いけど、拳銃には実弾が入ってる」

「……やら、れたよ。楽しいな。そうか、これが、僕が求めてたもの、なのか」

異常者の思考は理解できないが、次に取る行動は読めた。

ハイネは悶え苦しみながら、軍服の懐に手を伸ばした。灰の入った小瓶を取り出し、そこから新たに人形を呼び出すつもりなのだ。もし成功すれば、気絶してしまう前にジンを殺すことくらいは容易いだろう。

だが、そんなことを許すつもりはジンにはない。

恩人たちと過ごした日々を思い出す。共犯者たちとともに歩む未来を夢想する。

その全てを人差し指に込め、瞳孔に殺意を充填させた。

実弾が入っている、というのはこの男に吐く最後の嘘だ。

銃口から射出された電極で意識を刈り取られる刹那、怪物に死の恐怖というものを味わわせるための切り札。

ニーナたちとの約束を守った上で恩人の仇を殺す、唯一の手段だった。

「……楽しませてくれた礼だ、早く撃ちなよ」

ジンの怒りを逆撫でするように、ハイネは愉悦に塗れた笑みを見せた。

開き直り、などではない。ハイネの瞳には確信が満ちていた。

間違いなく、ジンを地獄に突き落とすことができるという確信が。

「あの人に殺される前に、そのくらいの報酬はあってもいい」

＊

それを知る者は、帝国の上層部にも数えるほどしかいない。

ハイベルク国立特異能力者養成学校の学園長——ジルウィル・ウィーザーという男の正体は、帝国の長い歴史においても最大の機密事項と言えるだろう。

人々は知らない。ハイベルク校にある学長室が、一年を通して空室になっていることを。

人々は知らない。学園長の特異能力によって剥奪されるのが、学園にまつわる記憶だけではないことを。

人々は知らない。誓約書への記名を条件とした〈決闘(コンバット)〉の成立、立会人のブリキ人形(ジェイク)の操作、ポイントを全て失った者への記憶剥奪に至るまで——ハイベルク校のシステムを構築する一連の特異能力が、学園長自身の自覚もないままに常時発動していることを。

人々は知らない。

学園長ジルウィル・ウィーザーが封印された記憶を取り戻したとき、帝国の最終兵器たる〈楽園の建築者〉が発動するということを。

「複雑怪奇に思える学園長の特異能力は、整理すれば意外とシンプルなんだ」

脳髄が燃え上がるような激痛の中で、ハイネは笑った。

育ての親を殺した相手に引導を渡すチャンスを前にして、ジンの表情が引き攣っているのがあまりに滑稽だったためだ。

朦朧とする意識の中でも、不思議と口だけは自在に動く。

「誓約書にサインさせ、そこに書かれた条件を満たせば——相手から学園の記憶と特異能力の一部を奪うことができる。それがあの人の特異能力の本質だよ。

きみも、入学する前にいくつもの書類にサインさせられただろ？　つまり、入学した時点で学園長との〈決闘〉が成立していたことになる」

想像力に優れた人間とは不幸なものだ。

既に、ジン・キリハラはその先のことを恐れている。

「とはいえ、そんな強大な特異能力を一人の人間が扱えるわけがない。きみにはわからないだろうけど、特異能力を連続使用してると精神が極端に摩耗するんだ。四六時中、学園のシステムを管理するなんて狂気の沙汰だよ。

だから学園長は一時的に、自分の精神を特異能力の中に移すことにした」

そんなことがなぜ可能なのか、ハイネ自身も未だに理解はできていない。

だが、揺るぎない事実としてその現象は存在しているのだ。

「ただ、その副作用で学園長の肉体は朽ち果てちゃってね。今では、意識だけの存在になって学園の中を漂ってるんだ。彼自身が見初めた天才の肉体に寄生しながら」

「その寄生先とやらが、ギルレイン・ブラッドノートなのか」

ジンは苦々しく言った。

「じゃあ、あの一斉摘発が……」

殺人的な頭痛のせいで、これ以上語ることは難しいようだ。

だが、ジンの洞察力は致命的な結論を導き出してくれたらしい。

――もはや全てが手遅れ。万に一つも希望はない。

それを悟った詐欺師は、蒼白（そうはく）な顔で地面に崩れ落ちてしまった。


特異能力者ですらなかったギルレインを、なぜ学園長が寄生先に選んだのかは永遠の謎だ。

それでも彼は一〇歳の誕生日に学園長と同じ特異能力――〈謳われない者（デリンジャー）〉に目覚めた。学園のシステムを維持する代わりに、退学処分になった生徒たちの特異能力の一部を奪うという反則級の能力を手に入れてしまったのだ。

ギルレイン自身に、学園長に見初められた自覚はなかった。

〈謳われない者（デリンジャー）〉という特異能力についても、単に様々な能力を複合的に扱うことができる代物だと考えていたはずだ。彼が悩まされていた慢性的な眠気も、まさか特異能力の処理に脳のリソースを食われていたからだとは思いもしないだろう。

学園長がギルレインに寄生した理由は、いつかギルレインの肉体を乗っ取り、帝国の最終兵器たる〈楽園の建築者〉に進化するためだった。

ありとあらゆる特異能力を兼ね備えた、唯一絶対の圧倒的強者――そんな存在が実現すれば、世界のパワーバランスは一気に崩壊する。帝国は世界の覇権を完全に掌握し、地上の楽園を築くことができるだろう。

そのための最終工程が、昨日の一斉摘発だ。

帝国軍の戦力になり得るごく一部の生徒たち――二、三年生にいる〈白の騎士団〉の候補生とアリーチェを除いた全員に、学園は『共和国のスパイを炙り出す』などと適当な口実をでっち上げて誓約書にサインをさせた。

その誓約書には、特殊な光を当てなければ読めない文字で本当のルールが記載されている。記名した約三〇〇人は自動的に強制退学処分となり、学園長に記憶と特異能力を差し出すことになった。

最後の最後にギルレイン自身が誓約書に記名すれば、〈楽園の建築者〉が発動する。

学園長は彼の肉体と精神を乗っ取り、人智を超越した力を持つ、唯一絶対の存在としてこの世界に転生するのだ。それは、帝国上層部の悲願だった。

――そして、儀式は既に完了している。

ギルレインは何も疑わずに自らの名前を記入し、その直後に糸が切れたように意識を失った。

恐らく今も脳内で情報が高速処理され、彼自身の人格が学園長に書き換えられているはずだ。

次に目覚めたとき、彼の人格は学園長のそれに置換され――世界を地獄に変える最終兵器へと進化するだろう。

あれほど自信に満ちていた詐欺師の表情は、もはや面影すら残っていない。

「……ああ、これは嬉（うれ）しい誤算だ」

対照的に、ハイネは口笛でも吹きたい気分だった。

〈決闘（コンバット）〉の敗北に伴う強制退学および記憶消去――いつもは一時間半ほどで完了するはずの現象が、明らかに遅延している。

本来なら、超高速で記憶を消去される負荷に耐えられず、対象者の意識が一瞬で刈り取られるはずだったのだ。

だが、どういうわけか今は違う。

恐らくは、ハイネが既に一度ハイベルク校を卒業していることが原因なのだろう。何らかのエラーが発生し、学園長による記憶消去が正常に機能していないのだ。

発狂しそうなほどの頭痛はまだ収まらないが、それにもいくらか慣れてきた。

少しの間だけ特異能力を発動し、絶望する詐欺師を殺すくらいわけはないだろう。

――運さえも、僕に味方してくれるわけか。

ハイネはどうにか立ち上がり、懐（ふところ）から灰の入った小瓶を取り出した。

「……僕を殺すチャンスは、いくらでもあったのにね」

詐欺師にとっての悲劇はまだ終わらない。

ジンはまだ気付いていないが、上空から恐ろしい死神が降下してきているのだ。

サイコキネシスによる空中浮遊。姿勢制御のために、周囲の大気を操る特異能力も同時並行で発動している。

ただ登場するだけで、人智を超えた力をまざまざと見せつける正真正銘の怪物。風貌はかつてのギルレイン・ブラッドノートとまるで変わらないが、中身はもはや完全に学園長に置換されているはずだ。

学園長は両手を広げながら、音もなく着地する。

偶然にも外灯が後光のように彼の背中を照らし、神話的光景を演出していた。

「……お待ちしておりました。学園長」

頭痛を堪えつつ、ハイネは軍隊式の敬礼をした。

「反逆者ならそこに。いかがいたしますか？」

「……ああ。こっちで仕留める」

学園長は項垂れるジン・キリハラの後頭部に手をかざした。

掌の先で何かが輝いたかと思うと、次の瞬間には七色に輝く結晶のようなものが生み出される。結晶は今にも爆発しそうなほどに光を氾濫させ、罪人を圧殺する時を待ち詫びていた。

この特異能力は、入学試験免除組カレン・アシュビーの〈陽気な葬儀屋〉と酷似している。

既に退学処分になった彼女から、これほど強力な特異能力さえも奪い取ったのだ。

「……何か言いたいことはあるか？」

学園長は最後の情けをかけたが、ジンからの反応はない。

もはや、皮肉を言う気力すら残っていないのだろう。

ハイネは寂寥さえ覚えた。無能力者の身でありながら自分を追い詰めた詐欺師が、こんな無様な結末を迎えるなんて。

「俺は、あんたに言ってるんだけどな」

「……は？」

――どうしてだ？

どうして、学園長はハイネに掌を向けている？

どうして、絶望的な状況にあったはずのジン・キリハラが笑っている？

どうして、結晶の奔流はこちらへと殺到してきている？

駄目だ。早く逃げ――――。

「……あああああああっ！」

押し寄せる質量の暴力によって、ハイネの思考は中断される。

迸る結晶がハイネの全身を呑み込み、無慈悲なほどの力で地面へと叩きつける。灰の入った小瓶は取り落としてしまった。これでは反撃することもできない。

なおも結晶は増殖を続け、ハイネの身体にかかる圧力も増していく。

身体中の骨が音を立てて砕け、記憶消去に伴う頭痛とは比較にならないほどの激痛が脳髄を犯してくる。

「安心しろよ、殺さないから。まあ手足くらいは潰させてもらうけど」

いつの間にか敗者の演技をやめていたジンが、凶悪な笑みとともに近付いてくる。

未就学児の相手でもしているかのようにしゃがみ込むと、詐欺師はあたかも心配そうに、苦痛に呻くハイネの顔を覗き込んできた。

「やっぱ痛い？　感想を聞かせてよ、お兄さん」

「ふざっ、ふざけるな！　早くやめさせろっ！　ああああああっ！」

「やっと余裕の仮面が剝がれたね。あんたもちゃんと人間だったわけだ」

首から下が完全に押さえつけられている上に、これだけの激痛だ。

反撃どころか、まともに思考を紡ぐことすらままならない。

赤く染まる視界と泥のような屈辱感の中で、ハイネはただ喚き散らすしかなかった。

「が、学園長は確かに覚醒したはずだっ！　なぜっ、お前に協力して……」

「ああ、一斉摘発のときにギルレインに誓約書を書かせたんだっけ？」

「そっ、それがトリガーだったんだ！　なのに、なぜ……」

「もしかして、誓約書ってのはこれのこと？」

ジンはいつの間にか一枚の白い紙を取り出していた。

やや光沢のある上質な紙に、意味のない言葉の羅列が並んでいた。特殊なライトに照らさなければ解読できない透明なインクが文に紛れ込んでいるのも、僅かに見える。

これをジンが持っているということは、つまり――。

「……すり替えたのか。いや、でも」

「いくら俺でもこんな重要書類は盗み出せないよ。他の生徒たちに書かせる分の誓約書はともかく、特別製のこれが保管されてた場所なんて知らなかったし」

「だ、だったらなぜ……！」

「質問が多いな。面倒な人だって言われない？」

ジンはわざとらしく溜め息を吐くと、盛大な欠伸をしているギルレインをチラリと見た。

「最初から、全てが上手くいくかどうかはこいつの決断に委ねられてたんだ。二択の賭けに負けたから、あんたはそこで押し潰されている」

◆　一週間前　◆

詐欺師たちがギルレインとコンタクトを取ったのは、ハイネに招待されて社交界に向かう前日のことだった。

街のカフェに集まったジン・ニーナ・エマの三人は、パーティでの立ち回り方を一通り確認したあと、約束の時刻を一時間も超えて現れたギルレインを迎え入れた。

到着早々に盛大な欠伸をし始めたギルレインに、余計な前置きは酷だろう。

彼が椅子に座ると同時に、ジンはテーブルを囲む三人に向けて言い放った。

「単刀直入に言う。あんたはもうじき帝国に殺される」

「……意味わかんねえ。もう帰ってもいいか？」

ギルレインは心底面倒臭そうな顔を浮かべ、椅子から腰を上げた。

ただでさえ朦朧とする意識の中で生きている彼に、意味不明な話題に付き合う精神的余裕などないはずだ。

ならば、彼が悩まされている問題の解決方法を提案すればどうだ？

「ギルレイン。あんたが長年苦しんでる慢性的な眠気、疲労、倦怠感――それらを引き起こしている原因を知りたくないか？」

それからジンは、一連の推測を語り始めた。

ギルレインが抱える諸々の問題は、〈決闘〉やポイント制度を管理する学園長の特異能力を無意識下で発動させられているからだということを。

一向に姿を見せない学園長が、ギルレインの肉体と精神を乗っ取ろうとしていることを。

そしてそれが、そう遠くないうちに実行されるということを。

「……ちょっと待てよ。なんでお前がそんなことを知ってる？」

「それは、あんたがずっと特別だったからだよ」

ジンは淡々と続けた。

「そもそも、あんたの特異能力——〈謳われない者(デリンジャー)〉からして違和感だらけなんだ。一人の人間が、複数の特異能力を同時に使えるなんて事例は聞いたことがない。いくら突然変異だとしても、ルールそのものを逸脱する存在なんて普通は考えられないだろ？

だから俺は仮説を立てた。ギルレインの特異能力は、『何らかの条件を満たせば、他人から特異能力を拝借できる』ものなんじゃないかって。まあ、あんた自身はそんなこと知らなかっただろうけどな。知らない間に使える能力が増えてて便利だな、くらいに思ってただろ」

ギルレインは渋々頷(うなず)いた。指摘通りだったらしい。

「ついでに俺たちは、確かな情報筋から別の情報も得ている。

実は、強制退学になった生徒たちは学園の記憶を消されるだけじゃない。特異能力まで大幅に弱体化してるんだよ。ある条件を満たした人間から特異能力の一部を奪う——これって、誰かさんの特異能力と随分似てないか？

もしそれが偶然なんかじゃなく、本当に同じ能力なんだとしたらどうだ？　あんたがいつも眠そうにしてるのは、無意識のうちに学園長の能力を発動させられているからだとしたら？」

亡命したカレンについての情報を仕入れてくれたエマに視線を送る。

彼女の助けがなければ、この推測は成り立たなかっただろう。

「予想が確信に変わったのは、つい昨日のことだよ。いきなり襲撃してきた反乱軍(レジスタンス)の連中を退けるために、あんたはいくつかの特異能力を使っただろ。

黒い球体を操ってナイフの雨を薙(な)ぎ払(はら)ったり、電流みたいなものを身に纏(まと)ってたり、粘度の高い液体で敵を拘束したり、何もないところから炎を発生させたり――どれもこれも、今まで退学した人間が使っていた特異能力と酷似してるんだよ」

ナイフの雨を薙(な)ぎ払(はら)った黒い球体は、入学式前の〈振るい落とし試験(セレクション)〉でジンが対決したテッド・リーバーの特異能力だ。〈反重力の衛星(ガルガンチュア)〉と名付けられたその能力によって、テッドはただの風船を鉄球に変えて自在に操作していた。

ジンが因縁をつける前にテッドが叩(たた)きのめしていた三人の生徒の中に、電流を操る特異能力者がいたことも覚えている。ハイネが開催した〈実技試験〉で脱落した生徒の中には、水飴(みずあめ)のような液体を操る特異能力者もいた。

そして、何もないところから強烈な業火(ごうか)を発生させる特異能力は――かつて戦った入学試験免除組、ベネット・ロアーの〈火刑執行者(エグゼキューター)〉以外にありえないだろう。

「あー……俺の特異能力が学園長と同じじってことはわかった。何となくな。でも、なんで俺が乗っ取られることになるんだよ」

「あ、それは勘ね。俺が学園長ならそうするってだけ」

一瞬絶句しかけたギルレインだったが、しばらくしてジンの勘が馬鹿にならないことを直感したようだ。

欠伸を噛み殺しながら、彼は小さく呟いた。

「まあ……身体を乗っ取るくらいの見返りがなきゃ、俺に特異能力を貸したりしないか」

「そういうこと。……で、ここからが相談なんだけど」

ジンはテーブルの上に一枚の紙を差し出した。

『私はスパイではありません』というだけの内容を、様々な冗長表現や婉曲表現を駆使して引き延ばした駄文が綴られた書類。下部には記名欄もある。

「これは？」

「〈決闘〉の誓約書と同じ紙が使われている。……で、面白いのはここから」

ジンは懐中電灯らしきものを取り出した。

スイッチを入れると、その先端が毒々しい紫色の光を放ち始める。紫色の光に誓約書が照らされると、先程までは見えなかった文字の羅列が、蒼白い輝きとともに浮かび上がった。

『これに記名した者は、三時間後に強制退学となる』

紙の端にこっそりと書かれた一文を見て、ギルレインの瞳にようやく興味の色が浮かぶ。

これを好機と見て、ジンは一気に畳みかけた。

「近いうちに、学園は生徒たちを集めてこれに記名させるつもりでいるんだ。記名した時点でそいつらは強制退学になり、特異能力や記憶を奪われてしまう。記名した人間がバタバタ倒れたら怪しまれるから、三時間後っていうタイムラグまで設けてね」

「……なんのために？」

「数百人分の特異能力を集約させて、あんたを最強最悪の兵器に進化させるために」

恐らくは、それこそが〈楽園の建築者〉の正体なのだろう。

「……というか、どうやって手に入れたんだよ」

誓約書の仕入れ先までは流石(さすが)に明かせないので、ジンは微笑で煙(けむ)に巻(ま)くことにした。

ジンたちが懇意にしている教官のルディから横流しされたものだが、もしその事実がどこかから漏れれば彼は死刑どころでは済まないだろう。

「俺の読みでは——ギルレイン、あんたにだけは特別製の誓約書が配られる。通常のインクで書かれた文章の方は同じでも、紫外線灯(ブラックライト)を通さないと見えない本当のルールの方は……」

「記名した時点で、学園長に身体(からだ)を乗っ取られるようになってるわけか」

「……そういうこと」

前提条件をギルレインが理解したのを確認して、ジンはようやく本題に入った。

また別の紙を取り出して、ギルレインに突きつける。

「これには、あんたに配られる誓約書と全く同じ文言が書かれている。念のため、紫外線灯専用の透明なインクでそれらしい文言も記載しておいた。ただ、紙だけはそこら辺で手に入る市販品だ。これに記名したとしても、あんたの精神が乗っ取られることは絶対にない」

「……あーなるほど。教官の目を盗んですり替えろ、ってことね」

「記名して三時間が経ったら、突然の頭痛に襲われたフリをして倒れ込んでくれ。たぶん学園側の人間が丁重にベッドまで運んでくれるから、気が済むまで眠っててくれていい。そうすれば、連中は計画が成功したと錯覚してくれるはずだ。

まあ大丈夫だよ。責任者のハイネは今、俺やニーナを潰すことに熱中しちゃっててね。肝心のあんたにはまるで興味がないから、仕込みがバレることは絶対にないんだ。

……だから、全てはあんたの選択次第ってこと」

ジンからすれば、乗らない手はない作戦だと思う。

ジンが技術を叩き込めば紙のすり替えくらいすぐに習得できるし、すり替えがバレたところで、帝国から重宝されているギルレインが殺される可能性は限りなく低い。

そもそも、この作戦に乗らなければギルレインの自我は消えてしまうのだ。

「んー……言いたいことはわかるけどよ」

信じられないことに、ギルレインは頭を掻きながら悩み込んでいる。

「ねえ、断る理由なんてある？」

「なんつーかさ、もう色々と疲れたんだよな。一〇歳くらいから急に眠気に支配されるようになって、頭の中がずっとフワフワしてて……生きてる実感がないっていうか。正直、自我が消えたって別にどうでもいいんだよ」

「……嘘だろ。なあ、このままじゃ死ぬんだぞ。わかってんの？」

「これに記名したら、死なない代わりに帝国を敵に回しちまうわけだろ。……面倒くせぇよ、そんなの」

自分とはまるで違う価値観を前にして、ジンは絶句した。

一連の作戦は、すべてこの男の決断にかかっている。苦痛を伴う生と、安らかなる死。この究極の二択がジンたちの運命はおろか——世界の命運すら握っているのだ。

何としても説得しなければならない。

たとえ、どんなに姑息な手段を使ったとしても。

口を開きかけたそのとき、さっきまで静観を貫いていたニーナが割り込んできた。

「……わかるよ、あなたの気持ち」

ニーナは今、どんな演技も纏っていない。

心の内側の脆い部分を曝け出して、正面からギルレインと向き合っている。

「この世界に絶望してるんだよね。こんな場所、わざわざ危険を冒してまでしがみつく必要なんてないって……あなたはもう見切りをつけてしまってるんだ。

ちょっと前まで、私もあなたと同じだった。自分がついてきた嘘で雁字搦めになって、いつか全てがバレて殺される日を待つだけの毎日で——いっそのこと全部、早く終わってしまえばいいのにって思ってた」

スティングレイ家の令嬢として生まれたニーナは、特異能力者であると偽りながら孤独に生きてきた。

おまけに、ハイネという恐ろしい怪物が実の兄だという事実も笑えない。周囲に味方など誰もいない状況で、ひたすら虚勢を張りながら恐怖に耐えるしかない日々——もし地獄というものが実在するなら、それはきっとこんな形をしているのだろう。

それでも、隣で語るニーナの目には生への執着が漲っている。

彼女はまだ、希望を捨ててなどいない。

「……だけど、私はこの詐欺師に出会ってしまった。ずる賢くて、生き汚くて、それでも希望だけは絶対に捨てない強い人に出会って……生き方を変えられてしまった。この人を信じて、運命と戦うのも悪くないって思ったんだ。

だからその、今日からはさ、誰かを信じて戦ってみようよ。確かにつらいことは多いし、怪物みたいな人たちに立ち向かうのは本当に怖いけど……ただ虚しいだけの毎日よりは、絶対にマシだと思うから」

ニーナの言葉は切実な響きを帯びていた。

ギルレインの心に届いたかどうかはわからない。一流の詐欺師は深層心理すらも操るが、心の内側を完璧に読めるわけではない。

――それでも、ジンは根拠もなく確信した。

ギルレインは間違いなく自分たちの作戦に乗ってくれる。

偽装した誓約書を持って帰ろうとした最終兵器に、ジンは不敵な笑みを向けた。

「ずっと退屈してたんだろ、ギルレイン？」

「あー……」

「俺についてこいよ。失神するほど刺激的な日々をくれてやる」

◆

一連の背景を語り終えたとき、ハイネの瞳は驚愕(きょうがく)に見開かれていた。

「きみは、自分の運命を……あんな得体の知れない存在に託したのか」

「久しぶりにヒリヒリする賭けだったよ。楽しかった」

「……狂っている」

ハイネの指摘はもっともだった。

もしギルレインが自らの生を諦め、誓約書のすり替えを実行しなかったらと思うと鳥肌が立つ。帝国の思惑通りに学園長――〈楽園の建築者〉は覚醒し、今頃自分たちは最終兵器の性能試験と称して惨殺されていたことだろう。その後の世界がどうなるのかは、想像することさえ難しい。

ギルレインが帝国を裏切ったかどうかは、彼が特異能力でハイネを攻撃する瞬間まで誰にもわからなかった。結晶に押し潰されるのがジンであったとしても、何一つおかしくなかったのだ。

ギルレインが自分たちの側につく確信はあったが、それにも根拠など存在しない。

己の直感を信じて賭けに出るなど、一流の詐欺師以外には到底理解できない行為だろう。

「……どうして、きみたちはわざわざ学園に現れた」

ハイネの疑問も理解できる。

どう考えても、ジンたちが学園に戻ってくるメリットがないのだ。

もしギルレインが帝国を裏切ったなら、何もしなくても〈楽園の建築者〉の発動は食い止められた。わざわざ殺されるリスクを背負う必要など、本来ならどこにもないはずだ。

「そんなの、あんたを潰すために決まってるだろ」

「何だと……？」

「世界の行く先なんて心底どうでもいいけど……少なくともあんたとの決着だけは、運命なんてものに委ねたくなかった」

育ての親のラスティを残酷な方法で殺し、ニーナを幼少期から恐怖で支配し続け、エマの同胞たちを大量に粛清し、ついには恩人のガスタまで手にかけた真性の怪物――。

詐欺師の前に一人の人間として、ジンは彼と正面から戦わなければならなかったのだ。

いつの間にか、ニーナ・エマ・キャスパーといった共犯者たちも集まって来ていた。彼らは真剣な表情でジンを見つめている。新たに加わったギルレインもまた、全てを受け入れる顔で結末の時を待っていた。

損得勘定を超えた何かで繋(つな)がった共犯者たちから向けられているのは、信頼だ。

かつて自分とラスティの間にもあった、目には見えない確かなもの。

これだけのものを再び手に入れるまでに、自分はどれほど遠回りしてきたのだろう。

「……じゃあな、ハイネ・スティングレイ。あんたの負けだ」

いくつもの視線を浴びながら、ジンは電極銃(テーザーガン)の引き金を引いた。

EPILOGUE

終幕

電極銃の直撃を受けて意識を失ったハイネを鎖で拘束しながら、エマが呟いた。

「本当に殺してしまうかと思った」

「いやいや、詐欺師の強欲さを舐めないでよ」

ジンは大袈裟に肩を竦める。

「学園で過ごした数週間の記憶を失ったくらいじゃ、こいつの利用価値が消えるわけじゃない。死ぬまで存分に利用し尽くしてやるよ」

「……まったく、お前だけは敵に回したくないな」

呆れて笑いながら、エマは真鍮製の鍵を投げ渡してきた。

学長室の隠し扉の先にある秘密の倉庫——〈原初の果実〉の保管場所の鍵だ。

「……そういや、表向きはこれのために戦ってたんだったな」

「それがなければ帝国の脅威は消えないんだぞ。忘れるなどどうかしている」

「はいはい。じゃあ回収に向かいますか」

　ジンが目的地へと足を向けた途端、地鳴りのようなものが聴こえた。

　地下で、何かが爆発したのだ。地面にはっきりと振動が伝わっているということは、爆発の規模はかなり大きいはずだ。

　まさか、これは――。

「証拠隠滅……だと⁉」

　エマが苦々しく吐き棄てる。少し遅れてジンも事態を把握した。

　恐らくは、鍵を管理していたハイネが意識を失うことがトリガーになっていたのだ。

〈原初の果実〉――特異能力者を生産するための切り札が共和国の手に渡ってしまう前に、保管庫ごと爆破するという保険までかけていたとは。用意周到にもほどがある。

　最終兵器たる〈楽園の建築者〉の発動を止めたとはいえ、これでは共和国が特異能力者という抑止力を手に入れることはできない。戦争の開始を少しばかり遅らせることにしかならないのだ。

　悔恨を露わにして、エマは地面を蹴り付けた。

「クソっ！　何のために、私たちは……」

「エマ……」

　心配そうに声をかけたニーナに、エマはバツの悪そうな顔を向けた。

「いや、お前たちはやるべきことをやっただけだ。悪いのは、この程度の展開すら予測できなかった私なんだ……！」

「いや、そうじゃなくてさ」

いつの間にか、ニーナは口許に凶悪な笑みを浮かべていた。

ターゲットを欺くスリルに酔いしれた、ろくでもない詐欺師の表情だ。

「〈原初の果実〉って、もしかしてこれのこと？」

ニーナの手には、銀色に光る円筒状のケースが握られていた。

ニーナは悪戯めいた表情で上部の蓋を開ける。ケースの中から滑り出してきたのは、薄紅色の液体が満たされた試験管だった。

唖然とするエマを尻目に、ニーナは試験管を小刻みに揺らしながら笑っていた。

「みんな忘れたの？　ハイネ兄さんは誰のことも信頼してないんだよ。こんな大切なもの、学園が用意した秘密の倉庫なんかじゃなくて……自分で肌身離さず持ってるに決まってるじゃん」

「まさか、ニーナ」

「そう、こっそりスっちゃった」

「……いつ？」

「ハイネ兄さんが私の仮面を剝がしてきたとき。視線誘導って言うんだっけ？　仮面を剝がすのに集中しすぎて、あの人はずっと隙だらけだったんだ」

「……はは、あんたはもう一流の犯罪者だよ」

ニーナは軽く言ったが、彼女が実現したのは奇跡のような所業だ。

ハイネのような怪物から、戦闘中に何かを盗むなどジンにとっても簡単ではない。それに、〈原初の果実〉をハイネ自身が持っていたという推理にも一切の迷いがなかった。

詐欺師稼業を続ける中で身に付けた心理分析技術——だけではないだろう。

ニーナは恐らく、〈メソッド演技〉の技術を応用してハイネの思考を完璧に模倣したのだ。

自らの人格さえ変えてしまうほど深くハイネ・スティングレイという役に入り込めば、あとは自分ならどこに隠すかを確認するだけでいい。

ターゲットの心理を、完璧に近い精度で再現する力。

詐欺師にとって、どんな特異能力よりも有用だと断言できる。

そんな事実を自覚していない様子のニーナは、円筒状のケースをエマに手渡した。

「じゃあこれ、よろしくねエマ。キャスパーとギルレインを連れて、先に脱出してて」

正式に共犯者となったあの二人は、もはや帝国中から追われる身分だ。この先どうするかは、まず共和国に亡命してから考えるべきだろう。

「……お前たちはどうするんだ。急がないと、そろそろ追っ手が」

「大丈夫」ニーナは穏やかに笑った。「やらなきゃいけないことを済ませたら、すぐに追いつくから」

最後はここに来ようと、二人は事前に示し合わせていた。

今頃、エマたちは拘束したハイネとアリーチェを連れて学園を出ている頃だ。近くに待機していた共和国の課報員たちと合流していることだろう。

彼らが待ってくれている以上、あまり時間をかけるわけにはいかない。手短に後処理を済ませなければ。

「じゃあ、行くよ」

ガソリンを染み込ませた布にマッチの火を点けて、ジンは前方に放り投げた。

ジンに変装するため白金色の髪を短くしていたニーナも、同様に炎上する布を放り投げる。

ジンたちがアジトとして利用していた体育倉庫は、瞬く間に業火に包まれた。

倉庫自体は煉瓦製だが、内部には可燃物も多い。こうした事態に備えて、ガソリンなどの燃料を大量に隠していたのだ。この調子では、一〇分もしないうちに詐欺行為の証拠品が完全に燃え尽きてしまうだろう。

夜の底を赤橙色に染める炎を眺めながら、ジンは呟いた。

「……残念だけど、俺たちの短い学園生活は終わり。名残惜しかったりする？」

「んー、大丈夫かな。欲しいものは手に入ったし」

「俺も同じだよ。まあその、あんたにも出会えたわけだし」

「え、どういう意味」

驚いた顔で振り向いてくるニーナから目を逸(そ)らしつつ、ジンは本題に入った。

「俺たちが手に入れたものはもう一つだけある。何だかわかる、ニーナ？」

「な、なんだろ……」

「自由だよ」

木材内部の水分が熱で蒸発する破裂音が、パチパチと響き渡る。

それは、旅立ちの瞬間を彩(いろど)る伴奏だった。

そんな錯覚を自らに信じ込ませると、怖いものなど何もないと思えてくる。

「今、俺たちは哀れな犠牲者という立場を手に入れた」

ハイネの台詞(せりふ)を信じるなら、ジンとニーナが諜報員(エマ)と組んで暗躍していた情報は帝国上層部までは届いていない。ハイネの心理を知り尽くしたニーナが肯定するのだから、それは確かな事実なのだろう。

つまり、ここで自分たちが消えれば——諜報員(ちょうほういん)の工作活動に巻き込まれて殺されたことにできてしまうのだ。

〈楽園の建築者〉の発動を阻止され、ギルレインや〈原初の果実〉を奪われた帝国に、わざわざ生死の信憑性(しんぴょうせい)を確かめる余裕があるとは思えない。

これでもう、嘘(うそ)を暴(あば)かれる恐怖と戦う必要はなくなった。

「今のニーナには、二つの選択肢がある。一つ目は——共和国に亡命して、新しい身分を貰って平和に暮らすプランだ。あんたは既に共和国の英雄だから、中々の好待遇で迎えられるはずだよ。一生遊んで暮らせるだろうし、もし望めば向こうの学校に転入して青春をやり直すこともできる。俺たちが帝国の邪魔をしたおかげでしばらくは戦争もないだろうし、何より向こうは〈自由の国〉だ。俺は絶対にこっちをおすすめするね」

「絶対におすすめしない、もう一つの選択肢は？」

ニーナは紺碧の瞳の奥に期待を滲ませていた。

聞かずとも、彼女の答えはもう決まっているらしい。

それでもジンは、一つの儀式として呟いた。

「これからも俺と一緒に、次の大仕事に挑むんだ」

一陣の風が、二人の間を吹き抜ける。

炎の勢いが強くなった。不思議と、熱さはそれほど感じない。

「既に何か、やりたいことがあるみたいだけど？」

「ああ。次の大仕事は——世界から特異能力を完全に消す、だよ」

「……相変わらず意味わかんないよ。野望が壮大すぎ」

「どれくらい時間がかかるかはわからない。本当に可能なのかどうかも。共犯者ももっと増やさなきゃいけないし、リスクは今までとは比べものにならない。でも、最高に楽しそうなことだけは確かだよ。……ニーナ、俺についてきてくれる？」

ニーナは白い歯を見せて笑った。

荒れ狂う炎に照らされた表情には、詐欺師としての野心が滾って(たぎ)いる。

それは、二人にだけわかる同意の合図だった。

「当たり前でしょ。そんなに楽しそうなゲームから、私を勝手に降ろさないでよ」

「……よし。俺たちはこの先もずっと共犯者だ」

遠くの方で叫び声が聴こえた。

激しく炎上する体育倉庫を発見した誰かが、こちらに向かって走って来ている。もしかしたら、ハイネが呼んだ〈白の騎士団〉のメンバーなのかもしれない。

「……やばっ、逃げないと！」

「顔を見られたら全部終わりだ。気を付けなよ」

「もう、こんなタイミングで怖がらせないでよ！」

詐欺師に安寧のときはない。

二人は事前に決めていた逃走ルートを目指して、一目散に走り始めた。

一歩、また一歩と闇の中を走るたびに笑いが込み上げてくる。

こんな状況を楽しんでしまえるのは、自分たちが異常な犯罪者だからなのか。

それとも、心から信頼できる誰かが隣にいるからなのか。

「……ニーナ」

全力疾走を強いられる極限状態の中で、言葉が意識を離れて飛び出した。

「これからも、二人で世界を騙し通そう」

あとがき

一九〇〇年代のアメリカで暗躍した、〈伝説の詐欺師〉と呼ばれる男がいます。

彼の名前はジョセフ・イエローキッド・ウェイル。一〇代でシカゴの暗黒街をうろつき始めた生粋の不良少年は、やがて詐欺師としての恐ろしい才能を開花させました。

ジョセフがやった詐欺行為の中で最も有名なのは「無料の土地」を使った手口。

彼はギャンブラーの相棒とともに変わり者の億万長者を演じ、酒場で出会った人々に「近いうちに大規模な開発が行われる」とされる土地の権利を無料で分け与えました。突然降ってきた幸運に、何も知らないターゲットは狂喜乱舞。意気揚々と郡役所に赴き、三〇ドルを払って土地を登録します。

しかし、そこにはジョセフの巧妙な罠(わな)が張り巡らされていました。ターゲットに無料で分け与えた土地は、だだっ広い荒野にある何の価値もない代物。おまけにジョセフは郡役所の職員と手を組んでおり、本来なら二ドルの土地登録料を三〇ドルにまで引き上げさせていたのです。

結局ジョセフは、この詐欺で合計一万六〇〇〇ドル（現在の日本円に換算すると五二〇〇万円）を騙(だま)し取(と)ってしまいました。

彼の伝説はそれだけではありません。何度逮捕されても華麗な話術や裏工作で毎回立件を免(まぬが)れたり、犯罪聴聞会(ちょうもんかい)で「俺は真人間を騙(だま)したことはない……悪党だけだ」と真顔で断言して拍手喝采を浴びたり、晩年には生年月日を誤魔化すことで一〇〇歳まで生きたことにしようとしたり……。とにかくまあ、あまりにも無茶苦茶な人物です。

歴史上のどんな悪人よりも多く詐欺や計略を創作したとされるジョセフは、良くも悪くも、後世に多大なる影響を与えてしまいました。

彼の半生をモデルにして七三年に制作された映画『スティング』は全世界で大ヒットし、信用詐欺を物語の一大ジャンルとして確立させました。それから現在に至るまで、『キャッチ・ミー・イフ・ユー・キャン』『オーシャンズ11』『マッチスティック・メン』『グランドイリュージョン』『コンフィデンスマンJP』など、コンゲームものの名作が多数生み出されています。しまいには、そうした作品に影響を受けたどこぞの作家が、異能学園を舞台にしたコンゲーム小説まで書いてしまうわけです。

つまり、あなたが今この文章を読んでいるという状況も、全ては大昔のアメリカで暗躍した一人の詐欺師から始まったことなのです。

この大いなる流れに敬意を込めて、最終巻となる三巻のテーマは「意志の継承」にさせていただきました。

育ての親でもある〈伝説の詐欺師〉ラスティの意志を引き継いだジンの想いは、ニーナやエマといった頼もしい共犯者たちにも伝染し、やがて強大な敵に立ち向かう原動力になっていきます。恩人がやり残したゲームをクリアするためだけに、損得勘定を超えて危険地帯に飛び込んでいく詐欺師たちの生き様を見て、皆様は何を感じましたでしょうか。

　もしも、本作に影響を受けた方の中から、次の名作を生み出す創作者が現れてくれたとしたら――作者として、それ以上に嬉しいことはございません。

（※いくら影響を受けたとしても、リアルでの詐欺行為は絶対にNGですからね！　念のため言っておきますよ⁉）

　最後になりますが、本作の刊行に携わっていただいた全ての方と、本作を手に取っていただいた皆様に格別の感謝を申し上げます。特に、三巻まで付いてきてくださった読者の皆様には感謝してもしきれません。本当にありがとうございます！

　ちなみに今後の予定ですが、本シリーズで（それはもう本当に）悪戦苦闘したおかげでトリックやロジックを考える自信が付いたので、次回作ではミステリに挑戦します。そう遠くないうちにまたお会いできるかと思いますので、しばしお待ちくださいませ。

　それではまた！

野宮　有

参考文献

『詐欺とペテンの大百科』（カール・シファキス著、鶴田文訳、青土社）

◉野宮　有著作リスト

「マッド・バレット・アンダーグラウンド」（電撃文庫）
「マッド・バレット・アンダーグラウンドⅡ」（同）
「マッド・バレット・アンダーグラウンドⅢ」（同）
「マッド・バレット・アンダーグラウンドⅣ」（同）
「嘘と詐欺と異能学園」（同）
「嘘と詐欺と異能学園2」（同）
「嘘と詐欺と異能学園3」（同）

本書に対するご意見、ご感想をお寄せください。

ファンレターあて先
〒102-8177　東京都千代田区富士見2-13-3
電撃文庫編集部
「野宮　有先生」係
「kakao先生」係

本書は書き下ろしです。

電撃文庫

嘘(うそ)と詐欺(ペテン)と異能学園(いのうがくえん)3

野宮(のみや) 有(ゆう)

2022年7月10日　初版発行

発行者　青柳昌行
発行　株式会社KADOKAWA
〒102-8177　東京都千代田区富士見2-13-3
0570-002-301（ナビダイヤル）
装丁者　荻窪裕司（META＋MANIERA）
印刷　株式会社暁印刷
製本　株式会社暁印刷

●お問い合わせ
https://www.kadokawa.co.jp/（「お問い合わせ」へお進みください）
※内容によっては、お答えできない場合があります。
※サポートは日本国内のみとさせていただきます。
※ Japanese text only

※定価はカバーに表示してあります。

ISBN978-4-04-914457-4　C0193　Printed in Japan

電撃文庫　https://dengekibunko.jp/

電撃文庫創刊に際して

文庫は、我が国にとどまらず、世界の書籍の流れのなかで〝小さな巨人〟としての地位を築いてきた。古今東西の名著を、廉価で手に入りやすい形で提供してきたからこそ、人は文庫を自分の師として、また青春の想い出として、語りついできたのである。

その源を、文化的にはドイツのレクラム文庫に求めるにせよ、規模の上でイギリスのペンギンブックスに求めるにせよ、いま文庫は知識人の層の多様化に従って、ますますその意義を大きくしていると言ってよい。

文庫出版の意味するものは、激動の現代のみならず将来にわたって、大きくなることはあっても、小さくなることはないだろう。

「電撃文庫」は、そのように多様化した対象に応え、歴史に耐えうる作品を収録するのはもちろん、新しい世紀を迎えるにあたって、既成の枠をこえる新鮮で強烈なアイ・オープナーたりたい。

その特異さ故に、この存在は、かつて文庫がはじめて出版世界に登場したときと、同じ戸惑いを読書人に与えるかもしれない。

しかし、〈Changing Times,Changing Publishing〉時代は変わって、出版も変わる。時を重ねるなかで、精神の糧として、心の一隅を占めるものとして、次なる文化の担い手の若者たちに確かな評価を得られると信じて、ここに「電撃文庫」を出版する。

1993年6月10日
角川歴彦

電撃文庫DIGEST　7月の新刊

発売日2022年7月8日

第28回電撃小説大賞《銀賞》受賞作
ミミクリー・ガールズ
著／ひたき　イラスト／あさなや

2041年。人工素体——通称《ミミック》が開発され幾数年。クリス大尉は素体化手術を受け前線復帰……のはずが美少女に!?　クールなティータイムの後は、キュートに作戦開始！　少女に擬態し、巨悪を迎え撃て！

第28回電撃小説大賞《選考委員奨励賞》受賞作
アマルガム・ハウンド
捜査局刑事部特捜班
著／駒居未鳥　イラスト／尾崎ドミノ

捜査官の青年・テオが出会った少女・イレブンは、完璧に人の姿を模した兵器だった。主人と猟犬となった二人は行動を共にし、やがて国家を揺るがすテロリストとの戦いに身を投じていく……。

はたらく魔王さま! おかわり!!
著／和ヶ原聡司　イラスト／029

健康に目覚めた元テレアポ勇者!? カップ麺にハマる芦屋!?　真奥一派が東京散策??！　大人気『はたらく魔王さま！』本編時系列の裏話をちょこっとひとつまみ。魔王たちのいつもの日常をもう一度、おかわり！

シャインポスト③
ねえ知ってた？　私を絶対アイドルにするための、ごく普通で当たり前な、とびっきりの魔法
著／駱駝　イラスト／ブリキ

紅葉と雪音のメンバー復帰も束の間、『TINGS』と様々な因縁を持つ『HY:RAIN』とのダンス・歌唱力・総合力の三本勝負が行われることに…しかも舞台は中野サンプラザ!?　極上のアイドルエンタメ第3弾！

春夏秋冬代行者
夏の舞 上
著／暁 佳奈　イラスト／スオウ

黎明二十年、春。花葉雛菊の帰還に端を発した事件は四季陣営の勝利に終わった。だが、史上初の双子神となった夏の代行者、葉桜姉妹は新たな困難に直面する。結婚を控える二人に対し、里長が言い渡した処分は……。

春夏秋冬代行者
夏の舞 下
著／暁 佳奈　イラスト／スオウ

瑠璃と、あやめ。夏の双子神は、四季の代行者の窮地を救うべく、黄昏の射手・巫覡輝矢と接触する。だが、二人の命を狙う「敵」は間近に迫っていた??。季節は夏。戦いの中、想い、想われ、現人神たちは恋をする。

ギルドの受付嬢ですが、残業は嫌なのでボスをソロ討伐しようと思います5
著／香坂マト　イラスト／がおう

憧れのリゾート地へ職員旅行！　…のハズが、永遠に終わらない地獄のループへ突入!?　楽しい旅行気分を害され怒り心頭なアリナの大鎚が向かう先は……!?　大人気異世界ファンタジー第5弾！

恋は双子で割り切れない4
著／髙村資本　イラスト／あるみっく

那織を部屋に泊めたことが親にバレた純。さらに那織のアプローチは積極的になっていくが、その中で純と衝突して喧嘩に発展してしまう。仲裁に入ろうとする琉実だったが、さらなる一波乱を呼び……？

アポカリプス・ウィッチ⑤
飽食時代の【最強】たちへ
著／鎌池和馬　イラスト／Mika Pikazo

三億もの『脅威』が地球に向けて飛来する。この危機を乗り切るには『天外四神』が宇宙へと飛び出し、『脅威』たちを引きつけるしかなかった。最強が最強であるが故の責務。歌貝カルタに決断の時が迫る——。

娘のままじゃ、お嫁さんになれない!2
著／なかひろ　イラスト／涼香

祖父の忘れ形見、藍良を娘として引き取ってから2か月。桜人が教師を務める高校で孤立していた彼女も、どうにか学園生活を送っているようだ。だが、頭をかすめるのは藍良から告げられたとんでもない言葉だった——。

嘘と詐欺と異能学園3
著／野宮 有　イラスト／kakao

学園に赴任してきたニーナの兄・ハイネ。黒幕の突然の登場に動揺しつつも奮起するジンとニーナ。ハイネが設立した自治組織に参加し、裏ではハイネを陥れる策を進行させるという、超難度のコンゲームが始まる。

新作
運命の人は、嫁の妹でした。
著／逢縁奇演　イラスト／ちひろ綺華

互いの顔を知らないまま結婚したうえ、嫁との同棲より先に、その妹・獅子乃を預かることになった俺。だがある日、獅子乃と前世で恋人だった記憶が蘇って……。つまり〈運命の人〉は嫁ではなく、その妹だった!?

この△(さんかく)ラブコメは幸せになる義務がある。
[著] 榛名千紘
[ILL.] てつぶた
ラブコメ史上、
もっとも幸せな三角関係!
これが三角関係ラブコメの到達点!
平凡な高校生・矢代天馬はクールな
美少女・皇凛華が幼馴染の椿木麗良を
溺愛していることを知る。天馬は二人が
より親密になれるよう手伝うことになるが、
その麗良はナンパから助けてくれた
彼を好きになって……!?
電撃文庫

エンド・オブ・アルカディア

死ぬことのない戦場で
死に続けた彼と彼女の、
邂逅と共鳴の物語！

蒼井祐人 【イラスト】──GreeN
Yuto Aoi

END OF ARCADIA

彼らは安く、強く、そして決して死なない。
究極の生命再生システム《アルカディア》が生んだのは、複体再生〈リスポーン〉を駆使して戦う１０代の兵士たち。戦場で死しては復活する、無敵の少年少女たちだった──。

電撃文庫

ギルドの受付嬢ですが残業は嫌なのでボスをソロ討伐しようと思います
uketsukejou saikyou
残業回避！
定時死守！
（自分の）平穏を守るため、
受付嬢が凄腕冒険者へと変貌する——!?
第27回電撃小説大賞金賞受賞
ギルドの受付嬢ですが、残業は嫌なので
ボスをソロ討伐しようと思います
冒険者ギルドの受付嬢となったアリナを待っていたのは残業地獄だった!?　すべてはダンジョン攻略が進まないせい…なら自分でボスを討伐すればいいじゃない！
［著］香坂マト
［ill］がおう
電撃文庫

豚になった俺が、
異世界で美少女と
いちゃラブ(!?)する
ファンタジー

逆井卓馬
Author: TAKUMA SAKAI

［イラスト］遠坂あさぎ
Illustrator: ASAGI TOHSAKA

豚のレバーは加熱しろ

Heat the pig liver

the story of a man turned into a pig.

純真な美少女にお世話される生活。う〜ん豚でいるのも悪くないな。だがどうやら彼女は常に命を狙われる危険な宿命を負っているらしい。
よろしい、魔法もスキルもないけれど、俺がジェスを救ってやる。運命を共にする俺たちのブヒブヒな大冒険が始まる！

電撃文庫